Erzählungen

Edited by

MARJORIE L. HOOVER, *Oberlin College*

CHARLES W. HOFFMANN, *Ohio State University*

RICHARD PLANT, *College of the City of New York*

General Editor

JACK M. STEIN, *Harvard University*

FRANZ KAFKA

BERTOLT BRECHT

HEINRICH BÖLL

Erzählungen

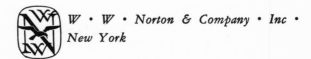 W · W · *Norton & Company* · *Inc* ·
New York

FIRST EDITION

Copyright © 1970 by W. W. Norton & Company, Inc. The authorized edition
of DIE VERWANDLUNG by Franz Kafka was published by Schocken Books
Inc. in Volume I of the Gesammelte Werke "Erzählungen und Kleine Prosa",
Berlin, 1935; New York, 1946. It appears here with the publisher's permission.
The stories by Bertolt Brecht are used with the permission of Gebrüder Weiss
Verlag, Berlin-Schöneberg. The stories by Heinrich Böll are printed by per-
mission of the author's agent, Joan Daves. Printed in the United States of
America.

Library of Congress Catalog Card No. 75–121183

SBN 393 09937 7

1 2 3 4 5 6 7 8 9 0

Contents

PREFACE   *vii*

FRANZ KAFKA   *1*

     Introduction   *3*
     Die Verwandlung   *7*
     Fragen   *69*

BERTOLT BRECHT   *73*

     Introduction   *75*
     Der Augsburger Kreidekreis   *77*
     Der Mantel des Ketzers   *92*
     Cäsar und sein Legionär   *102*
     Der verwundete Sokrates   *120*
     Fragen   *138*

HEINRICH BÖLL   *145*

     Introduction   *147*
     An der Brücke   *149*
     Abenteuer eines Brotbeutels   *152*
     Auch Kinder sind Zivilisten   *165*
     Mein teures Bein   *169*
     Die Botschaft   *173*
     Erinnerungen eines jungen Königs   *179*
     Fragen   *186*

VOCABULARY   *191*

Preface

The reason for bringing together works by Kafka, Brecht, and Böll in an anthology for intermediate students is quite simple. They are three of the master storytellers of our century. Great writing that is within the range of ability of mature language students on the intermediate level is not easy to come by. But here is a volume that will satisfy the most discriminating of literary tastes and also speak compellingly to today's student generation.

Franz Kafka has long since become a classic voice of existential Angst, and *Die Verwandlung* is his masterpiece. The fascination of the extraordinary situation is intense, the vividness of the re-creation overpowering. It is not hard for the younger generation to identify with poor Gregor Samsa's alienation.

Bertolt Brecht's acclaim continues to grow with each passing year. He is, of course, primarily a man of the theater, but his prose also exhibits the same sharp, critical flair combined with barbed didactic humor that is so prevalent in his plays. His short stories are historical, but there never was a writer to surpass Brecht's amazing skill in "modernizing" historical or mythical situations. His style is direct and unambiguous. He has no trouble getting through to today's generation, whatever the subject matter.

Heinrich Böll may not be in the same league with Kafka and Brecht (it is too soon to be absolutely sure), but he was one of the first of Germany's postwar writers to gain international recognition and he still ranks among the finest authors writing in German today Böll's people are men of small consequence, soldiers, veterans, young people, anti-heroes all, like the rest of us, with little problems that loom large, facing a society that doesn't really care, sustained only by their own—or often only the author's—ingenuity and wit. It should be easy for today's student to respond to these people.

There is certainly nothing escapist about the stories in this volume. They all have that authentic ring which commands respect and attention. They are indeed to be taken seriously—but they can also be enjoyed, for they are at the same time among the most entertaining creations of twentieth-century German fiction.

JACK M. STEIN

Cambridge, Mass.
March 1970

FRANZ KAFKA

Introduction

"The Metamorphosis," the English translation of Kafka's title *Die Verwandlung,* carries associations of mythology. But Kafka's story hits harder at our modern sensibility than the myths of remote civilizations. For here a man like us, a traveling salesman with his alarm clock set for 4 a. m., is transformed, not into an impressive beast or swan, but into some unnamed species of vermin. Kafka reserves no final salvation for his hero: No God appears as to Job, no beauty rescues the beast, and no awakening as from a dream saves Gregor. Nor are we given any retrospect of guilt as the cause of his misfortune.

The reader, forced to experience Gregor's terrible plight from his point of view, finds relief in its comic detail. The hero's struggle with his new physique, centipede legs wriggling in air, and the all-too-noble motives of his human psyche in a bug's body seem ironically ridiculous. The minor characters also have their ludicrous moments, the chief clerk gasping "oh!" at the sight of Gregor, the boarders behaving as a squad of three, and the cleaning woman, hard-boiled beneath her trembling ostrich feather.

For Kafka, however, the experiences basic to *Die Verwandlung* were surely not comic. His dominating father, a self-made man, expected his only son Franz with law degree and official position to achieve the social standing beyond his own reach. Outward position, however, requiring days at the office, conflicted with Kafka's inner vocation, demanding nights at his writer's work, and thus put a strain upon his delicate constitution. In 1917, five years after the writing of *Die Verwandlung* in 1912, his fatal illness, tuberculosis of the larynx, was diagnosed. Does the metaphor of the revolting transformation in the story signify, as if by presentiment, the death by virtual starvation which Kafka was to suffer from his disease in 1924? Surely the story does reflect his feeling of utter separation, as well as much of his relationship to his father, in which Kafka himself recognized the Freudian pattern.

Not only biographical facts but also social, economic, and historical trends of our time have been read into Kafka's story, such as the outbreak of barbarism — our modern wars and revolutions — in a turn-of-the-century world of apparent civilization and progress. Trends current in Expressionism, the literature of the time, appear too in *Die Verwandlung,* especially the theme of conflict between father and son. And the hero as "outsider," so frequent with Thomas Mann, Hugo von Hofmannsthal and Rainer Maria Rilke, has traits in common with Gregor, both the positive trait of liberation from hated routine and the negative one of divorcement from ordinary life. Does enforced release achieve the positive result of heightened awareness in Gregor? It seems so for the brief moment of the sister's violin-playing as Gregor exclaims: "Was he a beast when music seized him so? He felt as if the way were being shown him to the unknown nourishment he longed for." Yet in his repulsive shape Gregor suffers also the negative consequence of not belonging. As Rilke says of his hero, Malte Laurids Brigge, only God could love one so difficult to love, but "He was not yet willing." Certainly Gregor's family fails the test of loving him and responds instead to new demands of living.

However hopefully the story ends from the family's point of view, from the hero's it ends tragically with his death. The event alone without author's comment can lead to a pessimistic interpretation. Since its moral is nowhere abstractly stated, Kafka's *Verwandlung* like a parable from the Bible will support endless exegesis. Indeed, in this "first masterpiece of Kafka and one of the few which he completed," as Heinz Politzer has pointed out, Kafka has re-created the material of life in artistic concreteness. Everywhere Kafka's style is concrete and his manner factual in total contrast with the story's metaphysical suggestion. Not that his manner is wholly impersonal or merely legalistic or monotonously factual. Rather the name Samsa, deliberately designed to resemble Kafka, and the third-person narration but thinly conceal a vivid first-person point of view, maintained until Gregor's death. Each of the three chapters into which the story is symmetrically divided rises from its minutely detailed account of conditions to a unique melodramatic scene. The characters frequently surprise us by their sudden self-contradiction or amuse us by their self-caricature. Thus with all its depth of meaning and profound simplicity of style *Die Verwandlung* is an ultimately serious and universally human parable of man's fate.

Chronology of Franz Kafka's life, 1883 — 1924

[after Zeittafel, Franz Kafka, *(Briefe 1902—1924*, ed. Max Brod, Schocken, N. Y., 1958, pp. 522-24)]

1883 July 3, born in Prague

1906 June, Doctor of Law degree from University of Prague

1908 Appointed to position with government-sponsored
 Workman's Compensation Insurance Company

1912 Began novel *America*
 Wrote stories *The Judgment, Die Verwandlung*

1913 Published *The Stoker*

1914 Wrote story *In the Penal Colony*
 Began novel *The Trial*

1915 Received Fontane (literary) Prize

1916 Publication of *The Judgment, Die Verwandlung*

1917 September 4, diagnosis of tuberculosis
 Sick leave from the insurance company

1919 Publication of the collection of stories *A Country Doctor*
 Wrote "Letter to My Father"

1922 Worked on novel *The Castle*

1923 With Dora Dymant in Berlin
 Volume of stories *A Hunger Artist* ready for publication

1924 June 3, died in sanatorium near Vienna

Die Verwandlung

I

Als Gregor Samsa eines Morgens aus unruhigen
Träumen erwachte, fand er sich in seinem Bett zu einem unge-
heuren Ungeziefer verwandelt. Er lag auf seinem panzerartig
harten Rücken und sah, wenn er den Kopf ein wenig hob, seinen
gewölbten, braunen, von bogenförmigen Versteifungen geteil- 5
ten Bauch, auf dessen Höhe sich die Bettdecke, zum gänzlichen
Niedergleiten bereit, kaum noch erhalten konnte. Seine vielen,
im Vergleich zu seinem sonstigen Umfang kläglich dünnen
Beine flimmerten ihm hilflos vor den Augen.

›Was ist mit mir geschehen?‹ dachte er. Es war kein Traum. 10
Sein Zimmer, ein richtiges, nur etwas zu kleines Menschenzimmer, lag ruhig zwischen den vier wohlbekannten Wänden. Über
dem Tisch, auf dem eine auseinandergepackte Musterkollektion
von Tuchwaren ausgebreitet war — Samsa war Reisender —,
hing das Bild, das er vor kurzem aus einer illustrierten Zeitschrift 15
ausgeschnitten und in einem hübschen, vergoldeten Rahmen
untergebracht hatte. Es stellte eine Dame dar, die, mit einem
Pelzhut und einer Pelzboa versehen, aufrecht dasaß und einen
schweren Pelzmuff, in dem ihr ganzer Unterarm verschwunden
war, dem Beschauer entgegenhob. 20

Gregors Blick richtete sich dann zum Fenster, und das trübe
Wetter — man hörte Regentropfen auf das Fensterblech aufschlagen — machte ihn ganz melancholisch. ›Wie wäre es, wenn

ich noch ein wenig weiterschliefe und alle Narrheiten vergäße‹,
dachte er, aber das war gänzlich undurchführbar, denn er war
gewöhnt, auf der rechten Seite zu schlafen, konnte sich aber in
seinem gegenwärtigen Zustand nicht in diese Lage bringen. Mit
5 welcher Kraft er sich auch[1] auf die rechte Seite warf, immer wieder schaukelte er in die Rückenlage zurück. Er versuchte es wohl
hundertmal, schloß die Augen, um die zappelnden Beine nicht
sehen zu müssen, und ließ erst ab, als er in der Seite einen noch
nie gefühlten, leichten, dumpfen Schmerz zu fühlen begann.

10 ›Ach Gott‹, dachte er, ›was für einen[2] anstrengenden Beruf
habe ich gewählt! Tagaus, tagein auf der Reise[3]. Die geschäftlichen
Aufregungen sind viel größer als im eigentlichen Geschäft zu
Hause, und außerdem ist mir noch diese Plage des Reisens auf-
erlegt, die Sorgen um die Zuganschlüsse, das unregelmäßige,
15 schlechte Essen, ein immer wechselnder, nie andauernder, nie
herzlich werdender menschlicher Verkehr. Der Teufel soll das
alles holen[4]!‹ Er fühlte ein leichtes Jucken oben auf dem Bauch;
schob sich auf dem Rücken langsam näher zum Bettpfosten, um
den Kopf besser heben zu können; fand die juckende Stelle, die
20 mit lauter kleinen weißen Pünktchen besetzt war, die er nicht zu
beurteilen verstand; und wollte mit einem Bein die Stelle betasten, zog es aber gleich zurück, denn bei der Berührung umweh-
ten ihn Kälteschauer.

Er glitt wieder in seine frühere Lage zurück. ›Dies frühzeitige
25 Aufstehen‹, dachte er, ›macht einen ganz blödsinnig. Der
Mensch muß seinen Schlaf haben. Andere Reisende leben wie
Haremsfrauen. Wenn ich zum Beispiel im Laufe des Vormittags
ins Gasthaus zurückgehe, um die erlangten Aufträge zu überschreiben, sitzen diese Herren erst beim Frühstück. Das sollte ich
30 bei meinem Chef versuchen; ich würde auf der Stelle hinaus-
fliegen.‹

›Wer weiß übrigens, ob das nicht sehr gut für mich wäre. Wenn

---

1. *Mit welcher Kraft er sich auch* — with whatever strength, i. e., however hard
2. *was für einen* — what a
3. *Tagaus, ... Reise* — day in, day out on the road
4. *Der Teufel ... holen!* — Devil take it all!

ich mich nicht wegen meiner Eltern zurückhielte, ich hätte längst
gekündigt, ich wäre vor den Chef hingetreten und hätte ihm
meine Meinung von Grund des Herzens aus[5] gesagt. Vom Pult
hätte er fallen müssen! Es ist auch eine sonderbare Art, sich auf
das Pult zu setzen und von der Höhe herab[6] mit dem Angestell-   5
ten zu reden, der überdies wegen der Schwerhörigkeit des Chefs
ganz nahe herantreten muß. Nun, die Hoffnung ist noch nicht
gänzlich aufgegeben; habe ich einmal das Geld beisammen[7], um
die Schuld der Eltern an ihn abzuzahlen — es dürfte noch fünf
bis sechs Jahre dauern —, mache ich die Sache unbedingt. Dann 10
wird der große Schnitt gemacht. Vorläufig allerdings muß ich
aufstehen, denn mein Zug fährt um fünf.‹

  Und er sah zur Weckuhr hinüber, die auf dem Kasten tickte.
›Himmlischer Vater!‹ dachte er. Es war halb sieben Uhr, und die
Zeiger gingen ruhig vorwärts, es war sogar halb vorüber, es 15
näherte sich schon drei Viertel. Sollte der Wecker nicht geläutet
haben? Man sah vom Bett aus, daß er auf vier Uhr richtig eingestellt war; gewiß hatte er auch geläutet. Ja, aber war es möglich,
dieses möbelerschütternde Läuten ruhig zu verschlafen? Nun,
ruhig hatte er ja nicht geschlafen, aber wahrscheinlich desto 20
fester. Was aber sollte er jetzt tun? Der nächste Zug ging um
sieben Uhr; um den einzuholen, hätte er sich unsinnig beeilen
müssen, und die Kollektion war noch nicht eingepackt, und er
selbst fühlte sich durchaus nicht besonders frisch und beweglich.
Und selbst wenn er den Zug einholte, ein Donnerwetter des 25
Chefs war nicht zu vermeiden[8], denn der Geschäftsdiener hatte
beim Fünfuhrzug gewartet und die Meldung von seiner Versäumnis längst erstattet. Er war eine Kreatur des Chefs, ohne
Rückgrat und Verstand. Wie nun, wenn er sich krank meldete?
Das wäre aber äußerst peinlich und verdächtig, denn Gregor war 30
während seines fünfjährigen Dienstes noch nicht einmal krank
gewesen. Gewiß würde der Chef mit dem Krankenkassenarzt

5. *von Grund ... aus* — from the bottom of my heart
6. *von der Höhe herab* — from one's high horse
7. *habe ... beisammen* — once I've got together the money
8. *ein Donnerwetter ... vermeiden* — a blow-up by the boss was not to
   be avoided

kommen, würde den Eltern wegen des faulen Sohnes ~~Vorwürfe~~
machen und alle Einwände durch den Hinweis auf den Krankenkassenarzt abschneiden, für den es ja überhaupt nur ganz ge-
sunde, aber arbeitsscheue Menschen gibt. Und hätte er übrigens
5 in diesem Falle so ganz unrecht? Gregor fühlte sich tatsächlich,
abgesehen von einer nach dem langen Schlaf wirklich überflüs-
sigen Schläfrigkeit, ganz wohl und hatte sogar einen besonders
kräftigen Hunger. Als er dies alles in größter Eile überlegte,
ohne sich entschließen zu können, das Bett zu verlassen[9] —
10 gerade schlug der Wecker drei Viertel sieben[10] —, klopfte es
vorsichtig an die Tür am Kopfende seines Bettes. »Gregor«, rief
es — es war die Mutter —, »es ist drei Viertel sieben. Wolltest
du nicht wegfahren?« Die sanfte Stimme! Gregor erschrak, als
er seine antwortende Stimme hörte, die wohl unverkennbar seine
15 frühere war, in die sich aber, wie von unten her, ein nicht zu
unterdrückendes[11], schmerzliches Piepsen mischte, das die Worte
förmlich nur im ersten Augenblick in ihrer Deutlichkeit beließ,
um sie im Nachklang derart zu zerstören, daß man nicht wußte,
ob man recht gehört hatte. Gregor hatte ausführlich antworten
20 und alles erklären wollen, beschränkte sich aber bei diesen Umständen darauf, zu sagen: »Ja, ja, danke Mutter, ich stehe schon
auf.« Infolge der Holztür war die Veränderung in Gregors
Stimme draußen wohl nicht zu merken, denn die Mutter beru-
higte sich mit dieser Erklärung und schlürfte davon. Aber durch
25 das kleine Gespräch waren die anderen Familienmitglieder darauf aufmerksam geworden, daß Gregor wider Erwarten noch zu
Hause war, und schon klopfte an der einen Seitentür der Vater,
schwach, aber mit der Faust. »Gregor, Gregor«, rief er, »was ist
denn?« Und nach einer kleinen Weile mahnte er nochmals mit
30 tieferer Stimme: »Gregor! Gregor!« An der anderen Seitentür
aber klagte leise die Schwester: »Gregor? Ist dir nicht wohl?[12]
Brauchst du etwas?« Nach beiden Seiten hin antwortete Gregor:

9. *ohne sich . . . verlassen* — without being able to make up his mind to
   leave his bed
10. *drei Viertel sieben* — quarter of seven
11. *nicht zu unterdrückendes* — irrepressible
12. *Ist . . . wohl?* — don't you feel well?

»Bin schon fertig«, und bemühte sich, durch die sorgfältigste
Aussprache und durch Einschaltung von langen Pausen zwischen
den einzelnen Worten seiner Stimme alles Auffallende zu neh-
men[13]. Der Vater kehrte auch zu seinem Frühstück zurück, die
Schwester aber flüsterte: »Gregor, mach auf, ich beschwöre dich.« 5
Gregor aber dachte gar nicht daran, aufzumachen, sondern lobte
die vom Reisen her übernommene Vorsicht, auch zu Hause alle
Türen während der Nacht zu versperren.

Zunächst wollte er ruhig und ungestört aufstehen, sich anziehen und vor allem frühstücken und dann erst das Weitere[14] 10
überlegen, denn, das merkte er wohl, im Bett würde er mit dem
Nachdenken zu keinem vernünftigen Ende kommen. Er erinnerte sich, schon öfters im Bett irgend einen vielleicht durch un-
geschicktes Liegen erzeugten leichten Schmerz empfunden zu
haben, der sich dann beim Aufstehen als reine Einbildung her- 15
ausstellte, und er war gespannt, wie sich seine heutigen Vorstel-
lungen allmählich auflösen würden. Daß die Veränderung der
Stimme nichts anderes war als der Vorbote einer tüchtigen Verkühlung, einer Berufskrankheit der Reisenden, daran zweifelte
er nicht im geringsten. Die Decke abzuwerfen war ganz einfach; 20
er brauchte sich nur ein wenig aufzublasen, und sie fiel von
selbst. Aber weiterhin wurde es schwierig, besonders weil er so
ungemein breit war. Er hätte Arme und Hände gebraucht, um
sich aufzurichten; statt dessen aber hatte er nur die vielen Beinchen, die ununterbrochen in der verschiedensten Bewegung wa- 25
ren und die er überdies nicht beherrschen konnte. Wollte er eines
einmal einknicken, so war es das erste, daß es sich streckte; und
gelang es ihm endlich, mit diesem Bein das auszuführen, was er
wollte, so arbeiteten inzwischen alle anderen, wie freigelassen, in
höchster schmerzlicher Aufregung. ›Nur sich nicht im Bett un- 30
nütz aufhalten‹, sagte sich Gregor.

Zuerst wollte er mit dem unteren Teil seines Körpers aus dem
Bett hinauskommen, aber dieser untere Teil, den er übrigens

---

13. *seiner Stimme . . . nehmen* — to eliminate anything unusual from his
     voice
14. *das Weitere* — the further (thing), i. e., what to do further

noch nicht gesehen hatte und von dem er sich auch keine rechte
Vorstellung machen konnte, erwies sich als zu schwer beweglich;
es ging so langsam; und als er schließlich, fast wild geworden,
mit gesammelter Kraft, ohne Rücksicht sich vorwärts stieß, hatte
5 er die Richtung falsch gewählt, schlug an den unteren Bettpfosten heftig an, und der brennende Schmerz, den er empfand,
belehrte ihn, daß gerade der untere Teil seines Körpers augenblicklich vielleicht der empfindlichste war.

Er versuchte es daher, zuerst den Oberkörper aus dem Bett zu
10 bekommen, und drehte vorsichtig den Kopf dem Bettrand zu.
Dies gelang auch leicht, und trotz ihrer Breite und Schwere
folgte schließlich die Körpermasse langsam der Wendung des
Kopfes. Aber als er den Kopf endlich außerhalb des Bettes in der
freien Luft hielt, bekam er Angst, weiter auf diese Weise vorzu-
15 rücken, denn wenn er sich schließlich so fallen ließ, mußte geradezu ein Wunder geschehen, wenn der Kopf nicht verletzt werden sollte. Und die Besinnung durfte er gerade jetzt um keinen
Preis[15] verlieren; lieber wollte er im Bett bleiben.

Aber als er wieder nach gleicher Mühe aufseufzend so dalag
20 wie früher und wieder seine Beinchen womöglich noch ärger
gegeneinander kämpfen sah und keine Möglichkeit fand, in diese
Willkür Ruhe und Ordnung zu bringen, sagte er sich wieder, daß
er unmöglich im Bett bleiben könne und daß es das vernünftigste
sei, alles zu opfern, wenn auch nur die kleinste Hoffnung be-
25 stünde, sich dadurch vom Bett zu befreien. Gleichzeitig aber vergaß er nicht, sich zwischendurch daran zu erinnern, daß viel besser als verzweifelte Entschlüsse ruhige und ruhigste Überlegung
sei. In solchen Augenblicken richtete er die Augen möglichst
scharf auf das Fenster, aber leider war aus dem Anblick des
30 Morgennebels, der sogar die andere Seite der engen Straße ver-
hüllte, wenig Zuversicht und Munterkeit zu holen. Schon sieben
Uhr, sagte er sich beim neuerlichen Schlagen des Weckers, schon
sieben Uhr und noch immer ein solcher Nebel. Und ein Weilchen lang lag er ruhig mit schwachem Atem, als erwarte er viel-

---

15. *um keinen Preis* — by no means

leicht von der völligen Stille die Wiederkehr der wirklichen und
selbstverständlichen Verhältnisse.

Dann aber sagte er sich: ›Ehe es ein Viertel acht[16] schlägt, muß
ich unbedingt das Bett vollständig verlassen haben. Im übrigen
wird auch bis dahin jemand aus dem Geschäft kommen, um nach 5
mir zu fragen, denn das Geschäft wird vor sieben Uhr geöffnet.‹
Und er machte sich nun daran, den Körper in seiner ganzen
Länge vollständig gleichmäßig aus dem Bett hinauszuschaukeln.
Wenn er sich auf diese Weise aus dem Bett fallen ließ, blieb der
Kopf, den er beim Fall scharf heben wollte, voraussichtlich un- 10
verletzt. Der Rücken schien hart zu sein; dem würde wohl bei
dem Fall auf den Teppich nichts geschehen. Das größte Beden- *rug*
ken machte ihm die Rücksicht auf den lauten Krach, den es
geben müßte[17] und der wahrscheinlich hinter allen Türen wenn
nicht Schrecken, so doch Besorgnisse erregen würde. Das mußte 15
aber gewagt werden.

Als Gregor schon zur Hälfte aus dem Bette ragte — die neue
Methode war mehr ein Spiel als eine Anstrengung, er brauchte
immer nur ruckweise zu schaukeln —, fiel ihm ein, wie einfach
alles wäre, wenn man ihm zu Hilfe käme. Zwei starke Leute — 20
er dachte an seinen Vater und das Dienstmädchen — hätten vollständig genügt; sie hätten ihre Arme nur unter seinen gewölbten
Rücken schieben, ihn so aus dem Bett schälen, sich mit der Last *peel potatoes*
niederbeugen und dann bloß vorsichtig dulden müssen, daß er
den Überschwung auf dem Fußboden vollzog, wo dann die Bein- 25
chen hoffentlich einen Sinn bekommen würden. Nun, ganz abgesehen davon, daß die Türen versperrt waren, hätte er wirklich um
Hilfe rufen sollen? Trotz aller Not konnte er bei diesem Gedanken ein Lächeln nicht unterdrücken.

Schon war es so weit, daß er bei stärkerem Schaukeln kaum das 30
Gleichgewicht noch erhielt, und sehr bald mußte er sich nun endgültig entscheiden, denn es war in fünf Minuten ein Viertel acht.
als es an der Wohnungstür läutete. ›Das ist jemand aus dem Geschäft‹, sagte er sich und erstarrte fast, während seine Beinchen

16. *ein Viertel acht* — a quarter after seven
17. *den es geben müßte* — which would necessarily result

nur desto eiliger tanzten. Einen Augenblick blieb alles still. ›Sie
öffnen nicht‹, sagte sich Gregor, befangen in irgend einer unsin-
nigen Hoffnung. Aber dann ging natürlich wie immer das
Dienstmädchen festen Schrittes zur Tür und öffnete. Gregor
5 brauchte nur das erste Grußwort des Besuchers zu hören und
wußte schon, wer es war — der Prokurist selbst. Warum war nur
Gregor dazu verurteilt, bei einer Firma zu dienen, wo man bei
der kleinsten Versäumnis gleich den größten Verdacht faßte?
Waren denn alle Angestellten samt und sonders[18] Lumpen, gab
10 es denn unter ihnen keinen treuen, ergebenen Menschen, der,
wenn er auch nur ein paar Morgenstunden für das Geschäft nicht
ausgenützt hatte, vor Gewissensbissen närrisch wurde und geradezu nicht imstande war, das Bett zu verlassen? Genügte es
wirklich nicht, einen Lehrjungen nachfragen zu lassen — wenn
15 überhaupt diese Fragerei nötig war —, mußte da der Prokurist
selbst kommen, und mußte dadurch der ganzen unschuldigen
Familie gezeigt werden, daß die Untersuchung dieser verdächti-
gen Angelegenheit nur dem Verstand des Prokuristen anvertraut
werden konnte? Und mehr infolge der Erregung, in welcher
20 Gregor durch diese Überlegungen versetzt wurde, als infolge eines
richtigen Entschlusses, schwang er sich mit aller Macht aus dem
Bett. Es gab einen lauten Schlag, aber ein eigentlicher Krach war
es nicht. Ein wenig wurde der Fall durch den Teppich abge-
schwächt, auch war der Rücken elastischer, als Gregor gedacht
25 hatte, daher kam der nicht gar so auffallende dumpfe Klang.
Nur den Kopf hatte er nicht vorsichtig genug gehalten und ihn
angeschlagen; er drehte ihn und rieb ihn an dem Teppich vor
Ärger und Schmerz.

»Da drin ist etwas gefallen«, sagte der Prokurist im Neben-
30 zimmer links. Gregor suchte sich vorzustellen, ob nicht auch einmal dem Prokuristen etwas Ähnliches passieren könnte wie
heute ihm; die Möglichkeit dessen mußte man doch eigentlich
zugeben. Aber wie zur rohen Antwort auf diese Frage machte
jetzt der Prokurist im Nebenzimmer ein paar bestimmte Schritte
35 und ließ seine Lackstiefel knarren. Aus dem Nebenzimmer rechts

18. *samt und sonders* — one and all

flüsterte die Schwester, um Gregor zu verständigen: »Gregor, der Prokurist ist da.« — »Ich weiß«, sagte Gregor vor sich hin[19]; aber so laut, daß es die Schwester hätte hören können, wagte er die Stimme nicht zu erheben.

»Gregor«, sagte nun der Vater aus dem Nebenzimmer links, ₅ »der Herr Prokurist ist gekommen und erkundigt sich, warum du nicht mit dem Frühzug weggefahren bist. Wir wissen nicht, was wir ihm sagen sollen. Übrigens will er auch mit dir persönlich sprechen. Also bitte mach die Tür auf. Er wird die Unordnung im Zimmer zu entschuldigen schon die Güte haben.« — 10 »Guten Morgen, Herr Samsa«, rief der Prokurist freundlich dazwischen. »Ihm ist nicht wohl«, sagte die Mutter zum Prokuristen, während der Vater noch an der Tür redete, »ihm ist nicht wohl, glauben Sie mir, Herr Prokurist. Wie würde denn Gregor sonst einen Zug versäumen! Der Junge hat ja nichts im Kopf als 15 das Geschäft. Ich ärgere mich schon fast, daß er abends niemals ausgeht; jetzt war er doch acht Tage in der Stadt, aber jeden Abend war er zu Hause. Da sitzt er bei uns am Tisch und liest still die Zeitung oder studiert Fahrpläne. Es ist schon eine Zerstreuung für ihn, wenn er sich mit Laubsägearbeiten beschäftigt. 20 Da hat er zum Beispiel im Laufe von zwei, drei Abenden einen kleinen Rahmen geschnitzt; Sie werden staunen, wie hübsch er ist; er hängt drin im Zimmer; Sie werden ihn gleich sehen, bis[20] Gregor aufmacht. Ich bin übrigens glücklich, daß Sie da sind, Herr Prokurist; wir allein hätten Gregor nicht dazu gebracht, die 25 Tür zu öffnen; er ist so hartnäckig; und bestimmt ist ihm nicht wohl, trotzdem er es am Morgen geleugnet hat.« — »Ich komme gleich«, sagte Gregor langsam und bedächtig und rührte sich nicht, um kein Wort der Gespräche zu verlieren. »Anders, gnädige Frau, kann ich es mir auch nicht erklären«, sagte der Proku- 30 rist, »hoffentlich ist es nichts Ernstes. Wenn ich auch anderseits sagen muß, daß wir Geschäftsleute — wie man will, leider oder glücklicherweise — ein leichtes Unwohlsein sehr oft aus geschäftlichen Rücksichten einfach überwinden müssen.« — »Also kann

19. *vor sich hin* — to himself
20. *bis* — when (Prague idiom!)

der Herr Prokurist schon zu dir hinein?« fragte der ungeduldige
Vater und klopfte wiederum an die Tür. »Nein«, sagte Gregor.
Im Nebenzimmer links trat eine peinliche Stille ein, im Neben-
~~sob~~ zimmer rechts begann die Schwester zu schluchzen.

5 Warum ging die Schwester nicht zu den anderen? Sie war
wohl erst jetzt aus dem Bett aufgestanden und hatte noch gar
nicht angefangen, sich anzuziehen. Und warum weinte sie denn?
Weil er nicht aufstand und den Prokuristen nicht hereinließ, weil
er in Gefahr war, den Posten zu verlieren, und weil dann der
10 Chef die Eltern mit den alten Forderungen wieder verfolgen
würde? Das waren doch vorläufig wohl unnötige Sorgen. Noch
war Gregor hier und dachte nicht im geringsten daran, seine
Familie zu verlassen. Augenblicklich lag er wohl da auf dem
Teppich, und niemand, der seinen Zustand gekannt hätte, hätte
15 im Ernst von ihm verlangt, daß er den Prokuristen hereinlasse.
Aber wegen dieser kleinen Unhöflichkeit, für die sich ja später
leicht eine passende Ausrede finden würde, konnte Gregor doch
nicht gut sofort weggeschickt werden. Und Gregor schien es, daß
es viel vernünftiger wäre, ihn jetzt in Ruhe zu lassen, statt ihn
20 mit Weinen und Zureden zu stören. Aber es war eben die Ungewißheit, welche die anderen bedrängte und ihr Benehmen ent-
schuldigte.

»Herr Samsa«, rief nun der Prokurist mit erhobener Stimme,
»was ist denn los? Sie verbarrikadieren sich²¹ da in Ihrem Zim-
25 mer, antworten bloß mit Ja und Nein, machen Ihren Eltern
schwere, unnötige Sorgen und versäumen — dies nur nebenbei
erwähnt — Ihre geschäftlichen Pflichten in einer eigentlich uner-
hörten Weise. Ich spreche hier im Namen Ihrer Eltern und Ihres
Chefs und bitte Sie ganz ernsthaft um eine augenblickliche, deut-
30 liche Erklärung. Ich staune, ich staune. Ich glaubte Sie als einen
ruhigen, vernünftigen Menschen zu kennen, und nun scheinen
Sie plötzlich anfangen zu wollen, mit sonderbaren Launen zu
paradieren. Der Chef deutete mir zwar heute früh eine mögliche
Erklärung für Ihre Versäumnis an — sie ~~betraf~~ das Ihnen seit *Concern*
35 kurzem anvertraute Inkasso —, aber ich legte wahrhaftig fast

---

21. *verbarrikadieren sich* — barricade yourself, hole up

mein Ehrenwort dafür ein, daß diese Erklärung nicht zutreffen
könne. Nun aber sehe ich hier Ihren unbegreiflichen Starrsinn
und verliere ganz und gar jede Lust, mich auch nur im geringsten
für Sie einzusetzen. Und Ihre Stellung ist durchaus nicht die
festeste. Ich hatte ursprünglich die Absicht, Ihnen das alles unter 5
vier Augen[22] zu sagen, aber da Sie mich hier nutzlos meine Zeit
versäumen lassen, weiß ich nicht, warum es nicht auch Ihre Herren Eltern erfahren sollen. Ihre Leistungen in der letzten Zeit
waren also sehr unbefriedigend; es ist zwar nicht die Jahreszeit,
um besondere Geschäfte zu machen, das erkennen wir an; aber 10
eine Jahreszeit, um keine Geschäfte zu machen, gibt es überhaupt
nicht, Herr Samsa, darf es nicht geben.« — »Aber Herr Prokurist«, rief Gregor außer sich und vergaß in der Aufregung alles
andere, »ich mache ja sofort, augenblicklich auf. Ein leichtes Unwohlsein, ein Schwindelanfall, haben mich verhindert aufzuste- 15
hen. Ich liege noch jetzt im Bett. Jetzt bin ich aber schon wieder
ganz frisch. Eben steige ich aus dem Bett. Nur einen kleinen
Augenblick Geduld! Es geht noch nicht so gut, wie ich dachte.
Es ist mir aber schon wohl. Wie das nur einen Menschen so überfallen kann! Noch gestern abend war mir ganz gut, meine Eltern 20
wissen es ja, oder besser, schon gestern abend hatte ich eine kleine
Vorahnung. Man hätte es mir ansehen müssen. Warum habe ich es
nur im Geschäft nicht gemeldet! Aber man denkt eben immer, daß
man die Krankheit ohne Zuhausebleiben überstehen wird. Herr
Prokurist! Schonen Sie meine Eltern! Für alle die Vorwürfe, die 25
Sie mir jetzt machen, ist ja kein Grund; man hat mir ja davon
auch kein Wort gesagt. Sie haben vielleicht die letzten Aufträge,
die ich geschickt habe, nicht gelesen. Übrigens, noch mit dem
Achtuhrzug fahre ich auf die Reise, die paar Stunden Ruhe haben
mich gekräftigt. Halten Sie sich nur nicht auf[23], Herr Prokurist; 30
ich bin gleich selbst im Geschäft, und haben Sie die Güte, das zu
sagen und mich dem Herrn Chef zu empfehlen!«

Und während Gregor dies alles hastig ausstieß und kaum
wußte, was er sprach, hatte er sich leicht, wohl infolge der im

---

22. *unter vier Augen* — between ourselves
23. *Halten . . . auf* — don't let me keep you

Bett bereits erlangten Übung, dem Kasten genähert und versuchte nun, an ihm sich aufzurichten. Er wollte tatsächlich die Tür aufmachen, tatsächlich sich sehen lassen und mit dem Prokuristen sprechen; er war begierig zu erfahren, was die anderen, die
5 jetzt so nach ihm verlangten, bei seinem Anblick sagen würden. Würden sie erschrecken, dann hatte Gregor keine Verantwortung mehr und konnte ruhig sein. Würden sie aber alles ruhig hinnehmen, dann hatte er auch keinen Grund, sich aufzuregen, und konnte, wenn er sich beeilte, um acht Uhr tatsächlich auf
10 dem Bahnhof sein. Zuerst glitt er nun einige Male von dem glatten Kasten ab, aber endlich gab er sich einen letzten Schwung und stand aufrecht da; auf die Schmerzen im Unterleib achtete er gar nicht mehr, so sehr sie auch brannten. Nun ließ er sich gegen die Rückenlehne eines nahen Stuhles fallen, an deren Rän-
15 dern er sich mit seinen Beinchen festhielt. Damit hatte er aber auch die Herrschaft über sich erlangt und verstummte, denn nun konnte er den Prokuristen anhören.

»Haben Sie auch nur ein Wort verstanden?« fragte der Prokurist die Eltern, »er macht sich doch wohl nicht einen <u>Narren</u> aus
20 uns[24]?« — »Um Gottes willen«, rief die Mutter schon unter Weinen, »er ist vielleicht schwer krank, und wir quälen ihn. Grete! Grete!« schrie sie dann. »Mutter?« rief die Schwester von der anderen Seite. Sie verständigten sich durch Gregors Zimmer. »Du mußt augenblicklich zum Arzt. Gregor ist krank. Rasch um
25 den Arzt. Hast du Gregor jetzt reden hören?« — »Das war eine Tierstimme«, sagte der Prokurist, auffallend leise gegenüber dem Schreien der Mutter. »Anna! Anna!« rief der Vater durch das Vorzimmer in die Küche und klatschte in die Hände, »sofort einen Schlosser holen!« Und schon liefen die zwei Mädchen mit
30 rauschenden Röcken durch das Vorzimmer — wie hatte sich die Schwester denn so schnell angezogen? — und rissen die Wohnungstüre auf. Man hörte gar nicht die Türe zuschlagen; sie hatten sie wohl offen gelassen, wie es in Wohnungen zu sein pflegt, in denen ein großes Unglück geschehen ist.
35   Gregor war aber viel ruhiger geworden. Man verstand zwar

---

24. ›*er macht . . . uns?*‹ — "he isn't making fools of us, is he?"

also seine Worte nicht mehr, trotzdem sie ihm genug klar, klarer
als früher, vorgekommen waren, vielleicht infolge der Gewöhnung des Ohres. Aber immerhin glaubte man nun schon daran,
daß es mit ihm nicht ganz in Ordnung war, und war bereit, ihm
zu helfen. Die Zuversicht und Sicherheit, mit welchen die ersten 5
Anordnungen getroffen worden waren, taten ihm wohl. Er fühlte
sich wieder einbezogen in den menschlichen Kreis und erhoffte
von beiden, vom Arzt und vom Schlosser, ohne sie eigentlich
genau zu scheiden, großartige und überraschende Leistungen.
Um für die sich nähernden entscheidenden Besprechungen eine 10
möglichst klare Stimme zu bekommen, hustete er ein wenig ab,
allerdings bemüht, dies ganz gedämpft zu tun, da möglicherweise auch schon dieses Geräusch anders als menschlicher Husten
klang, was er selbst zu entscheiden sich nicht mehr getraute. Im
Nebenzimmer war es inzwischen ganz still geworden. Vielleicht 15
saßen die Eltern mit dem Prokuristen beim Tisch und tuschelten,
vielleicht lehnten alle an der Tür und horchten.

   Gregor schob sich langsam mit dem Sessel zur Tür hin, ließ
ihn dort los, warf sich gegen die Tür, hielt sich an ihr aufrecht
— die Ballen seiner Beinchen hatten ein wenig Klebstoff — und 20
ruhte sich dort einen Augenblick lang von der Anstrengung aus.
Dann aber machte er sich daran, mit dem Mund den Schlüssel
im Schloß umzudrehen. Es schien leider, daß er keine eigentlichen Zähne hatte — womit sollte er gleich den Schlüssel fassen? —, aber dafür waren die Kiefer freilich sehr stark; mit ihrer 25
Hilfe brachte er auch wirklich den Schlüssel in Bewegung und
achtete nicht darauf, daß er sich zweifellos irgend einen Schaden
zufügte, denn eine braune Flüssigkeit kam ihm aus dem Mund,
floß über den Schlüssel und tropfte auf den Boden. »Hören Sie
nur«, sagte der Prokurist im Nebenzimmer, »er dreht den Schlüs- 30
sel um.« Das war für Gregor eine große Aufmunterung; aber alle
hätten ihm zurufen sollen, auch der Vater und die Mutter: ›Frisch,
Gregor‹, hätten sie rufen sollen, ›immer nur heran, fest an das
Schloß heran!‹ [25] Und in der Vorstellung, daß alle seine Bemü-
hungen mit Spannung verfolgten, verbiß er sich mit allem, was 35

25. ›immer . . . heran!‹ — keep at it, come at that lock!

er an Kraft aufbringen konnte, besinnungslos in den Schlüssel.
Je nach dem Fortschreiten der Drehung des Schlüssels umtanzte
er das Schloß; hielt sich jetzt nur noch mit dem Munde aufrecht,
und je nach Bedarf hing er sich an den Schlüssel oder drückte ihn
5 dann wieder nieder mit der ganzen Last seines Körpers. Der hel-
lere Klang des endlich zurückschnappenden Schlosses erweckte
Gregor förmlich. Aufatmend sagte er sich: ›Ich habe also den
Schlosser nicht gebraucht‹, und legte den Kopf auf die Klinke,
um die Türe gänzlich zu öffnen.

latch

10   Da er die Türe auf diese Weise öffnen mußte, war sie eigentlich
schon recht weit geöffnet und er selbst noch nicht zu sehen. Er
mußte sich erst langsam um den einen Türflügel herumdrehen,
und zwar sehr vorsichtig, wenn er nicht gerade vor dem Eintritt
ins Zimmer plump auf den Rücken fallen wollte. Er war noch
15 mit jener schwierigen Bewegung beschäftigt und hatte nicht Zeit,
auf anderes zu achten, da hörte er schon den Prokuristen ein lau-
tes »Oh!« ausstoßen — es klang, wie wenn der Wind saust —
und nun sah er ihn auch, wie er, der der nächste an der Türe war,
die Hand gegen den offenen Mund drückte und langsam zurück-
20 wich, als vertreibe ihn eine unsichtbare, gleichmäßig fortwir-
kende Kraft. Die Mutter — sie stand hier trotz der Anwesenheit
des Prokuristen mit von der Nacht her noch aufgelösten, hoch
sich sträubenden Haaren — sah zuerst mit gefalteten Händen
den Vater an, ging dann zwei Schritte zu Gregor hin und fiel in-
25 mitten ihrer rings um sie herum sich ausbreitenden Röcke nieder,

plot

das Gesicht ganz unauffindbar zu ihrer Brust gesenkt. Der Vater
ballte mit feindseligem Ausdruck die Faust, als wolle er Gregor
in sein Zimmer zurückstoßen, sah sich dann unsicher im Wohnzimmer um, beschattete dann mit den Händen die Augen und
30 weinte, daß sich seine mächtige Brust schüttelte.

Gregor trat nun gar nicht in das Zimmer, sondern lehnte sich
von innen an den festgeriegelten Türflügel, so daß sein Leib nur
zur Hälfte und darüber der seitlich geneigte Kopf zu sehen war,
mit dem er zu den anderen hinüberlugte. Es war inzwischen viel
35 heller geworden; klar stand auf der anderen Straßenseite ein
Ausschnitt des gegenüberliegenden, endlosen, grauschwarzen

Sie ist ohnmächtig geworden — Fainted

Sie haben ihn ermunterte

Hauses — es war ein Krankenhaus — mit seinen hart die Front
durchbrechenden regelmäßigen Fenstern; der Regen fiel noch
nieder, aber nur mit großen, einzeln sichtbaren und förmlich
auch einzelweise auf die Erde hinuntergeworfenen Tropfen.
Das Frühstücksgeschirr stand in überreicher Zahl auf dem Tisch, 5
denn für den Vater war das Frühstück die wichtigste Mahlzeit
des Tages, die er bei der Lektüre verschiedener Zeitungen stundenlang hinzog. Gerade an der gegenüberliegenden Wand hing
eine Photographie Gregors aus seiner Militärzeit, die ihn als
Leutnant darstellte, wie er, die Hand am Degen, sorglos lächelnd, 10
Respekt für seine Haltung und Uniform verlangte. Die Tür zum
Vorzimmer war geöffnet, und man sah, da auch die Wohnungstür offen war, auf den Vorplatz der Wohnung hinaus und auf
den Beginn der abwärts führenden Treppe.

»Nun«, sagte Gregor und war sich dessen wohl bewußt, daß er 15
der einzige war, der die Ruhe bewahrt hatte, »ich werde mich
gleich anziehen, die Kollektion zusammenpacken und wegfahren. Wollt ihr, wollt ihr mich wegfahren lassen? Nun, Herr
Prokurist, Sie sehen, ich bin nicht starrköpfig, und ich arbeite *obstinate*
gern; das Reisen ist beschwerlich, aber ich könnte ohne das Rei- 20
sen nicht leben. Wohin gehen Sie denn, Herr Prokurist? Ins
Geschäft? Ja? Werden Sie alles wahrheitsgetreu berichten? Man
kann im Augenblick unfähig sein zu arbeiten, aber dann ist ge- *incapable*
rade der richtige Zeitpunkt, sich an die früheren Leistungen zu
erinnern und zu bedenken, daß man später, nach Beseitigung des 25
Hindernisses, gewiß desto fleißiger und gesammelter arbeiten
wird. Ich bin ja dem Herrn Chef so sehr verpflichtet, das wissen
Sie doch recht gut. Andererseits habe ich die Sorge um meine Eltern und die Schwester. Ich bin in der Klemme, ich werde mich *fix*
aber auch wieder herausarbeiten. Machen Sie es mir aber nicht 30
schwieriger, als es schon ist. Halten Sie im Geschäft meine Partei[26]! Man liebt den Reisenden nicht, ich weiß. Man denkt, er
verdient ein Heidengeld und führt dabei ein schönes Leben. Man
hat eben keine besondere Veranlassung, dieses Vorurteil besser *prejudice*
zu durchdenken. Sie aber, Herr Prokurist, Sie haben einen bes- 35

26. *Halten . . . Partei!* — Take my part at the office!

seren Überblick über die Verhältnisse als das sonstige Personal,
ja sogar, ganz im Vertrauen gesagt, einen besseren Überblick als
der Herr Chef selbst, der in seiner Eigenschaft als Unternehmer
sich in seinem Urteil zuungunsten eines Angestellten be-
5 irren läßt. Sie wissen auch sehr wohl, daß der Reisende, der fast
das ganze Jahr außerhalb des Geschäftes ist, so leicht ein Opfer
von Klatschereien, Zufälligkeiten und grundlosen Beschwerden
werden kann, gegen die sich zu wehren ihm ganz unmöglich ist,
da er von ihnen meistens gar nichts erfährt und nur dann, wenn
10 er erschöpft eine Reise beendet hat, zu Hause die schlimmen, auf
ihre Ursachen hin nicht mehr zu durchschauenden Folgen am
eigenen Leibe zu spüren bekommt[27]. Herr Prokurist, gehen Sie
nicht weg, ohne mir ein Wort gesagt zu haben, das mir zeigt, daß
Sie mir wenigstens zu einem kleinen Teil recht geben!«

15 Aber der Prokurist hatte sich schon bei den ersten Worten
Gregors abgewendet, und nur über die zuckende Schulter hinweg
sah er mit aufgeworfenen Lippen nach Gregor zurück. Und während Gregors Rede stand er keinen Augenblick still, sondern
verzog sich, ohne Gregor aus den Augen zu lassen, gegen die
20 Tür, aber ganz allmählich, als bestehe ein geheimes Verbot, das
Zimmer zu verlassen. Schon war er im Vorzimmer, und nach der
plötzlichen Bewegung, mit der er zum letztenmal den Fuß aus
dem Wohnzimmer zog, hätte man glauben können, er habe sich
soeben die Sohle verbrannt. Im Vorzimmer aber streckte er die
25 rechte Hand weit von sich zur Treppe hin, als warte dort auf ihn
eine geradezu überirdische Erlösung.

Gregor sah ein, daß er den Prokuristen in dieser Stimmung auf
keinen Fall weggehen lassen dürfe, wenn dadurch seine Stellung
im Geschäft nicht aufs äußerste gefährdet werden sollte. Die El-
30 tern verstanden das alles nicht so gut; sie hatten sich in den langen Jahren die Überzeugung gebildet, daß Gregor in diesem
Geschäft für sein Leben versorgt war, und hatten außerdem jetzt
mit den augenblicklichen Sorgen so viel zu tun, daß ihnen jede

27. *nur dann, wenn . . . bekommt* — only when at home, exhausted from
the trip he has completed, does he have to suffer to his own hurt the
evil consequences which can no longer be traced back to their causes

Voraussicht abhanden gekommen war. Aber Gregor hatte diese
Voraussicht. Der Prokurist mußte gehalten, beruhigt, überzeugt
und schließlich gewonnen werden; die Zukunft Gregors und seiner Familie hing doch davon ab! Wäre doch die Schwester hier
gewesen! Sie war klug; sie hatte schon geweint, als Gregor noch 5
ruhig auf dem Rücken lag. Und gewiß hätte der Prokurist, dieser
Damenfreund, sich von ihr lenken lassen; sie hätte die Wohnungstür zugemacht und ihm im Vorzimmer den Schrecken aus-
geredet. Aber die Schwester war eben nicht da, Gregor selbst
mußte handeln. Und ohne daran zu denken, daß er seine gegen- 10
wärtigen Fähigkeiten, sich zu bewegen, noch gar nicht kannte,
ohne auch daran zu denken, daß seine Rede möglicher-, ja wahr-
scheinlicherweise wieder nicht verstanden worden war, verließ er
den Türflügel; schob sich durch die Öffnung; wollte zum Prokuristen hingehen, der sich schon am Geländer des Vorplatzes 15
lächerlicherweise mit beiden Händen festhielt; fiel aber sofort,
nach einem Halt suchend, mit einem kleinen Schrei auf seine
vielen Beinchen nieder. Kaum war das geschehen, fühlte er zum
erstenmal an diesem Morgen ein körperliches Wohlbehagen; die
Beinchen hatten festen Boden unter sich; sie gehorchten voll- 20
kommen, wie er zu seiner Freude merkte; sie strebten sogar danach, ihn fortzutragen, wohin er wollte; und schon glaubte er, die
endgültige Besserung alles Leidens stehe unmittelbar bevor. Aber
im gleichen Augenblick, als er da schaukelnd vor verhaltener
Bewegung, gar nicht weit von seiner Mutter entfernt, ihr gerade 25
gegenüber auf dem Boden lag, sprang diese, die doch so ganz in
sich versunken schien, mit einemmal in die Höhe, die Arme
weit ausgestreckt, die Finger gespreizt, rief: »Hilfe, um Gottes
willen, Hilfe!« hielt den Kopf geneigt, als wolle sie Gregor besser sehen, lief aber, im Widerspruch dazu, sinnlos zurück; hatte 30
vergessen, daß hinter ihr der gedeckte Tisch stand; setzte sich, als
sie bei ihm angekommen war, wie in Zerstreutheit eilig auf ihn;
und schien gar nicht zu merken, daß neben ihr aus der umgewor-
fenen großen Kanne der Kaffee in vollem Strom auf den Teppich
sich ergoß. 35

»Mutter, Mutter«, sagte Gregor leise und sah zu ihr hinauf.

Der Prokurist war ihm für einen Augenblick ganz aus dem Sinn
gekommen; dagegen konnte er sich nicht versagen, im Anblick
des fließenden Kaffees mehrmals mit den Kiefern ins Leere zu
schnappen. Darüber schrie die Mutter neuerdings auf, flüchtete
5 vom Tisch und fiel dem ihr entgegeneilenden Vater in die Arme.
Aber Gregor hatte jetzt keine Zeit für seine Eltern; der Prokurist
war schon auf der Treppe; das Kinn auf dem Geländer, sah er
noch zum letztenmal zurück. Gregor nahm einen Anlauf, um
ihn möglichst sicher einzuholen; der Prokurist mußte etwas
10 ahnen, denn er machte einen Sprung über mehrere Stufen und
verschwand; »Hu!« aber schrie er noch, es klang durchs ganze
Treppenhaus. Leider schien nun auch diese Flucht des Prokuristen den Vater, der bisher verhältnismäßig gefaßt gewesen war,
völlig zu verwirren, denn statt selbst dem Prokuristen nachzu-
15 laufen oder wenigstens Gregor in der Verfolgung nicht zu hindern, packte er mit der Rechten den Stock des Prokuristen, den
dieser mit Hut und Überzieher auf einem Sessel zurückgelassen
hatte, holte mit der Linken eine große Zeitung vom Tisch und
machte sich unter Füßestampfen daran, Gregor durch Schwen-
20 ken des Stockes und der Zeitung in sein Zimmer zurückzutreiben.
Kein Bitten Gregors half, kein Bitten wurde auch verstanden, er
mochte den Kopf noch so demütig drehen[28], der Vater stampfte
nur stärker mit den Füßen. Drüben hatte die Mutter trotz des
kühlen Wetters ein Fenster aufgerissen, und hinausgelehnt
25 drückte sie ihr Gesicht weit außerhalb des Fensters in ihre
Hände. Zwischen Gasse und Treppenhaus entstand eine starke
Zugluft, die Fenstervorhänge flogen auf, die Zeitungen auf dem
Tische rauschten, einzelne Blätter wehten über den Boden hin.
Unerbittlich drängte der Vater und stieß Zischlaute aus wie ein
30 Wilder. Nun hatte aber Gregor noch gar keine Übung im Rückwärtsgehen, es ging wirklich sehr langsam. Wenn sich Gregor
nur hätte umdrehen dürfen, er wäre gleich in seinem Zimmer
gewesen, aber er fürchtete sich, den Vater durch die zeitraubende
Umdrehung ungeduldig zu machen, und jeden Augenblick
35 drohte ihm doch von dem Stock in des Vaters Hand der tödliche

28. *er mochte ... drehen* — however humbly he turned his head

Waagerecht — horizontal
Senkrecht — vertical

Schlag auf den Rücken oder auf den Kopf. Endlich aber blieb
Gregor doch nichts anderes übrig, denn er merkte mit Entsetzen,
daß er im Rückwärtsgehen nicht einmal die Richtung einzuhalten
verstand; und so begann er, unter unaufhörlichen ängstlichen
Seitenblicken nach dem Vater, sich nach Möglichkeit rasch, in 5
Wirklichkeit aber doch nur sehr langsam umzudrehen. Vielleicht
merkte der Vater seinen guten Willen, denn er störte ihn hierbei
nicht, sondern dirigierte sogar hie und da die Drehbewegung
von der Ferne mit der Spitze seines Stockes. Wenn nur nicht dieses unerträgliche Zischen des Vaters gewesen wäre! Gregor ver- 10
lor darüber ganz den Kopf. Er war schon fast ganz umgedreht,
als er sich, immer auf dieses Zischen horchend, sogar irrte und
sich wieder ein Stück zurückdrehte. Als er aber endlich glücklich
mit dem Kopf vor der Türöffnung war zeigte es sich, daß sein
Körper zu breit war, um ohne weiteres durchzukommen. Dem 15
Vater fiel es natürlich in seiner gegenwärtigen Verfassung auch
nicht entfernt ein, etwa den anderen Türflügel zu öffnen, um für
Gregor einen genügenden Durchgang zu schaffen. Seine fixe
Idee war bloß, daß Gregor so rasch wie möglich in sein Zimmer
müsse. Niemals hätte er auch die umständlichen Vorbereitungen 20
gestattet, die Gregor brauchte, um sich aufzurichten und vielleicht
auf diese Weise durch die Tür zu kommen. Vielmehr trieb er,
als gäbe es kein Hindernis, Gregor jetzt unter besonderem Lärm
vorwärts; es klang schon hinter Gregor gar nicht mehr wie die
Stimme bloß eines einzigen Vaters; nun gab es wirklich keinen 25
Spaß mehr, und Gregor drängte sich — geschehe, was wolle[29] —
in die Tür. Die eine Seite seines Körpers hob sich, er lag schief in
der Türöffnung, seine eine Flanke war ganz wundgerieben, an
der weißen Tür blieben häßliche Flecken, bald steckte er fest und
hätte sich allein nicht mehr rühren können, die Beinchen auf der 30
einen Seite hingen zitternd oben in der Luft, die auf der anderen
waren schmerzhaft zu Boden gedrückt — da gab ihm der Vater
von hinten einen jetzt wahrhaftig erlösenden starken Stoß, und
er flog, heftig blutend, weit in sein Zimmer hinein. Die Tür
wurde noch mit dem Stock zugeschlagen, dann war es endlich still.

29. *geschehe was wolle* — come what may

II

Erst in der Abenddämmerung erwachte Gregor aus
seinem schweren ohnmachtsähnlichen Schlaf. Er wäre gewiß
nicht viel später auch ohne Störung erwacht, denn er fühlte sich
genügend ausgeruht und ausgeschlafen, doch schien es ihm, als
hätte ihn ein flüchtiger Schritt und ein vorsichtiges Schließen der 5
zum Vorzimmer führenden Tür geweckt. Der Schein der elektrischen Straßenlampen lag bleich hie und da auf der Zimmerdecke und auf den höheren Teilen der Möbel, aber unten bei
Gregor war es finster. Langsam schob er sich, noch ungeschickt
mit seinen Fühlern tastend, die er erst jetzt schätzen lernte, zur 10
Türe hin, um nachzusehen, was dort geschehen war. Seine linke
Seite schien eine einzige lange, unangenehm spannende Narbe,
und er mußte auf seinen zwei Beinchen regelrecht hinken. Ein
Beinchen war übrigens im Laufe der vormittägigen Vorfälle
schwer verletzt worden — es war fast ein Wunder, daß nur eines 15
verletzt worden war — und schleppte leblos nach.

Erst bei der Tür merkte er, was ihn dorthin eigentlich gelockt
hatte: Es war der Geruch von etwas Eßbarem gewesen. Denn
dort stand ein Napf, mit süßer Milch gefüllt, in der kleine Schnit-
ten von Weißbrot schwammen. Fast hätte er vor Freude gelacht, 20
denn er hatte noch größeren Hunger als am Morgen, und gleich
tauchte er seinen Kopf fast bis über die Augen in die Milch hin-

ein. Aber bald zog er ihn enttäuscht wieder zurück; nicht nur,
daß ihm das Essen wegen seiner heiklen linken Seite Schwierigkeiten machte — und er konnte nur essen, wenn der ganze Körper schnaufend mitarbeitete —, so schmeckte ihm überdies die
5 Milch, die sonst sein Lieblingsgetränk war und die ihm gewiß
die Schwester deshalb hereingestellt hatte, gar nicht, ja er wandte
sich fast mit Widerwillen von dem Napf ab und kroch in die
Zimmermitte zurück.

Im Wohnzimmer war, wie Gregor durch die Türspalte sah,
10 das Gas angezündet, aber während sonst zu dieser Tageszeit der
Vater seine nachmittags erscheinende Zeitung der Mutter und
manchmal auch der Schwester mit erhobener Stimme vorzulesen
pflegte, hörte man jetzt keinen Laut. Nun, vielleicht war dieses
Vorlesen, von dem ihm die Schwester immer erzählte und
15 schrieb, in der letzten Zeit überhaupt aus der Übung gekommen.
Aber auch ringsherum war es so still, trotzdem doch gewiß die
Wohnung nicht leer war. ›Was für ein stilles Leben die Familie
doch führte‹, sagte sich Gregor und fühlte, während er starr vor
sich ins Dunkle sah, einen großen Stolz darüber, daß er seinen
20 Eltern und seiner Schwester ein solches Leben in einer so schönen
Wohnung hatte verschaffen können. Wie aber, wenn jetzt alle
Ruhe, aller Wohlstand, alle Zufriedenheit ein Ende mit Schrek-
ken nehmen sollten? Um sich nicht in solche Gedanken zu verlieren, setzte sich Gregor lieber in Bewegung und kroch im
25 Zimmer auf und ab.

Einmal während des langen Abends wurde die eine Seitentür
und einmal die andere bis zu einer kleinen Spalte geöffnet und
rasch wieder geschlossen; jemand hatte wohl das Bedürfnis, hereinzukommen, aber auch wieder zu viele Bedenken. Gregor
30 machte nun unmittelbar bei der Wohnzimmertür halt, entschlossen, den zögernden Besucher doch irgendwie hereinzubringen
oder doch wenigstens zu erfahren, wer es sei; aber nun wurde die
Tür nicht mehr geöffnet, und Gregor wartete vergebens. Früh,
als die Türen versperrt waren, hatten alle zu ihm hereinkommen
85 wollen, jetzt, da er die eine Tür geöffnet hatte und die anderen
offenbar während des Tages geöffnet worden waren, kam

keiner mehr, und die Schlüssel steckten nun auch von außen[30].

Spät erst in der Nacht wurde das Licht im Wohnzimmer aus-
gelöscht, und nun war leicht festzustellen, daß die Eltern und die
Schwester so lange wach geblieben waren, denn wie man genau
hören konnte, entfernten sich jetzt alle drei auf den Fußspitzen.
Nun kam gewiß bis zum Morgen niemand mehr zu Gregor herein; er hatte also eine lange Zeit, um ungestört zu überlegen, wie
er sein Leben jetzt neu ordnen sollte. Aber das hohe freie Zimmer,
in dem er gezwungen war, flach auf dem Boden zu liegen, äng-
stigte ihn, ohne daß er die Ursache herausfinden konnte, denn es
war ja sein seit fünf Jahren von ihm bewohntes Zimmer — und
mit einer halb unbewußten Wendung und nicht ohne eine leichte
Scham eilte er unter das Kanapee, wo er sich, trotzdem sein
Rücken ein wenig gedrückt wurde und trotzdem er den Kopf
nicht mehr erheben konnte, gleich sehr behaglich fühlte und nur
bedauerte, daß sein Körper zu breit war, um vollständig unter
dem Kanapee untergebracht zu werden.

Dort blieb er die ganze Nacht, die er zum Teil im Halbschlaf,
aus dem ihn der Hunger immer wieder aufschreckte, verbrachte,
zum Teil aber in Sorgen und undeutlichen Hoffnungen, die aber
alle zu dem Schlusse führten, daß er sich vorläufig ruhig verhalten und durch Geduld und größte Rücksichtnahme der Familie
die Unannehmlichkeiten erträglich machen müsse, die er ihr in
seinem gegenwärtigen Zustand nun einmal zu verursachen gezwungen war.

Schon am frühen Morgen, es war fast noch Nacht, hatte Gregor Gelegenheit, die Kraft seiner eben gefaßten Entschlüsse zu
prüfen, denn vom Vorzimmer her öffnete die Schwester, fast
völlig angezogen, die Tür und sah mit Spannung herein. Sie fand
ihn nicht gleich, aber als sie ihn unter dem Kanapee bemerkte —
Gott, er mußte doch irgendwo sein, er hatte doch nicht wegflie-
gen können —, erschrak sie so sehr, daß sie, ohne sich beherrschen zu können, die Tür von außen wieder zuschlug. Aber als
bereue sie ihr Benehmen, öffnete sie die Tür sofort wieder und

---

30. *die Schlüssel ... außen* — the keys were inserted now from the out-
    side too

trat, als sei sie bei einem Schwerkranken oder gar bei einem
Fremden, auf den Fußspitzen herein. Gregor hatte den Kopf bis
knapp zum Rande des Kanapees vorgeschoben und beobachtete
sie. Ob sie wohl bemerken würde, daß er die Milch stehengelas-
5 sen hatte, und zwar keineswegs aus Mangel an Hunger, und ob
sie eine andere Speise hereinbringen würde, die ihm besser entsprach? Täte sie es nicht von selbst, er wollte lieber verhungern
als sie darauf aufmerksam machen, trotzdem es ihn eigentlich
ungeheuer drängte, unterm Kanapee orzuschießen, sich der
10 Schwester zu Füßen zu werfen und sie um irgend etwas Gutes
zum Essen zu bitten. Aber die Schwester bemerkte sofort mit
Verwunderung den noch vollen Napf, aus dem nur ein wenig
Milch ringsherum verschüttet war, sie hob ihn gleich auf, zwar
nicht mit den bloßen Händen, sondern mit einem Fetzen, und
15 trug ihn hinaus. Gregor war äußerst neugierig, was sie zum Er-
satze bringen würde, und er machte sich die verschiedensten
Gedanken darüber. Niemals aber hätte er erraten können, was
die Schwester in ihrer Güte wirklich tat. Sie brachte ihm, um
seinen Geschmack zu prüfen, eine ganze Auswahl, alles auf einer
20 alten Zeitung ausgebreitet. Da war altes halbverfaultes Gemüse;
Knochen vom Nachtmahl her, die von festgewordener weißer
Soße umgeben waren; ein paar Rosinen und Mandeln; ein Käse,
den Gregor vor zwei Tagen für ungenießbar erklärt hatte; ein
trockenes Brot, ein mit Butter beschmiertes Brot und ein mit
25 Butter beschmiertes und gesalzenes Brot. Außerdem stellte sie zu
dem allen noch den wahrscheinlich ein für allemal für Gregor
bestimmten Napf, in den sie Wasser gegossen hatte. Und aus
Zartgefühl, da sie wußte, daß Gregor vor ihr nicht essen würde,
entfernte sie sich eiligst und drehte sogar den Schlüssel um, da-
30 mit nur³¹ Gregor merken könne, daß er es sich so behaglich
machen dürfe, wie er wolle. Gregors Beinchen schwirrten, als es
jetzt zum Essen ging. Seine Wunden mußten übrigens auch schon
vollständig geheilt sein, er fühlte keine Behinderung mehr, er
staunte darüber und dachte daran, wie er vor mehr als einem
35 Monat sich mit dem Messer ganz wenig in den Finger geschnit-

31. *damit nur* — just so that

Er las

Klebstoff hinter sich
~~sticky staff~~ *- Klood*

ten und wie ihm diese Wunde noch vorgestern genug weh getan
hatte. ›Sollte ich jetzt weniger Feingefühl haben?‹ dachte er und
saugte schon gierig an dem Käse, zu dem es ihn vor allen anderen
Speisen sofort und nachdrücklich gezogen hatte. Rasch hintereinander und mit vor Befriedigung tränenden Augen verzehrte er 5
den Käse, das Gemüse und die Soße; die frischen Speisen dagegen schmeckten ihm nicht, er konnte nicht einmal ihren Geruch
vertragen und schleppte sogar die Sachen, die er essen wollte, ein
Stückchen weiter weg. Er war schon längst mit allem fertig und
lag nur noch faul auf der gleichen Stelle, als die Schwester zum 10
Zeïchen, daß er sich zurückziehen solle, langsam den Schlüssel
umdrehte. Das schreckte ihn sofort auf, trotzdem er schon fast
schlummerte, und er eilte wieder unter das Kanapee. Aber es
kostete ihn große Selbstüberwindung, auch nur die kurze Zeit,
während welcher die Schwester im Zimmer war, unter dem 15
Kanapee zu bleiben, denn von dem reichlichen Essen hatte sich
sein Leib ein wenig gerundet, und er konnte dort in der Enge
kaum atmen. Unter kleinen Erstickungsanfällen sah er mit etwas
hervorgequollenen Augen zu, wie die nichtsahnende Schwester
mit einem Besen nicht nur die Überbleibsel zusammenkehrte, 20
sondern selbst die von *Gregor* gar nicht berührten Speisen, als
seien also auch diese nicht mehr zu gebrauchen, und wie sie alles
hastig in einen Kübel schüttete, den sie mit einem Holzdeckel
schloß, worauf sie alles hinaustrug. Kaum hatte sie sich umgedreht, zog sich schon *Gregor* unter dem Kanapee hervor und 25
streckte und blähte sich.

Auf diese Weise bekam nun *Gregor* täglich sein Essen, einmal
am Morgen, wenn die Eltern und das Dienstmädchen noch
schliefen, das zweitemal nach dem allgemeinen Mittagessen,
denn dann schliefen die Eltern gleichfalls noch ein Weilchen, 30
und das Dienstmädchen wurde von der Schwester mit irgend
einer Besorgung weggeschickt. Gewiß wollten auch sie nicht, daß
Gregor verhungere, aber vielleicht hätten sie es nicht ertragen
können, von seinem Essen mehr als durch Hörensagen zu erfahren, vielleicht wollte die Schwester ihnen auch eine mög- 35

zwei mal täglich - morgens und abends

licherweise nur kleine Trauer ersparen, denn tatsächlich litten sie
ja gerade genug.

Mit welchen Ausreden man an jenem ersten Vormittag den
Arzt und den Schlosser wieder aus der Wohnung geschafft hatte,
5 konnte Gregor gar nicht erfahren, denn da er nicht verstanden
wurde, dachte niemand daran, auch die Schwester nicht, daß er
die anderen verstehen könne, und so mußte er sich, wenn die
Schwester in seinem Zimmer war, damit begnügen, nur hier und
da ihre Seufzer und Anrufe der Heiligen zu hören. Erst später,
10 als sie sich ein wenig an alles gewöhnt hatte — von vollständiger
Gewöhnung konnte natürlich niemals die Rede sein —, erhaschte
Gregor manchmal eine Bemerkung, die freundlich gemeint war
oder so gedeutet werden konnte. »Heute hat es ihm aber ge-
schmeckt«, sagte sie, wenn Gregor unter dem Essen tüchtig auf-
15 geräumt hatte[32], während sie im gegenteiligen Fall, der sich allmählich immer häufiger wiederholte, fast traurig zu sagen
pflegte: »Nun ist wieder alles stehengeblieben.«

Während aber Gregor unmittelbar keine Neuigkeit erfahren
konnte, erhorchte er manches aus den Nebenzimmern, und wo er
20 nur einmal[33] Stimmen hörte, lief er gleich zu der betreffenden
Tür und drückte sich mit ganzem Leib an sie. Besonders in der
ersten Zeit gab es kein Gespräch, das nicht irgendwie, wenn auch
nur im geheimen, von ihm handelte. Zwei Tage lang waren bei
allen Mahlzeiten Beratungen darüber zu hören, wie man sich
25 jetzt verhalten solle; aber auch zwischen den Mahlzeiten sprach
man über das gleiche Thema, denn immer waren zumindest zwei
Familienmitglieder zu Hause, da wohl niemand allein zu Hause
bleiben wollte und man die Wohnung doch auf keinen Fall
gänzlich verlassen konnte. Auch hatte das Dienstmädchen gleich
30 am ersten Tag — es war nicht ganz klar, was und wieviel sie von
dem Vorgefallenen wußte — kniefällig die Mutter gebeten, sie
sofort zu entlassen, und als sie sich eine Viertelstunde danach
verabschiedete, dankte sie für die Entlassung unter Tränen wie
für die größte Wohltat, die man ihr hier erwiesen hatte, und gab,

---

32. *unter dem Essen . . . hatte* — had heartily put away a lot of food
33. *wo . . . einmal* — whenever he

ohne daß man es von ihr verlangte, einen fürchterlichen Schwur ab, niemandem auch nur das geringste zu verraten.

Nun mußte die Schwester im Verein mit der Mutter auch kochen: allerdings machte das nicht viel Mühe, denn man aß fast nichts. Immer wieder hörte Gregor, wie der eine den anderen 5 vergebens zum Essen aufforderte und keine andere Antwort bekam als: »Danke, ich habe genug«, oder etwas Ähnliches. Getrunken wurde vielleicht auch nichts. Öfters fragte die Schwester den Vater, ob er Bier haben wolle, und herzlich erbot sie sich, es selbst zu holen, und als der Vater schwieg, sagte sie, um 10 ihm jedes Bedenken zu nehmen, sie könne auch die Hausmeisterin darum schicken, aber dann sagte der Vater schließlich ein großes »Nein«, und es wurde nicht mehr davon gesprochen.

Schon im Laufe des ersten Tages legte der Vater die ganzen Vermögensverhältnisse[34] und Aussichten sowohl der Mutter als 15 auch der Schwester dar. Hie und da stand er vom Tische auf und holte aus seiner kleinen Wertheimkassa[35], die er aus dem vor fünf Jahren erfolgten Zusammenbruch seines Geschäftes gerettet hatte, irgend einen Beleg oder irgend ein Vormerkbuch. Man hörte, wie er das komplizierte Schloß aufsperrte und nach Ent- 20 nahme des Gesuchten wieder verschloß. Diese Erklärungen des Vaters waren zum Teil das erste Erfreuliche, was Gregor seit seiner Gefangenschaft zu hören bekam. Er war der Meinung gewesen, daß dem Vater von jenem Geschäft her nicht das geringste übriggeblieben war, zumindest hatte ihm der Vater nichts Gegen- 25 teiliges gesagt, und Gregor hatte ihn auch nicht darum gefragt. Gregors Sorge war damals nur gewesen, alles daranzusetzen[36], um die Familie das geschäftliche Unglück, das alle in eine vollständige Hoffnungslosigkeit gebracht hatte, möglichst rasch vergessen zu lassen. Und so hatte er damals mit ganz besonderem 30 Feuer zu arbeiten angefangen und war fast über Nacht aus einem kleinen Kommis ein Reisender geworden, der natürlich ganz

---

34. *die ganzen Vermögensverhältnisse* — the whole financial situation
35. *Wertheimkassa* — safe
36. *alles daranzusetzen* — to do his utmost

andere Möglichkeiten des Geldverdienens hatte und dessen
Arbeitserfolge sich sofort in Form der Provisioñ zu Bargeld ver-
wandelten, das der erstaunten und beglückten Familie 'zu Hause
auf den Tisch gelegt werden konnte. Es waren schöne Zeiten
5 gewesen, und niemals nachher hatten sie sich, wenigstens in diesem Glanze, wiederholt, trotzdem Gregor später so viel Geld
verdiente, daß er den Aufwand der ganzen Familie zu tragen
imstande war und auch trug. Man hatte sich eben daran gewöhnt,
sowohl die Familie als auch Gregor, man nahm das Geld dank-
10 bar an, er lieferte es gern ab, aber eine besondere Wärme wollte
sich nicht mehr ergeben. Nur die Schwester war Gregor doch
noch nahegeblieben, und es war sein geheimer Plan, sie, die zum
Unterschied von Gregor Musik sehr liebte und rührend Violine
zu spielen verstand, nächstes Jahr, ohne Rücksicht auf die großen
15 Kosten, die das verursachen mußte und die man schon auf andere Weise hereinbringen würde, auf das Konservatorium zu
schicken. Öfters während der kurzen Aufenthalte Gregors in der
Stadt wurde in den Gesprächen mit der Schwester das Konservatorium erwähnt, aber immer nur als schöner Traum, an dessen
20 Verwirklichung nicht zu denken war, und die Eltern hörten nicht
einmal diese unschuldigen Erwähnungen gern; aber Gregor
dachte sehr bestimmt daran und beabsichtigte, es am Weihnachtsabend feierlich zu erklären.

Solche in seinem gegenwärtigen Zustand ganz nutzlose Ge-
25 danken gingen ihm durch den Kopf, während er dort aufrecht an
der Türe klebte und horchte. Manchmal konnte er vor allgemeiner Müdigkeit gar nicht mehr zuhören und ließ den Kopf nachlässig gegen die Tür schlagen, hielt ihn aber sofort wieder fest,
denn selbst das kleine Geräusch, das er damit verursacht hatte,
30 war nebenan gehört worden und hatte alle verstummen lassen.
»Was er nur wieder treibt«, sagte der Vater nach einer Weile,
offenbar zur Tür hingewendet, und dann erst wurde das unter-
brochene Gespräch allmählich wieder aufgenommen.

Gregor erfuhr nun zur Genüge — denn der Vater pflegte sich
35 in seinen Erklärungen öfters zu wiederholen, teils, weil er selbst
sich mit diesen Dingen schon lange nicht beschäftigt hatte, teils

auch, weil die Mutter nicht alles gleich beim erstenmal verstand
—, daß trotz allen Unglücks ein allerdings ganz kleines Vermögen aus der alten Zeit noch vorhanden war, das die nicht an-
gerührten Zinsen in der Zwischenzeit ein wenig hatten anwach-
sen lassen. Außerdem aber war das Geld, das Gregor allmonat- 5
lich nach Hause gebracht hatte — er selbst hatte nur ein paar
Gulden für sich behalten —, nicht vollständig aufgebraucht worden und hatte sich zu einem kleinen Kapital angesammelt. Gregor, hinter seiner Türe, nickte eifrig, erfreut über diese unerwar-
tete Vorsicht und Sparsamkeit. Eigentlich hätte er ja mit diesen 10
überschüssigen Geldern die Schuld des Vaters gegenüber dem
Chef weiter abgetragen haben können, und jener Tag, an dem er
diesen Posten hätte loswerden können, wäre weit näher gewesen,
aber jetzt war es zweifellos besser so, wie es der Vater eingerichtet hatte.   15
   Nun genügte dieses Geld aber ganz und gar nicht, um die
Familie etwa von den Zinsen leben zu lassen; es genügte vielleicht, um die Familie ein, höchstens zwei Jahre zu erhalten,
mehr war es nicht. Es war also bloß eine Summe, die man eigentlich nicht angreifen durfte und die für den Notfall zurückgelegt 20
werden mußte; das Geld zum Leben aber mußte man verdienen.
Nun war aber der Vater ein zwar gesunder, aber alter Mann, der
schon fünf Jahre nichts gearbeitet hatte und sich jedenfalls nicht
viel zutrauen durfte; er hatte in diesen fünf Jahren, welche die
ersten Ferien seines mühevollen und doch erfolglosen Lebens 25
waren, viel Fett angesetzt und war dadurch recht schwerfällig
geworden. Und die alte Mutter sollte nun vielleicht Geld verdienen, die an Asthma litt, der eine Wanderung durch die Wohnung schon Anstrengung verursacht und die jeden zweiten Tag
in Atembeschwerden auf dem Sofa beim offenen Fenster ver- 30
brachte? Und die Schwester sollte Geld verdienen, die noch ein
Kind war mit ihren siebzehn Jahren und der ihre bisherige
Lebensweise so sehr zu gönnen war, die daraus bestanden hatte[37],
sich nett zu kleiden, lange zu schlafen, in der Wirtschaft mitzu-

---

37. *der ihre bisherige . . . hatte* — whom one liked to see live as she had
till now, a way of life consisting of

helfen, an ein paar bescheidenen Vergnügungen sich zu beteiligen und vor allem Violine zu spielen? Wenn die Rede auf diese
Notwendigkeit des Geldverdienens kam, ließ zuerst immer Gregor die Türe los und warf sich auf das neben der Tür befindliche
5 kühle Ledersofa, denn ihm war ganz heiß vor Beschämung und
Trauer.

Oft lag er dort die ganzen langen Nächte über, schlief keinen
Augenblick und scharrte nur stundenlang auf dem Leder. Oder
er scheute nicht die große Mühe, einen Sessel zum Fenster zu
10 schieben, dann die Fensterbrüstung hinaufzukriechen und, in den
Sessel gestemmt, sich ans Fenster zu lehnen, offenbar nur in
irgend einer Erinnerung an das Befreiende, das früher für ihn
darin gelegen war, aus dem Fenster zu schauen. Denn tatsächlich
sah er von Tag zu Tag die auch nur wenig entfernten Dinge
15 immer undeutlicher; das gegenüberliegende Krankenhaus, dessen
nur allzu häufigen Anblick er früher verflucht hatte, bekam er
überhaupt nicht mehr zu Gesicht, und wenn er nicht genau ge-
wußt hätte, daß er in der stillen, aber völlig städtischen Charlot-
tenstraße wohnte, hätte er glauben können, von seinem Fenster
20 aus in eine Einöde zu schauen, in welcher der graue Himmel und
die graue Erde ununterscheidbar sich vereinigten. Nur zweimal
hatte die aufmerksame Schwester sehen müssen, daß der Sessel
beim Fenster stand, als sie schon jedesmal, nachdem sie das Zimmer aufgeräumt hatte, den Sessel wieder genau zum Fenster hin-
25 schob, ja sogar von nun ab den inneren Fensterflügel offenließ.

Hätte Gregor nur mit der Schwester sprechen und ihr für alles
danken können, was sie für ihn machen mußte, er hätte ihre
Dienste leichter ertragen; so aber litt er darunter. Die Schwester
suchte freilich die Peinlichkeit des Ganzen möglichst zu ver-
30 wischen, und je längere Zeit verging, desto besser gelang es ihr
natürlich auch, aber auch Gregor durchschaute mit der Zeit alles
viel genauer. Schon ihr Eintritt war für ihn schrecklich. Kaum
war sie eingetreten, lief sie, ohne sich Zeit zu nehmen, die Türe
zu schließen, so sehr sie sonst darauf achtete, jedem den Anblick
35 von Gregors Zimmer zu ersparen, geradewegs zum Fenster und
riß es, als ersticke sie fast, mit hastigen Händen auf, blieb auch,

selbst wenn es noch so kalt war, ein Weilchen beim Fenster und
atmete tief. Mit diesem Laufen und Lärmen erschreckte sie Gregor täglich zweimal; die ganze Zeit über zitterte er unter dem
Kanapee und wußte doch sehr gut, daß sie ihn gewiß gerne damit
verschont hätte, wenn es ihr nur möglich gewesen wäre, sich in 5
einem Zimmer, in dem sich Gregor befand, bei geschlossenem
Fenster aufzuhalten.

Einmal, es war wohl schon ein Monat seit Gregors Verwandlung vergangen, und es war doch schon für die Schwester kein
besonderer Grund mehr, über Gregors Aussehen in Erstaunen zu 10
geraten, kam sie ein wenig früher als sonst und traf Gregor noch
an, wie er, unbeweglich und so recht zum Erschrecken aufgestellt,
aus dem Fenster schaute. Es wäre für Gregor nicht unerwartet
gewesen, wenn sie nicht eingetreten wäre, da er sie durch seine
Stellung verhinderte, sofort das Fenster zu öffnen, aber sie trat 15
nicht nur nicht ein, sie fuhr sogar zurück und schloß die Tür; ein
Fremder hätte geradezu denken können, Gregor habe ihr auf-
gelauert und habe sie beißen wollen. Gregor versteckte sich natürlich sofort unter dem Kanapee, aber er mußte bis zum Mittag
warten, ehe die Schwester wiederkam, und sie schien viel unruhi- 20
ger als sonst. Er erkannte daraus, daß ihr sein Anblick noch
immer unerträglich war und ihr auch weiterhin unerträglich bleiben müsse und daß sie sich wohl sehr überwinden mußte, vor
dem Anblick auch nur der kleinen Partie seines Körpers nicht da-
vonzulaufen, mit der er unter dem Kanapee hervorragte. Um ihr 25
auch diesen Anblick zu ersparen, trug er eines Tages auf seinem
Rücken — er brauchte zu dieser Arbeit vier Stunden — das Leintuch auf das Kanapee und ordnete es in einer solchen Weise an,
daß er nun gänzlich verdeckt war und daß die Schwester, selbst
wenn sie sich bückte, ihn nicht sehen konnte. Wäre dieses Lein- 30
tuch ihrer Meinung nach nicht nötig gewesen, dann hätte sie es
ja entfernen können, denn daß es nicht zum Vergnügen Gregors
gehören konnte, sich so ganz und gar abzusperren, war doch klar
genug, aber sie ließ das Leintuch, so wie es war, und Gregor
glaubte sogar einen dankbaren Blick erhascht zu haben, als er 35
einmal mit dem Kopf vorsichtig das Leintuch ein wenig lüftete,

um nachzusehen, wie die Schwester die neue Einrichtung auf-
nahm.

In den ersten vierzehn Tagen konnten es die Eltern nicht über
sich bringen, zu ihm hereinzukommen, und er hörte oft, wie sie
5 die jetzige Arbeit der Schwester völlig anerkannten, während sie
sich bisher häufig über die Schwester geärgert hatten, weil sie
ihnen als ein etwas nutzloses Mädchen erschienen war. Nun aber
warteten oft beide, der Vater und die Mutter, vor Gregors Zimmer, während die Schwester dort aufräumte, und kaum war sie
10 herausgekommen, mußte sie ganz genau erzählen, wie es in dem
Zimmer aussah, was Gregor gegessen hatte, wie er sich diesmal
benommen hatte, und ob vielleicht eine kleine Besserung zu bemerken war. Die Mutter übrigens wollte verhältnismäßig bald
Gregor besuchen, aber der Vater und die Schwester hielten sie zu-
15 erst mit Vernunftgründen zurück, denen Gregor sehr aufmerksam zuhörte und die er vollständig billigte. Später aber mußte
man sie mit Gewalt zurückhalten, und wenn sie dann rief: »Laßt
mich doch zu Gregor, er ist ja mein unglücklicher Sohn! Begreift
ihr es denn nicht, daß ich zu ihm muß?«, dann dachte Gregor,
20 daß es vielleicht doch gut wäre, wenn die Mutter hereinkäme,
nicht jeden Tag natürlich, aber vielleicht einmal in der Woche;
sie verstand doch alles viel besser als die Schwester, die trotz
all ihrem Mute doch nur ein Kind war und im letzten Grunde
vielleicht nur aus kindlichem Leichtsinn eine so schwere Aufgabe
25 übernommen hatte.

Der Wunsch Gregors, die Mutter zu sehen, ging bald in Erfüllung. Während des Tages wollte Gregor schon aus Rücksicht auf
seine Eltern sich nicht beim Fenster zeigen, kriechen konnte er
aber auf den paar Quadratmetern des Fußbodens auch nicht viel,
30 das ruhige Liegen ertrug er schon während der Nacht schwer, das
Essen machte ihm bald nicht mehr das geringste Vergnügen, und
so nahm er zur Zerstreuung die Gewohnheit an, kreuz und quer
über Wände und Plafond zu kriechen. Besonders oben auf der
Decke hing er gern; es war ganz anders als das Liegen auf dem
35 Fußboden; man atmete freier; ein leichtes Schwingen ging durch
den Körper; und in der fast glücklichen Zerstreutheit, in der sich

Gregor dort oben befand, konnte es geschehen, daß er zu seiner eigenen Überraschung sich losließ und auf den Boden klatschte. Aber nun hatte er natürlich seinen Körper ganz anders in der Gewalt als früher und beschädigte sich selbst bei einem so großen Falle nicht. Die Schwester nun bemerkte sofort die neue Unter- 5 haltung, die Gregor für sich gefunden hatte — er hinterließ ja auch beim Kriechen hier und da Spuren seines Klebstoffes—, und da setzte sie es sich in den Kopf, Gregor das Kriechen in größtem Ausmaße zu ermöglichen und die Möbel, die es verhinderten, also vor allem den Kasten und den Schreibtisch, wegzuschaffen. 10 Nun war sie aber nicht imstande, dies allein zu tun; den Vater wagte sie nicht um Hilfe zu bitten; das Dienstmädchen hätte ihr ganz gewiß nicht geholfen, denn dieses etwa sechzehnjährige Mädchen harrte zwar tapfer seit Entlassung der früheren Köchin aus, hatte aber um die Vergünstigung gebeten, die Küche unauf- 15 hörlich versperrt halten zu dürfen und nur auf besonderen Anruf öffnen zu müssen; so blieb der Schwester also nichts übrig, als einmal in Abwesenheit des Vaters die Mutter zu holen. Mit Aus- rufen erregter Freude kam die Mutter auch heran, verstummte aber an der Tür vor Gregors Zimmer. Zuerst sah natürlich die 20 Schwester nach, ob alles im Zimmer in Ordnung war; dann erst ließ sie die Mutter eintreten. Gregor hatte in größter Eile das Leintuch noch tiefer und mehr in Falten gezogen, das Ganze sah wirklich nur wie ein zufällig über das Kanapee geworfenes Lein- tuch aus. Gregor unterließ auch diesmal, unter dem Leintuch zu 25 spionieren; er verzichtete darauf, die Mutter schon diesmal zu sehen, und war nur froh, daß sie nun doch gekommen war.

»Komm nur, man sieht ihn nicht«, sagte die Schwester, und offenbar führte sie die Mutter an der Hand. Gregor hörte nun, wie die zwei schwachen Frauen den immerhin schweren alten Ka- 30 sten von seinem Platze rückten und wie die Schwester immer- fort den größten Teil der Arbeit für sich beanspruchte, ohne auf die Warnungen der Mutter zu hören, welche fürchtete, daß sie sich überanstrengen werde. Es dauerte sehr lange. Wohl nach schon viertelstündiger Arbeit sagte die Mutter, man solle den 35 Kasten doch lieber hier lassen, denn erstens sei er zu schwer, sie

würden vor Ankunft des Vaters nicht fertig werden und mit dem
Kasten in der Mitte des Zimmers Gregor jeden Weg verrammeln,
zweitens aber sei es doch gar nicht sicher, daß Gregor mit der
Entfernung der Möbel ein Gefallen geschehe. Ihr scheine das
5 Gegenteil der Fall zu sein; ihr bedrücke der Anblick der leeren
Wand geradezu das Herz; und warum solle nicht auch Gregor
diese Empfindung haben, da er doch an die Zimmermöbel längst
gewöhnt sei und sich deshalb im leeren Zimmer verlassen fühlen
werde. »Und ist es dann nicht so«, schloß die Mutter ganz leise,
10 wie sie überhaupt fast flüsterte, als wolle sie vermeiden, daß Gregor, dessen genauen Aufenthalt sie ja nicht kannte, auch nur den
Klang der Stimme höre, denn daß er die Worte nicht verstand,
davon war sie überzeugt, »und ist es nicht so, als ob wir durch
die Entfernung der Möbel zeigten, daß wir jede Hoffnung auf
15 Besserung aufgeben und ihn rücksichtslos sich selbst überlassen?
Ich glaube, es wäre das beste, wir suchen das Zimmer genau in
dem Zustand zu erhalten, in dem es früher war, damit Gregor,
wenn er wieder zu uns zurückkommt, alles unverändert findet
und um so leichter die Zwischenzeit vergessen kann.«
20   Beim Anhören dieser Worte der Mutter erkannte Gregor, daß
der Mangel jeder unmittelbaren menschlichen Ansprache, ver-
bunden mit dem einförmigen Leben inmitten der Familie, im
Laufe dieser zwei Monate seinen Verstand hatte verwirren müssen, denn anders konnte er es sich nicht erklären, daß er ernsthaft
25 danach hatte verlangen können, daß sein Zimmer ausgeleert
würde. Hatte er wirklich Lust, das warme, mit ererbten Möbeln
gemütlich ausgestattete Zimmer in eine Höhle verwandeln zu lassen, in der er dann freilich nach allen Richtungen ungestört
würde kriechen können, jedoch auch unter gleichzeitigem schnel-
30 len, gänzlichen Vergessen seiner menschlichen Vergangenheit?
War er doch jetzt schon nahe daran, zu vergessen, und nur die
seit langem nicht gehörte Stimme der Mutter hatte ihn aufgerüt-
telt. Nichts sollte entfernt werden; alles mußte bleiben; die guten
Einwirkungen der Möbel auf seinen Zustand konnte er nicht ent-
35 behren; und wenn die Möbel ihn hinderten, das sinnlose Herum-

kriechen zu betreiben, so war es kein Schaden, sondern ein großer Vorteil.

Aber die Schwester war leider anderer Meinung; sie hatte sich,
allerdings nicht ganz unberechtigt, angewöhnt, bei Besprechung
der Angelegenheiten Gregors als besonders Sachverständige ge-   5
genüber den Eltern aufzutreten, und so war auch jetzt der Rat
der Mutter für die Schwester Grund genug, auf der Entfernung
nicht nur des Kastens und des Schreibtisches, an die sie zuerst
allein gedacht hatte, sondern auf der Entfernung sämtlicher Möbel, mit Ausnahme des unentbehrlichen Kanapees, zu bestehen.   10
Es war natürlich nicht nur kindlicher Trotz und das in der letzten Zeit so unerwartet und schwer erworbene Selbstvertrauen,
das sie zu dieser Forderung bestimmte; sie hatte doch auch
tatsächlich beobachtet, daß Gregor viel Raum zum Kriechen
brauchte, dagegen die Möbel, soweit man sehen konnte, nicht   15
im geringsten benützte. Vielleicht aber spielte auch der schwär-
merische Sinn der Mädchen ihres Alters mit, der bei jeder Gelegenheit seine Befriedigung sucht und durch den Grete jetzt
sich dazu verlocken ließ, die Lage Gregors noch schreckener-
regender machen zu wollen, um dann noch mehr als bis jetzt für 20
ihn leisten zu können. Denn in einen Raum, in dem Gregor ganz
allein die leeren Wände beherrschte, würde wohl kein Mensch
außer Grete jemals einzutreten sich getrauen.

Und so ließ sie sich von ihrem Entschlusse durch die Mutter
nicht abbringen, die auch in diesem Zimmer vor lauter Unruhe   25
unsicher schien, bald verstummte und der Schwester nach Kräften beim Hinausschaffen des Kastens half. Nun, den Kasten
konnte Gregor im Notfall noch entbehren, aber schon der
Schreibtisch mußte bleiben. Und kaum hatten die Frauen mit dem
Kasten, an den sie sich ächzend drückten, das Zimmer verlassen, 30
als Gregor den Kopf unter dem Kanapee hervorstieß, um zu
sehen, wie er vorsichtig und möglichst rücksichtsvoll eingreifen
könnte. Aber zum Unglück war es gerade die Mutter, welche zuerst zurückkehrte, während Grete im Nebenzimmer den Kasten
umfangen hielt und ihn allein hin und her schwang, ohne ihn   35
natürlich von der Stelle zu bringen. Die Mutter aber war Gregors

Anblick nicht gewöhnt, er hätte sie krank machen können, und
so eilte Gregor erschrocken im Rückwärtslauf bis an das andere
Ende des Kanapees, konnte es aber nicht mehr verhindern, daß
das Leintuch vorne ein wenig sich bewegte. Das genügte, um die
5 Mutter aufmerksam zu machen. Sie stockte, stand einen Augenblick still und ging dann zu Grete zurück.

Trotzdem sich Gregor immer wieder sagte, daß ja nichts
Außergewöhnliches geschehe, sondern nur ein paar Möbel um-
gestellt würden, wirkte doch, wie er sich bald eingestehen mußte,
10 dieses Hin- und Hergehen der Frauen, ihre kleinen Zurufe, das
Kratzen der Möbel auf dem Boden, wie ein großer, von allen
Seiten genährter Trubel auf ihn, und er mußte sich, so fest er
Kopf und Beine an sich zog und den Leib bis an den Boden
drückte, unweigerlich sagen, daß er das Ganze nicht lange aus-
15 halten werde. Sie räumten ihm sein Zimmer aus; nahmen ihm
alles, was ihm lieb war; den Kasten, in dem die Laubsäge und
andere Werkzeuge lagen, hatten sie schon hinausgetragen; lok-
kerten jetzt den schon im Boden fest eingegrabenen Schreibtisch,
an dem er als Handelsakademiker, als Bürgerschüler, ja sogar
20 schon als Volksschüler seine Aufgaben geschrieben hatte — da
hatte er wirklich keine Zeit mehr, die guten Absichten zu prüfen, welche die zwei Frauen hatten, deren Existenz er übrigens
fast vergessen hatte, denn vor Erschöpfung arbeiteten sie schon
stumm, und man hörte nur das schwere Tappen ihrer Füße.

25   Und so brach er denn hervor — die Frauen stützten sich gerade im Nebenzimmer an den Schreibtisch, um ein wenig zu verschnaufen —, wechselte viermal die Richtung des Laufes, er
wußte wirklich nicht, was er zuerst retten sollte, da sah er an der
im übrigen schon leeren Wand auffallend das Bild der in lauter
30 Pelzwerk gekleideten Dame hängen, kroch eilends hinauf und
preßte sich an das Glas, das ihn festhielt und seinem heißen
Bauch wohltat. Dieses Bild wenigstens, daß Gregor jetzt ganz
verdeckte, würde nun gewiß niemand wegnehmen. Er verdrehte
den Kopf nach der Tür des Wohnzimmers, um die Frauen bei
35 ihrer Rückkehr zu beobachten.

Sie hatten sich nicht viel Ruhe gegönnt und kamen schon wie-

Thema → das selbst-image des Bourgeoise

der; Grete hatte den Arm um die Mutter gelegt und trug sie fast.
»Also was nehmen wir jetzt?« sagte Grete und sah sich um. Da
kreuzten sich ihre Blicke mit denen Gregors an der Wand. Wohl
nur infolge der Gegenwart der Mutter behielt sie ihre Fassung,
beugte ihr Gesicht zur Mutter, um diese vom Herumschauen ab- 5
zuhalten, und sagte, allerdings zitternd und unüberlegt: »Komm,
wollen wir nicht lieber auf einen Augenblick noch ins Wohnzimmer zurückgehen?« Die Absicht Gretes war für Gregor klar,
sie wollte die Mutter in Sicherheit bringen und dann ihn von der
Wand hinunterjagen. Nun, sie konnte es ja immerhin ver- 10
suchen[38]! Er saß auf seinem Bild und gab es nicht her. Lieber
würde er Grete ins Gesicht springen.

Aber Gretes Worte hatten die Mutter erst recht beunruhigt, sie
trat zur Seite, erblickte den riesigen braunen Fleck auf der ge-
blümten Tapete, rief, ehe ihr eigentlich zum Bewußtsein kam[39], 15
daß das Gregor war, was sie sah, mit schreiender, rauher Stimme:
»Ach Gott, ach Gott!« und fiel mit ausgebreiteten Armen, als
gebe sie alles auf, über das Kanapee hin und rührte sich nicht.
»Du, Gregor!« rief die Schwester mit erhobener Faust und ein-
dringlichen Blicken. Es waren seit der Verwandlung die ersten 20
Worte, die sie unmittelbar an ihn gerichtet hatte. Sie lief ins Nebenzimmer, um irgend eine Essenz zu holen, mit der sie die Mutter aus ihrer Ohnmacht wecken könnte; Gregor wollte auch helfen — zur Rettung des Bildes war noch Zeit —; er klebte aber
fest an dem Glas und mußte sich mit Gewalt losreißen; er lief 25
dann auch ins Nebenzimmer, als könne er der Schwester irgend
einen Rat geben wie in früherer Zeit; mußte dann aber untätig
hinter ihr stehen; während sie in verschiedenen Fläschchen
kramte, erschreckte sie noch, als sie sich umdrehte; eine Flasche
fiel auf den Boden und zerbrach; ein Splitter verletzte Gregor im 30
Gesicht, irgend eine ätzende Medizin umfloß ihn; Grete nahm
nun, ohne sich länger aufzuhalten, soviel Fläschchen, als sie nur
halten konnte, und rannte mit ihnen zur Mutter hinein; die Tür
schlug sie mit dem Fuße zu. Gregor war nun von der Mutter ab-

38. *sie konnte . . . versuchen!* — just let her try it!
39. *ehe ihr . . . kam* — before she properly realized

geschlossen, die durch seine Schuld vielleicht dem Tode nahe
war; die Tür durfte er nicht öffnen, wollte er die Schwester, die
bei der Mutter bleiben mußte, nicht verjagen; er hatte jetzt nichts
zu tun als zu warten; und von Selbstvorwürfen und Besorgnis
5 bedrängt, begann er zu kriechen, überkroch alles, Wände, Möbel
und Zimmerdecke und fiel endlich in seiner Verzweiflung, als
sich das ganze Zimmer schon um ihn zu drehen anfing, mitten
auf den großen Tisch.

Es verging eine kleine Weile, Gregor lag matt da, ringsherum
10 war es still, vielleicht war das ein gutes Zeichen. Da läutete es.
Das Mädchen war natürlich in ihrer Küche eingesperrt, und
Grete mußte daher öffnen gehen. Der Vater war gekommen.
»Was ist geschehen?« waren seine ersten Worte; Gretes Aussehen hatte ihm wohl alles verraten. Grete antwortete mit dump-
15 fer Stimme, offenbar drückte sie ihr Gesicht an des Vaters Brust:
»Die Mutter war ohnmächtig, aber es geht ihr schon besser. Gregor ist ausgebrochen.« — »Ich habe es ja erwartet«, sagte der
Vater, »ich habe es euch ja immer gesagt, aber ihr Frauen wollt
nicht hören.« Gregor war es klar, daß der Vater Gretes allzu
20 kurze Mitteilung schlecht ge ʻʼutet hatte und annahm, daß Gregor sich irgend eine Gewalttat habe zuschulden kommen lassen[40].
Deshalb mußte Gregor den Vater jetzt zu besänftigen suchen,
denn ihn aufzuklären hatte er weder Zeit noch Möglichkeit. Und
so flüchtete er sich zur Tür seines Zimmers und drückte sich an
25 sie, damit der Vater beim Eintritt vom Vorzimmer her gleich
sehen könne, daß Gregor die beste Absicht habe, sofort in sein
Zimmer zurückzukehren, und daß es nicht nötig sei, ihn zurückzutreiben, sondern daß man nur die Tür zu öffnen brauche, und
gleich werde er verschwinden.

30 Aber der Vater war nicht in der Stimmung, solche Feinheiten
zu bemerken; »Ah!« rief er gleich beim Eintritt in einem Tone,
als sei er gleichzeitig wütend und froh. Gregor zog den Kopf von
der Tür zurück und hob ihn gegen den Vater. So hatte er sich
den Vater wirklich nicht vorgestellt, wie er jetzt dastand; aller-
35 dings hatte er in der letzten Zeit über dem neuartigen Herum-

40. *habe zuschulden kommen lassen* — had made himself guilty of

kriechen versäumt, sich so wie früher um die Vorgänge in der
übrigen Wohnung zu kümmern, und hätte eigentlich darauf gefaßt sein müssen, veränderte Verhältnisse anzutreffen. Trotzdem,
trotzdem, war das noch der Vater? Der gleiche Mann, der müde
im Bett vergraben lag, wenn früher Gregor zu einer Geschäfts- 5
reise ausgerückt war; der ihn an Abenden der Heimkehr im
Schlafrock im Lehnstuhl empfangen hatte; gar nicht recht imstande war, aufzustehen, sondern zum Zeichen der Freude nur
die Arme gehoben hatte, und der bei den seltenen gemeinsamen
Spaziergängen an ein paar Sonntagen im Jahr und an den höch- 10
sten Feiertagen zwischen Gregor und der Mutter, die schon an
und für sich langsam gingen, immer noch ein wenig langsamer,
in seinen alten Mantel eingepackt, mit stets vorsichtig aufgesetz-
tem Krückstock sich vorwärts arbeitete und, wenn er etwas sagen
wollte, fast immer stillstand und seine Begleitung um sich ver- 15
sammelte? Nun aber war er recht gut aufgerichtet; in eine straffe
blaue Uniform mit Goldknöpfen gekleidet, wie sie Diener der
Bankinstitute tragen; über dem hohen steifen Kragen des Rockes
entwickelte sich sein starkes Doppelkinn; unter den buschigen
Augenbrauen drang der Blick der schwarzen Augen frisch und 20
aufmerksam hervor; das sonst zerzauste weiße Haar war zu einer
peinlich genauen, leuchtenden Scheitelfrisur niedergekämmt. Er
warf seine Mütze, auf der ein Goldmonogramm, wahrscheinlich
das einer Bank, angebracht war, über das ganze Zimmer im Bogen auf das Kanapee hin und ging, die Enden seines langen Uni- 25
formrockes zurückgeschlagen, die Hände in den Hosentaschen,
mit verbissenem Gesicht auf Gregor zu. Er wußte wohl selbst
nicht, was er vorhatte; immerhin hob er die Füße ungewöhnlich
hoch, und Gregor staunte über die Riesengröße seiner Stiefelsoh-
len. Doch hielt er sich dabei nicht auf, er wußte ja noch vom 30
ersten Tage seines neuen Lebens her, daß der Vater ihm gegenüber nur die größte Strenge für angebracht ansah. Und so lief er
vor dem Vater her, stockte, wenn der Vater stehenblieb, und eilte
schon wieder vorwärts, wenn sich der Vater nur rührte. So machten sie mehrmals die Runde um das Zimmer, ohne daß sich etwas 35
Entscheidendes ereignete, ja ohne daß das Ganze infolge seines

langsamen Tempos den Anschein einer Verfolgung gehabt hätte. Deshalb blieb auch Gregor vorläufig auf dem Fußboden, zumal er fürchtete, der Vater könnte eine Flucht auf die Wände oder den Plafond für besondere Bosheit halten. Allerdings mußte sich Gregor sagen, daß er sogar dieses Laufen nicht lange aushalten würde; denn während der Vater einen Schritt machte, mußte er eine Unzahl von Bewegungen ausführen. Atemnot begann sich schon bemerkbar zu machen, wie er ja auch in seiner früheren Zeit keine ganz vertrauenswürdige Lunge besessen hatte. Als er nun so dahintorkelte, um alle Kräfte für den Lauf zu sammeln, kaum die Augen offenhielt; in seiner Stumpfheit an eine andere Rettung als durch Laufen gar nicht dachte; und fast schon vergessen hatte, daß ihm die Wände freistanden, die hier allerdings mit sorgfältig geschnitzten Möbeln voll Zacken und Spitzen verstellt waren — da flog knapp neben ihm, leicht geschleudert, irgend etwas nieder und rollte vor ihm her. Es war ein Apfel; gleich flog ihm ein zweiter nach; Gregor blieb vor Schrecken stehen; ein Weiterlaufen war nutzlos, denn der Vater hatte sich entschlossen, ihn zu bombardieren. Aus der Obstschale auf der Kredenz hatte er sich die Taschen gefüllt und warf nun, ohne vorläufig scharf zu zielen, Apfel für Apfel. Diese kleinen roten Äpfel rollten wie elektrisiert auf dem Boden herum und stießen aneinander. Ein schwach geworfener Apfel streifte Gregors Rücken, glitt aber unschädlich ab. Ein ihm sofort nachfliegender drang dagegen förmlich in Gregors Rücken ein; Gregor wollte sich weiterschleppen, als könne der überraschende, unglaubliche Schmerz mit dem Ortswechsel vergehen; doch fühlte er sich wie festgenagelt und streckte sich in vollständiger Verwirrung aller Sinne. Nur mit dem letzten Blick sah er noch, wie die Tür seines Zimmers aufgerissen wurde und vor der schreienden Schwester die Mutter hervoreilte, im Hemd, denn die Schwester hatte sie entkleidet, um ihr in der Ohnmacht Atemfreiheit zu verschaffen, wie dann die Mutter auf den Vater zulief und ihr auf dem Weg die aufgebundenen Röcke einer nach dem anderen zu Boden glitten, und wie sie stolpernd über die Röcke auf den Vater eindrang und, ihn umarmend, in gänzlicher Vereinigung mit ihm — nun versagte aber Gregors Sehkraft schon — die Hände an des Vaters Hinterkopf um Schonung von Gregors Leben bat.

III

wound

Die schwere Verwundung Gregors, an der er über
einen Monat litt — der Apfel blieb, da ihn niemand zu entfer- *remove*
nen wagte, als sichtbares Andenken im Fleische sitzen —, schien
selbst den Vater daran erinnert zu haben, daß Gregor trotz seiner *disgusting*
gegenwärtigen traurigen und ekelhaften Gestalt ein Familien- 5
mitglied war, das man nicht wie einen Feind behandeln durfte,
sondern demgegenüber es das Gebot der Familienpflicht war, den
Widerwillen hinunterzuschlucken und zu dulden, nichts als zu
dulden.

Und wenn nun auch Gregor durch seine Wunde an Beweg- 10
lichkeit wahrscheinlich für immer verloren hatte und vorläufig
zur Durchquerung seines Zimmers wie ein alter Invalide lange,
lange Minuten brauchte — an das Kriechen in der Höhe war
nicht zu denken —, so bekam er für diese Verschlimmerung
seines Zustandes einen seiner Meinung nach vollständig genü- 15
genden Ersatz dadurch, daß immer gegen Abend die Wohnzimmertür, die er schon ein bis zwei Stunden vorher scharf zu
beobachten pflegte, geöffnet wurde, so daß er, im Dunkel seines
Zimmers liegend, vom Wohnzimmer aus unsichtbar, die ganze
Familie beim beleuchteten Tische sehen und ihre Reden, gewis- 20
sermaßen mit allgemeiner Erlaubnis, also ganz anders als früher,
anhören durfte.

Freilich waren es nicht mehr die lebhaften Unterhaltungen

der früheren Zeiten, an die Gregor in den kleinen Hotelzimmern
stets mit einigem Verlangen gedacht hatte, wenn er sich müde in
das feuchte Bettzeug hatte werfen müssen. Es ging jetzt meist nur
sehr still zu. Der Vater schlief bald nach dem Nachtessen in sei-
5 nem Sessel ein; die Mutter und Schwester ermahnten einander
zur Stille; die Mutter nähte, weit unter das Licht vorgebeugt,
feine Wäsche für ein Modengeschäft; die Schwester, die eine
Stellung als Verkäuferin angenommen hatte, lernte am Abend
Stenographie und Französisch, um vielleicht später einmal einen
10 besseren Posten zu erreichen. Manchmal wachte der Vater auf,
und als wisse er gar nicht, daß er geschlafen habe, sagte er zur
Mutter: »Wie lange du heute schon wieder nähst!« und schlief
sofort wieder ein, während Mutter und Schwester einander müde
zulächelten.

15   Mit einer Art Eigensinn weigerte sich der Vater, auch zu
Hause seine Dieneruniform abzulegen; und während der Schlafrock nutzlos am Kleiderhaken hing, schlummerte der Vater vollständig angezogen auf seinem Platz, als sei er immer zu seinem
Dienste bereit und warte auch hier auf die Stimme des Vorgesetz-
20 ten. Infolgedessen verlor die gleich anfangs nicht neue Uniform
trotz aller Sorgfalt von Mutter und Schwester an Reinlichkeit,
und Gregor sah oft ganze Abende lang auf dieses über und über
fleckige, mit seinen stets geputzten Goldknöpfen leuchtende
Kleid, in dem der alte Mann höchst unbequem und doch ruhig
25 schlief.

Sobald die Uhr zehn schlug, suchte die Mutter durch leise Zusprache den Vater zu wecken und dann zu überreden, ins Bett zu
gehen, denn hier war es doch kein richtiger Schlaf, und diesen
hatte der Vater, der um sechs Uhr seinen Dienst antreten mußte,
30 äußerst nötig. Aber in dem Eigensinn, der ihn, seitdem er Diener
war, ergriffen hatte, bestand er immer darauf, noch länger bei
Tisch zu bleiben, trotzdem er regelmäßig einschlief, und war
dann überdies nur mit der größten Mühe zu bewegen, den Sessel
mit dem Bett zu vertauschen. Da mochten Mutter und Schwester
35 mit kleinen Ermahnungen noch so sehr auf ihn eindringen, viertelstundenlang schüttelte er langsam den Kopf, hielt die Augen

geschlossen und stand nicht auf. Die Mutter zupfte ihn am
Ärmel, sagte ihm Schmeichelworte ins Ohr, die Schwester verließ
ihre Aufgabe, um der Mutter zu helfen, aber beim Vater verfing
das nicht. Er versank nur noch tiefer in seinen Sessel. Erst als ihn
die Frauen unter den Achseln faßten, schlug er die Augen auf, 5
sah abwechselnd die Mutter und die Schwester an und pflegte zu
sagen: »Das ist ein Leben. Das ist die Ruhe meiner alten Tage.«
Und auf die beiden Frauen gestützt, erhob er sich, umständlich,
als sei er für sich selbst die größte Last, ließ sich von den Frauen
bis zur Türe führen, winkte ihnen dort ab und ging nun selb- 10
ständig weiter, während die Mutter ihr Nähzeug, die Schwester
ihre Feder eiligst hinwarfen, um hinter dem Vater zu laufen und
ihm weiter behilflich zu sein.

Wer hatte in dieser abgearbeiteten und übermüdeten Familie
Zeit, sich um Gregor mehr zu kümmern, als unbedingt nötig 15
war? Der Haushalt wurde immer mehr eingeschränkt; das
Dienstmädchen wurde nun doch entlassen; eine riesige knochige
Bedienerin mit weißem, den Kopf umflatterndem Haar kam des
Morgens und des Abends, um die schwerste Arbeit zu leisten;
alles andere besorgte die Mutter neben ihrer vielen Näharbeit. Es 20
geschah sogar, daß verschiedene Familienschmuckstücke, welche
früher die Mutter und die Schwester überglücklich bei Unterhaltungen und Feierlichkeiten getragen hatten, verkauft wurden,
wie Gregor am Abend aus der allgemeinen Besprechung der er-
zielten Preise erfuhr. Die größte Klage war aber stets, daß man 25
diese für die gegenwärtigen Verhältnisse allzu große Wohnung
nicht verlassen konnte, da es nicht auszudenken war, wie man
Gregor übersiedeln sollte. Aber Gregor sah wohl ein, daß es nicht
nur die Rücksicht auf ihn war, welche eine Übersiedlung verhinderte, denn ihn hätte man doch in einer passenden Kiste mit ein 30
paar Luftlöchern leicht transportieren können; was die Familie
hauptsächlich vom Wohnungswechsel abhielt, war vielmehr die
völlige Hoffnungslosigkeit und der Gedanke daran, daß sie mit
einem Unglück geschlagen war wie niemand sonst im ganzen
Verwandten- und Bekanntenkreis. Was die Welt von armen Leu- 35
ten verlangte, erfüllten sie bis zum Äußersten, der Vater holte den

kleinen Bankbeamten das Frühstück, die Mutter opferte sich für
die Wäsche fremder Leute, die Schwester lief nach dem Befehl
der Kunden hinter dem Pulte hin und her, aber weiter reichten
die Kräfte der Familie schon nicht. Und die Wunde im Rücken
5 fing Gregor wie neu zu schmerzen an, wenn Mutter und Schwester, nachdem sie den Vater zu Bett gebracht hatten, nun zurück-
kehrten, die Arbeit liegenließen, nahe zusammenrückten, schon
Wange an Wange saßen; wenn jetzt die Mutter, auf Gregors
Zimmer zeigend, sagte: »Mach dort die Tür zu, Grete«, und
10 wenn nun Gregor wieder im Dunkel war, während nebenan die
Frauen ihre Tränen vermischten oder gar tränenlos den Tisch an-
starrten.
    Die Nächte und Tage verbrachte Gregor fast ganz ohne
Schlaf. Manchmal dachte er daran, beim nächsten Öffnen der Tür
15 die Angelegenheiten der Familie ganz so wie früher wieder in
die Hand zu nehmen; in seinen Gedanken erschienen wieder
nach langer Zeit der Chef und der Prokurist, die Kommis und
die Lehrjungen, der so begriffsstutzige Hausknecht, zwei, drei
Freunde aus anderen Geschäften, ein Stubenmädchen aus einem
20 Hotel in der Provinz, eine liebe, flüchtige Erinnerung, eine Kassiererin aus einem Hutgeschäft, um die er sich ernsthaft, aber zu
langsam beworben hatte — sie alle erschienen untermischt mit
Fremden oder schon Vergessenen, aber statt ihm und seiner Familie zu helfen, waren sie sämtlich unzugänglich, und er war
25 froh, wenn sie verschwanden. Dann aber war er wieder gar nicht
in der Laune, sich um seine Familie zu sorgen, bloß Wut über die
schlechte Wartung erfüllte ihn, und trotzdem er sich nichts vorstellen konnte, worauf er Appetit gehabt hätte, machte er doch
Pläne, wie er in die Speisekammer gelangen könnte, um dort zu
30 nehmen, was ihm, auch wenn er keinen Hunger hatte, immerhin
gebührte. Ohne jetzt mehr nachzudenken, womit man Gregor
einen besonderen Gefallen machen könnte, schob die Schwester
eiligst, ehe sie morgens und mittags ins Geschäft lief, mit dem
Fuß irgend eine beliebige Speise in Gregors Zimmer hinein, um
35 sie am Abend, gleichgültig dagegen, ob die Speise vielleicht nur
verkostet oder — der häufigste Fall — gänzlich unberührt war,

mit einem Schwenken des Besens hinauszukehren. Das Aufräumen des Zimmers, das sie nun immer abends besorgte, konnte
gar nicht mehr schneller getan sein. Schmutzstreifen zogen sich
die Wände entlang, hie und da lagen Knäuel von Staub und
Unrat.   5

In der ersten Zeit stellte sich Gregor bei der Ankunft der
Schwester in derartige besonders bezeichnende Winkel, um ihr
durch diese Stellung gewissermaßen einen Vorwurf zu machen.
Aber er hätte wohl wochenlang dort bleiben können, ohne daß
sich die Schwester gebessert hätte; sie sah ja den Schmutz genau- 10
so wie er, aber sie hatte sich eben entschlossen, ihn zu lassen. Dabei wachte sie mit einer an ihr ganz neuen Empfindlichkeit, die
überhaupt die ganze Familie ergriffen hatte, darüber, daß das
Aufräumen von Gregors Zimmer ihr vorbehalten blieb. Einmal
hatte die Mutter Gregors Zimmer einer großen Reinigung unter- 15
zogen, die ihr nur nach Verbrauch einiger Kübel Wasser gelun-
gen war — die viele Feuchtigkeit kränkte allerdings Gregor auch,
und er lag breit, verbittert und unbeweglich auf dem Kanapee —,
aber die Strafe blieb für die Mutter nicht aus. Denn kaum hatte
am Abend die Schwester die Veränderung in Gregors Zimmer 20
bemerkt, als sie, aufs höchste beleidigt, ins Wohnzimmer lief und
trotz der beschwörend erhobenen Hände der Mutter in einen
Weinkrampf ausbrach, dem die Eltern — der Vater war natürlich aus seinem Sessel aufgeschreckt worden — zuerst erstaunt
und hilflos zusahen; bis auch sie sich zu rühren anfingen; der 25
Vater rechts der Mutter Vorwürfe machte, daß sie Gregors Zimmer nicht der Schwester zur Reinigung überließ; links dagegen
die Schwester anschrie, sie werde niemals mehr Gregors Zimmer
reinigen dürfen; während die Mutter den Vater, der sich vor Erregung nicht mehr kannte, ins Schlafzimmer zu schleppen suchte; 30
die Schwester, von Schluchzen geschüttelt, mit ihren kleinen
Fäusten den Tisch bearbeitete; und Gregor laut vor Wut darüber
zischte, daß es keinem einfiel, die Tür zu schließen und ihm diesen Anblick und Lärm zu ersparen.

Aber selbst wenn die Schwester, erschöpft von ihrer Berufs- 35
arbeit, dessen überdrüssig geworden war, für Gregor wie früher zu

sorgen, so hätte noch keineswegs die Mutter für sie eintreten müssen, und Gregor hätte doch nicht vernachlässigt zu werden brauchen. Denn nun war die Bedienerin da. Diese alte Witwe, die in ihrem langen Leben mit Hilfe ihres starken Knochenbaues das
5 Ärgste überstanden haben mochte, hatte keinen eigentlichen Abscheu vor Gregor. Ohne irgendwie neugierig zu sein, hatte sie zufällig einmal die Tür von Gregors Zimmer aufgemacht und war im Anblick Gregors, der, gänzlich überrascht, trotzdem ihn niemand jagte, hin und her zu laufen begann, die Hände im
10 Schoß gefaltet, staunend stehengeblieben. Seit dem versäumte sie nicht, stets flüchtig morgens und abends die Tür ein wenig zu öffnen und zu Gregor hineinzuschauen. Anfangs rief sie ihn auch zu sich herbei, mit Worten, die sie wahrscheinlich für freundlich hielt, wie »Komm mal herüber, alter Mistkäfer!« oder »Seht
15 mal den alten Mistkäfer!« Auf solche Ansprachen antwortete Gregor mit nichts, sondern blieb unbeweglich auf seinem Platz, als sei die Tür gar nicht geöffnet worden. Hätte man doch dieser Bedienerin, statt sie nach ihrer Laune ihn nutzlos stören zu lassen, lieber den Befehl gegeben, sein Zimmer täglich zu reinigen!
20 Einmal am frühen Morgen — ein heftiger Regen, vielleicht schon ein Zeichen des kommenden Frühjahrs, schlug an die Scheiben — war Gregor, als die Bedienerin mit ihren Redensarten wieder begann, derartig erbittert, daß er, wie zum Angriff, allerdings langsam und hinfällig, sich gegen sie wendete. Die Be-
25 dienerin aber, statt sich zu fürchten, hob bloß einen in der Nähe der Tür befindlichen Stuhl hoch empor, und wie sie mit groß geöffnetem Munde dastand, war ihre Absicht klar, den Mund erst zu schließen, wenn der Sessel in ihrer Hand auf Gregors Rücken niederschlagen würde. »Also weiter geht es nicht⁴¹?« fragte sie,
30 als Gregor sich wieder umdrehte, und stellte den Sessel ruhig in die Ecke zurück.

Gregor aß nun fast gar nichts mehr. Nur wenn er zufällig an der vorbereiteten Speise vorüberkam, nahm er zum Spiel einen Bissen in den Mund, hielt ihn dort stundenlang und spie ihn
35 dann meist wieder aus. Zuerst dachte er, es sei die Trauer über

---

41. *»Also ... nicht?«* — "So you're not going through with it?"

den Zustand seines Zimmers, die ihn vom Essen abhalte, aber gerade mit den Veränderungen des Zimmers söhnte er sich sehr bald aus. Man hatte sich angewöhnt, Dinge, die man anderswo nicht unterbringen konnte, in dieses Zimmer hineinzustellen, und solcher Dinge gab es nun viele, da man ein Zimmer der 5 Wohnung an drei Zimmerherren vermietet hatte. Diese ernsten Herren — alle drei hatten Vollbärte, wie Gregor einmal durch eine Türspalte feststellte — waren peinlich auf Ordnung, nicht nur in ihrem Zimmer, sondern, da sie sich nun einmal hier eingemietet hatten, in der ganzen Wirtschaft, also insbesondere in 10 der Küche, bedacht. Unnützen oder gar schmutzigen Kram ertrugen sie nicht. Überdies hatten sie zum größten Teil ihre eigenen Einrichtungsstücke mitgebracht. Aus diesem Grunde waren viele Dinge überflüssig geworden, die zwar nicht verkäuflich waren, die man aber auch nicht wegwerfen wollte. Alle diese wanderten 15 in Gregors Zimmer. Ebenso die Aschenkiste und die Abfallkiste aus der Küche. Was nur im Augenblick unbrauchbar war, schleuderte die Bedienerin, die es immer sehr eilig hatte, einfach in Gregors Zimmer; Gregor sah glücklicherweise meist nur den betreffenden Gegenstand und die Hand, die ihn hielt. Die Bedie- 20 nerin hatte vielleicht die Absicht, bei Zeit und Gelegenheit die Dinge wieder zu holen oder alle insgesamt mit einemmal hinauszuwerfen, tatsächlich aber blieben sie dort liegen, wohin sie durch den ersten Wurf gekommen waren, wenn nicht Gregor sich durch das Rumpelzeug wand und es in Bewegung brachte, 25 zuerst gezwungen, weil kein sonstiger Platz zum Kriechen frei war, später aber mit wachsendem Vergnügen, obwohl er nach solchen Wanderungen, zum Sterben müde und traurig, wieder stundenlang sich nicht rührte.

Da die Zimmerherren manchmal auch ihr Abendessen zu 30 Hause im gemeinsamen Wohnzimmer einnahmen, blieb die Wohnzimmertür an manchen Abenden geschlossen, aber Gregor verzichtete ganz leicht auf das Öffnen der Tür, hatte er doch schon manche Abende, an denen sie geöffnet war, nicht ausgenützt, sondern war, ohne daß es die Familie merkte, im dun- 35 kelsten Winkel seines Zimmers gelegen. Einmal aber hatte die

Bedienerin die Tür zum Wohnzimmer ein wenig offengelassen;
und sie blieb so offen, auch als die Zimmerherren am Abend ein-
traten und Licht gemacht wurde. Sie setzten sich oben an den
Tisch, wo in früheren Zeiten der Vater, die Mutter und Gregor
5 gegessen hatten, entfalteten die Servietten und nahmen Messer
und Gabel in die Hand. Sofort erschien in der Tür die Mutter
mit einer Schüssel Fleisch und knapp hinter ihr die Schwester mit
einer Schüssel hochgeschichteter Kartoffeln. Das Essen dampfte
mit starkem Rauch. Die Zimmerherren beugten sich über die vor
10 sie hingestellten Schüsseln, als wollten sie sie vor dem Essen prüfen, und tatsächlich zerschnitt der, welcher in der Mitte saß und
den anderen zwei als Autorität zu gelten schien, ein Stück Fleisch
noch auf der Schüssel, offenbar um festzustellen, ob es mürbe
genug sei und ob es nicht etwa in die Küche zurückgeschickt
15 werden solle. Er war befriedigt, und Mutter und Schwester, die
gespannt zugesehen hatten, begannen aufatmend zu lächeln.
   Die Familie selbst aß in der Küche. Trotzdem kam der Vater,
ehe er in die Küche ging, in dieses Zimmer herein und machte
mit einer einzigen Verbeugung, die Kappe in der Hand, einen
20 Rundgang um den Tisch. Die Zimmerherren erhoben sich sämtlich und murmelten etwas in ihre Bärte. Als sie dann allein
waren, aßen sie fast unter vollkommenem Stillschweigen. Sonderbar schien es Gregor, daß man aus allen mannigfachen Ge-
räuschen des Essens immer wieder ihre kauenden Zähne heraus-
25 hörte, als ob damit Gregor gezeigt werden sollte, daß man Zähne
brauche, um zu essen, und daß man auch mit den schönsten zahn-
losen Kiefern nichts ausrichten könne. ›Ich habe ja Appetit‹,
sagte sich Gregor sorgenvoll, ›aber nicht auf diese Dinge. Wie
sich diese Zimmerherren nähren, und ich komme um!‹
30   Gerade an diesem Abend — Gregor erinnerte sich nicht, während der ganzen Zeit die Violine gehört zu haben — ertönte sie
von der Küche her. Die Zimmerherren hatten schon ihr Nachtmahl beendet, der mittlere hatte eine Zeitung hervorgezogen, den
zwei anderen je ein Blatt gegeben, und nun lasen sie zurück-
35 gelehnt und rauchten. Als die Violine zu spielen begann, wurden
sie aufmerksam, erhoben sich und gingen auf den Fußspitzen zur

Vorzimmertür, in der sie aneinandergedrängt stehenblieben. Man mußte sie von der Küche aus gehört haben, denn der Vater rief: »Ist den Herren das Spiel vielleicht unangenehm? Es kann sofort eingestellt werden.« — »Im Gegenteil«, sagte der mittlere der Herren, »möchte das Fräulein nicht zu uns hereinkommen und 5 hier im Zimmer spielen, wo es doch viel bequemer und gemütlicher ist?« — »O bitte«, rief der Vater, als sei er der Violinspieler. Die Herren traten ins Zimmer zurück und warteten. Bald kam der Vater mit dem Notenpult, die Mutter mit den Noten und die Schwester mit der Violine. Die Schwester bereitete alles 10 ruhig zum Spiele vor; die Eltern, die niemals früher Zimmer vermietet hatten und deshalb die Höflichkeit gegen die Zimmerherren übertrieben, wagten gar nicht, sich auf ihre eigenen Sessel zu setzen; der Vater lehnte an der Tür, die rechte Hand zwischen zwei Knöpfe des geschlossenen Livreerockes gesteckt; die Mutter 15 aber erhielt von einem Herrn einen Sessel angeboten und saß, da sie den Sessel dort ließ, wohin ihn der Herr zufällig gestellt hatte, abseits in einem Winkel.

Die Schwester begann zu spielen; Vater und Mutter verfolgten, jeder von seiner Seite, aufmerksam die Bewegungen ihrer 20 Hände. Gregor hatte, von dem Spiele angezogen, sich ein wenig weiter vorgewagt und war schon mit dem Kopf im Wohnzimmer. Er wunderte sich kaum darüber, daß er in letzter Zeit so wenig Rücksicht auf die andern nahm; früher war diese Rücksichtnahme sein Stolz gewesen. Und dabei hätte er gerade jetzt 25 mehr Grund gehabt, sich zu verstecken, denn infolge des Staubes, der in seinem Zimmer überall lag und bei der kleinsten Bewegung umherflog, war auch er ganz staubbedeckt; Fäden, Haare, Speiseüberreste schleppte er auf seinem Rücken und an den Seiten mit sich herum; seine Gleichgültigkeit gegen alles war viel zu 30 groß, als daß er sich, wie früher mehrmals während des Tages, auf den Rücken gelegt und am Teppich gescheuert hätte. Und trotz dieses Zustandes hatte er keine Scheu, ein Stück auf dem makellosen Fußboden des Wohnzimmers vorzurücken.

Allerdings achtete auch niemand auf ihn. Die Familie war 35 gänzlich vom Violinspiel in Anspruch genommen; die Zimmer-

herren dagegen, die zunächst, die Hände in den Hosentaschen,
viel zu nahe hinter dem Notenpult der Schwester sich aufgestellt
hatten, so daß sie alle in die Noten hätten sehen können, was
sicher die Schwester stören mußte, zogen sich bald unter halb-
5 lauten Gesprächen mit gesenkten Köpfen zum Fenster zurück,
wo sie, vom Vater besorgt beobachtet, auch blieben. Es hatte
nun wirklich den überdeutlichen Anschein, als wären sie in ihrer
Annahme, ein schönes oder unterhaltendes Violinspiel zu hören,
enttäuscht, hätten die ganze Vorführung satt und ließen sich nur
10 aus Höflichkeit noch in ihrer Ruhe stören. Besonders die Art,
wie sie alle aus Nase und Mund den Rauch ihrer Zigarren in die
Höhe bliesen, ließ auf große Nervosität schließen[42]. Und doch
spielte die Schwester so schön. Ihr Gesicht war zur Seite geneigt,
prüfend und traurig folgten ihre Blicke den Notenzeilen. Gregor
15 kroch noch ein Stück vorwärts und hielt den Kopf eng an den
Boden, um möglicherweise ihren Blicken begegnen zu können.
War er ein Tier, da ihn Musik so ergriff? Ihm war, als zeige
sich ihm der Weg zu der ersehnten unbekannten Nahrung.
Er war entschlossen, bis zur Schwester vorzudringen, sie am Rock
20 zu zupfen und ihr dadurch anzudeuten, sie möge doch mit ihrer
Violine in sein Zimmer kommen, denn niemand lohnte hier das
Spiel so, wie er es lohnen wollte. Er wollte sie nicht mehr aus
seinem Zimmer lassen, wenigstens nicht, solange er lebte; seine
Schreckgestalt sollte ihm zum erstenmal nützlich werden; an
25 allen Türen seines Zimmers wollte er gleichzeitig sein und den
Angreifern entgegenfauchen; die Schwester aber sollte nicht gezwungen, sondern freiwillig bei ihm bleiben; sie sollte neben
ihm auf dem Kanapee sitzen, das Ohr zu ihm herunterneigen,
und er wollte ihr dann anvertrauen, daß er die feste Absicht
30 gehabt habe, sie auf das Konservatorium zu schicken, und daß er
dies, wenn nicht das Unglück dazwischengekommen wäre, ver-
gangene Weihnachten — Weihnachten war doch wohl schon
vorüber? — allen gesagt hätte, ohne sich um irgend welche
Widerreden zu kümmern. Nach dieser Erklärung würde die
35 Schwester in Tränen der Rührung ausbrechen, und Gregor würde

42. *ließ ... schließen* — made one surmise their great nervousness

sich bis zu ihrer Achsel erheben und ihren Hals küssen, den sie,
seitdem sie ins Geschäft ging, frei ohne Band oder Kragen trug.
»Herr Samsa!« rief der mittlere Herr dem Vater zu und zeigte,
ohne ein weiteres Wort zu verlieren, mit dem Zeigefinger auf den
langsam sich vorwärts bewegenden Gregor. Die Violine ver- 5
stummte, der mittlere Zimmerherr lächelte erst einmal kopfschüttelnd seinen Freunden zu und sah dann wieder auf Gregor
hin. Der Vater schien es für nötiger zu halten, statt Gregor zu
vertreiben, vorerst die Zimmerherren zu beruhigen, trotzdem
diese gar nicht aufgeregt waren und Gregor sie mehr als das 10
Violinspiel zu unterhalten schien. Er eilte zu ihnen und suchte
sie mit ausgebreiteten Armen in ihr Zimmer zu drängen und
gleichzeitig mit seinem Körper ihnen den Ausblick auf Gregor
zu nehmen. Sie wurden nun tatsächlich ein wenig böse, man
wußte nicht mehr, ob über das Benehmen des Vaters oder über 15
die ihnen jetzt aufgehende Erkenntnis, ohne es zu wissen, einen
solchen Zimmernachbarn wie Gregor besessen zu haben. Sie verlangten vom Vater Erklärungen, hoben ihrerseits die Arme,
zupften unruhig an ihren Bärten und wichen nur langsam gegen
ihr Zimmer zurück. Inzwischen hatte die Schwester die Verloren- 20
heit, in die sie nach dem plötzlich abgebrochenen Spiel verfallen
war, überwunden, hatte sich, nachdem sie eine Zeitlang in den
lässig hängenden Händen Violine und Bogen gehalten und weiter, als spiele sie noch, in die Noten gesehen hatte, mit einemmal
aufgerafft, hatte das Instrument auf den Schoß der Mutter gelegt, 25
die in Atembeschwerden mit heftig arbeitenden Lungen noch auf
ihrem Sessel saß, und war in das Nebenzimmer gelaufen, dem
sich die Zimmerherren unter dem Drängen des Vaters schon
schneller näherten. Man sah, wie unter den geübten Händen der
Schwester die Decken und Polster in den Betten in die Höhe 30
flogen und sich ordneten. Noch ehe die Herren das Zimmer erreicht hatten, war sie mit dem Aufbetten fertig und schlüpfte
heraus.
    Der Vater schien wieder von seinem Eigensinn derartig ergrif-
fen, daß er jeden Respekt vergaß, den er seinen Mietern immer- 35
hin schuldete. Er drängte nur und drängte, bis schon in der Tür

auf einem Stool sitzen
in einem Sessel

des Zimmers der mittlere der Herren donnernd mit dem Fuß
aufstampfte und dadurch den Vater zum Stehen brachte. »Ich
erkläre hiermit«, sagte er, hob die Hand und suchte mit den Blik-
ken auch die Mutter und die Schwester, »daß ich mit Rücksicht
5 auf die in dieser Wohnung und Familie herrschenden wider-
lichen Verhältnisse« — hierbei spie er kurz entschlossen auf den
Boden — »mein Zimmer augenblicklich kündige. Ich werde
natürlich auch für die Tage, die ich hier gewohnt habe, nicht das
geringste bezahlen, dagegen werde ich es mir noch überlegen, ob
10 ich nicht mit irgend welchen — glauben Sie mir — sehr leicht zu
begründenden Forderungen[43] gegen Sie auftreten werde.« Er
schwieg und sah gerade vor sich hin[44], als erwarte er etwas. Tatsächlich fielen sofort seine zwei Freunde mit den Worten ein:
»Auch wir kündigen augenblicklich.« Darauf faßte er die Tür-
15 klinke und schloß mit einem Krach die Tür.

Der Vater wankte mit tastenden Händen zu seinem Sessel und
ließ sich in ihn fallen; es sah aus, als strecke er sich zu seinem
gewöhnlichen Abendschläfchen, aber das starke Nicken seines
wie haltlosen Kopfes zeigte, daß er ganz und gar nicht schlief.
20 Gregor war die ganze Zeit still auf dem Platz gelegen, auf dem
ihn die Zimmerherren ertappt hatten. Die Enttäuschung über das
Mißlingen seines Planes, vielleicht aber auch die durch das viele
Hungern verursachte Schwäche machten es ihm unmöglich, sich
zu bewegen. Er fürchtete mit einer gewissen Bestimmtheit schon
25 für den nächsten Augenblick einen allgemeinen über ihn sich
entladenden Zusammensturz und wartete. Nicht einmal die Violine schreckte ihn auf, die, unter den zitternden Fingern der
Mutter hervor, ihr vom Schoße fiel und einen hallenden Ton von
sich gab.
30 »Liebe Eltern«, sagte die Schwester und schlug zur Einleitung
mit der Hand auf den Tisch, »so geht das nicht weiter. Wenn ihr
das vielleicht nicht einseht, ich sehe es ein. Ich will vor diesem
Untier nicht den Namen meines Bruders aussprechen und sage

35 43. *sehr leicht zu begründenden Forderungen* — claims that can **very**
easily be justified
44. *sah . . . hin* — looked straight in front of him

daher bloß: wir müssen versuchen, es loszuwerden. Wir haben
das Menschenmögliche versucht, es zu pflegen und zu dulden,
ich glaube, es kann uns niemand den geringsten Vorwurf
machen.

»Sie hat tausendmal recht«, sagte der Vater für sich. Die Mut- 5
ter, die noch immer nicht genug Atem finden konnte, fing in die
vorgehaltene Hand mit einem irrsinnigen Ausdruck der Augen
dumpf zu husten an.

Die Schwester eilte zur Mutter und hielt ihr die Stirn. Der
Vater schien durch die Worte der Schwester auf bestimmte Ge- 10
danken gebracht zu sein, hatte sich aufrecht gesetzt, spielte mit
seiner Dienermütze zwischen den Tellern, die noch vom Nachtmahl der Zimmerherren her auf dem Tische lagen, und sah bisweilen auf den stillen Gregor hin.

»Wir müssen es loszuwerden suchen«, sagte die Schwester nun 15
ausschließlich zum Vater, denn die Mutter hörte in ihrem Husten
nichts, »es bringt euch noch beide um, ich sehe es kommen.
Wenn man schon so schwer arbeiten muß wie wir alle, kann
man nicht noch zu Hause diese ewige Quälerei ertragen. Ich kann
es auch nicht mehr.« Und sie brach so heftig in Weinen aus, daß 20
ihre Tränen auf das Gesicht der Mutter niederflossen, von dem
sie sie mit mechanischen Handbewegungen wischte.

»Kind«, sagte der Vater mitleidig und mit auffallendem Verständnis, »was sollen wir aber tun?«

Die Schwester zuckte nur die Achseln zum Zeichen der Rat- 25
losigkeit, die sie nun während des Weinens im Gegensatz zu
ihrer früheren Sicherheit ergriffen hatte.

»Wenn er uns verstünde«, sagte der Vater halb fragend; die
Schwester schüttelte aus dem Weinen heraus heftig die Hand
zum Zeichen, daß daran nicht zu denken sei.   30

»Wenn er uns verstünde«, wiederholte der Vater und nahm
durch Schließen der Augen die Überzeugung der Schwester von
der Unmöglichkeit dessen in sich auf, »dann wäre vielleicht ein
Übereinkommen mit ihm möglich. Aber so —«

»Weg muß er«, rief die Schwester, »das ist das einzige Mittel, 35
Vater. Du mußt bloß den Gedanken loszuwerden suchen, daß es

Gregor ist. Daß wir es so lange geglaubt haben, das ist ja unser
eigentliches Unglück. Aber wie kann es denn Gregor sein?
Wenn es Gregor wäre, er hätte längst eingesehen, daß ein Zu-
sammenleben von Menschen mit einem solchen Tier nicht mög-
5 lich ist, und wäre freiwillig fortgegangen. Wir hätten dann keinen Bruder, aber könnten dann weiterleben und sein Andenken
in Ehren halten. So aber verfolgt uns dieses Tier, vertreibt die
Zimmerherren, will offenbar die ganze Wohnung einnehmen
und uns auf der Gasse übernachten lassen. Sieh nur, Vater«,
10 schrie sie plötzlich auf, »er fängt schon wieder an!« Und in
einem für Gregor gänzlich unverständlichen Schrecken verließ
die Schwester sogar die Mutter, stieß sich förmlich von ihrem
Sessel ab, als wollte sie lieber die Mutter opfern, als in Gregors
Nähe bleiben, und eilte hinter den Vater, der, lediglich durch ihr
15 Benehmen erregt, auch aufstand und die Arme wie zum Schutz
der Schwester vor ihr halb erhob.

Aber Gregor fiel es doch gar nicht ein, irgend jemandem und
gar seiner Schwester Angst machen zu wollen. Er hatte bloß angefangen, sich umzudrehen, um in sein Zimmer zurückzuwandern,
20 und das nahm sich allerdings auffallend aus, da er infolge seines
leidenden Zustandes bei den schwierigen Umdrehungen mit seinem Kopfe nachhelfen mußte, den er hierbei viele Male hob und
gegen den Boden schlug. Er hielt inne und sah sich um. Seine
gute Absicht schien erkannt worden zu sein; es war nur ein
25 augenblicklicher Schrecken gewesen. Nun sahen ihn alle schweigend und traurig an. Die Mutter lag, die Beine ausgestreckt und
aneinandergedrückt, in ihrem Sessel, die Augen fielen ihr vor
Ermattung fast zu; der Vater und die Schwester saßen nebeneinander, die Schwester hatte ihre Hand um des Vaters Hals
30 gelegt.

»Nun darf ich mich schon vielleicht umdrehen«, dachte Gregor
und begann seine Arbeit wieder. Er konnte das Schnaufen der
Anstrengung nicht unterdrücken und mußte auch hier und da
ausruhen. Im übrigen drängte ihn auch niemand, es war alles
35 ihm selbst überlassen. Als er die Umdrehung vollendet hatte,
fing er sofort an, geradeaus zurückzuwandern. Er staunte über die

große Entfernung, die ihn von seinem Zimmer trennte, und
begriff gar nicht, wie er bei seiner Schwäche vor kurzer Zeit den
gleichen Weg, fast ohne es zu merken, zurückgelegt hatte. Immerfort nur auf rasches Kriechen bedacht, achtete er kaum darauf, daß kein Wort, kein Ausruf seiner Familie ihn störte. Erst 5
als er schon in der Tür war, wendete er den Kopf, nicht vollständig, denn er fühlte den Hals steif werden, immerhin sah er noch,
daß sich hinter ihm nichts verändert hatte, nur die Schwester war
aufgestanden. Sein letzter Blick streifte die Mutter, die nun völlig
eingeschlafen war.   10
    Kaum war er innerhalb seines Zimmers, wurde die Tür eiligst
zugedrückt, festgeriegelt und versperrt. Über den plötzlichen
Lärm hinter sich erschrak Gregor so, daß ihm die Beinchen ein-
knickten. Es war die Schwester, die sich so beeilt hatte. Aufrecht
war sie schon dagestanden und hatte gewartet, leichtfüßig war 15
sie dann vorwärts gesprungen, Gregor hatte sie gar nicht kommen
hören, und ein »Endlich!« rief sie den Eltern zu, während sie den
Schlüssel im Schloß umdrehte.
    »Und jetzt?« fragte sich Gregor und sah sich im Dunkeln um.
Er machte bald die Entdeckung, daß er sich nun überhaupt nicht 20
mehr rühren konnte. Er wunderte sich darüber nicht, eher kam
es ihm unnatürlich vor, daß er sich bis jetzt tatsächlich mit diesen
dünnen Beinchen hatte fortbewegen können. Im übrigen fühlte
er sich verhältnismäßig behaglich. Er hatte zwar Schmerzen im
ganzen Leib, aber ihm war, als würden sie allmählich schwächer 25
und schwächer und würden schließlich ganz vergehen. Den ver-
faulten Apfel in seinem Rücken und die entzündete Umgebung,
die ganz von weichem Staub bedeckt waren, spürte er schon
kaum. An seine Familie dachte er mit Rührung und Liebe zurück.
Seine Meinung darüber, daß er verschwinden müsse, war wo- 30
möglich noch entschiedener als die seiner Schwester. In diesem
Zustand leeren und friedlichen Nachdenkens blieb er, bis die
Turmuhr die dritte Morgenstunde schlug. Den Anfang des allgemeinen Hellerwerdens draußen vor dem Fenster erlebte er
noch. Dann sank sein Kopf ohne seinen Willen gänzlich nieder, 35
und aus seinen Nüstern strömte sein letzter Atem schwach hervor.

Als am frühen Morgen die Bedienerin kam — vor lauter Kraft
und Eile schlug sie, wie oft man sie auch schon gebeten hatte,
das zu vermeiden, alle Türen derartig zu, daß in der ganzen
Wohnung von ihrem Kommen an kein ruhiger Schlaf mehr
5 möglich war —, fand sie bei ihrem gewöhnlich kurzen Besuch
an Gregor zuerst nichts Besonderes. Sie dachte, er liege absichtlich so unbeweglich da und spiele den Beleidigten; sie traute ihm
allen möglichen Verstand zu. Weil sie zufällig den langen Besen
in der Hand hielt, suchte sie mit ihm Gregor von der Tür aus zu
10 kitzeln. Als sich auch da kein Erfolg zeigte, wurde sie ärgerlich
und stieß ein wenig in Gregor hinein, und erst als sie ihn ohne
jeden Widerstand von seinem Platze geschoben hatte, wurde sie
aufmerksam. Als sie bald den wahren Sachverhalt erkannte,
machte sie große Augen, pfiff vor sich hin, hielt sich aber nicht
15 lange auf, sondern riß die Tür des Schlafzimmers auf und rief
mit lauter Stimme in das Dunkel hinein: »Sehen Sie nur mal an,
es ist krepiert; da liegt es, ganz und gar krepiert!«

Das Ehepaar Samsa saß im Ehebett aufrecht da und hatte zu
tun, den Schrecken über die Bedienerin zu verwinden, ehe es
20 dazu kam, ihre Meldung aufzufassen. Dann aber stiegen Herr
und Frau Samsa, jeder auf seiner Seite, eiligst aus dem Bett, Herr
Samsa warf die Decke über seine Schultern, Frau Samsa kam nur
im Nachthemd hervor; so traten sie in Gregors Zimmer. Inzwischen hatte sich auch die Tür des Wohnzimmers geöffnet, in dem
25 Grete seit dem Einzug der Zimmerherren schlief; sie war völlig
angezogen, als hätte sie gar nicht geschlafen, auch ihr bleiches
Gesicht schien das zu beweisen. »Tot?« sagte Frau Samsa und sah
fragend zur Bedienerin auf, trotzdem sie doch alles selbst prüfen
und sogar ohne Prüfung erkennen konnte. »Das will ich mei-
30 nen[45]«, sagte die Bedienerin und stieß zum Beweis Gregors
Leiche mit dem Besen noch ein großes Stück seitwärts. Frau
Samsa machte eine Bewegung, als wolle sie den Besen zurückhalten, tat es aber nicht. »Nun«, sagte Herr Samsa, »jetzt können
wir Gott danken.« Er bekreuzigte sich, und die drei Frauen folg-
35 ten seinem Beispiel. Grete, die kein Auge von der Leiche wen-

45. »*Das . . . meinen*« — "That's for sure"

dete, sagte: »Seht nur, wie mager er war. Er hat ja auch schon so
lange Zeit nichts gegessen. So wie die Speisen hereinkamen, sind
sie wieder hinausgekommen.« Tatsächlich war Gregors Körper
vollständig flach und trocken, man erkannte das eigentlich erst
jetzt, da er nicht mehr von den Beinchen gehoben war und auch 5
sonst nichts den Blick ablenkte.

»Komm, Grete, auf ein Weilchen zu uns herein«, sagte Frau
Samsa mit einem wehmütigen Lächeln, und Grete ging, nicht
ohne nach der Leiche zurückzusehen, hinter den Eltern in das
Schlafzimmer. Die Bedienerin schloß die Tür und öffnete gänz- 10
lich das Fenster. Trotz des frühen Morgens war der frischen Luft
schon etwas Lauigkeit beigemischt. Es war eben schon Ende
März.

Aus ihrem Zimmer traten die drei Zimmerherren und sahen
sich erstaunt nach ihrem Frühstück um; man hatte sie vergessen. 15
»Wo ist das Frühstück?« fragte der mittlere der Herren mürrisch die Bedienerin. Diese aber legte den Finger an den Mund
und winkte dann hastig und schweigend den Herren zu, sie
möchten in Gregors Zimmer kommen. Sie kamen auch und standen dann, die Hände in den Taschen ihrer etwas abgenützten 20
Röckchen, in dem nun schon ganz hellen Zimmer um Gregors
Leiche herum.

Da öffnete sich die Tür des Schlafzimmers, und Herr Samsa
erschien in seiner Livree, an einem Arm seine Frau, am anderen
seine Tochter. Alle waren ein wenig verweint; Grete drückte 25
bisweilen ihr Gesicht an den Arm des Vaters.

»Verlassen Sie sofort meine Wohnung!« sagte Herr Samsa
und zeigte auf die Tür, ohne die Frauen von sich zu lassen. »Wie
meinen Sie das?« sagte der mittlere Herr etwas bestürzt und
lächelte süßlich. Die zwei anderen hielten die Hände auf dem 30
Rücken und rieben sie ununterbrochen aneinander, wie in freudiger Erwartung eines großen Streites, der aber für sie günstig
ausfallen mußte. »Ich meine es genau so, wie ich es sage«, antwortete Herr Samsa und ging in einer Linie mit seinen zwei Be-
gleiterinnen auf den Zimmerherrn zu. Dieser stand zuerst still 35
da und sah zu Boden, als ob sich die Dinge in seinem Kopf zu

einer neuen Ordnung zusammenstellten. »Dann gehen wir also«,
sagte er dann ùnd sah zu Herrn Samsa auf, als verlange er in
einer plötzlich ihn überkommenden Demut sogar für diesen
Entschluß eine neue Genehmigung. Herr Samsa nickte ihm bloß
5 mehrmals kurz mit großen Augen zu. Daraufhin ging der Herr
tatsächlich sofort mit langen Schritten ins Vorzimmer; seine beiden Freunde hatten schon ein Weilchen lang mit ganz ruhigen
Händen aufgehorcht und hüpften ihm jetzt geradezu nach, wie
in Angst, Herr Samsa könnte vor ihnen ins Vorzimmer eintreten
10 und die Verbindung mit ihrem Führer stören. Im Vorzimmer
nahmen alle drei die Hüte vom Kleiderrechen, zogen ihre Stöcke
aus dem Stockbehälter, verbeugten sich stumm und verließen die
Wohnung. In einem, wie sich zeigte, gänzlich unbegründeten
Mißtrauen trat Herr Samsa mit den zwei Frauen auf den Vor-
15 platz hinaus; an das Geländer gelehnt, sahen sie zu, wie die drei
Herren zwar langsam, aber ständig die lange Treppe hinunter-
stiegen, in jedem Stockwerk in einer bestimmten Biegung des
Treppenhauses verschwanden und nach ein paar Augenblicken
wieder hervorkamen; je tiefer sie gelangten, desto mehr verlor
20 sich das Interesse der Familie Samsa für sie, und als ihnen entgegen und dann hoch über sie hinweg ein Fleischergeselle mit
der Trage auf dem Kopf in stolzer Haltung heraufstieg, verließ
bald Herr Samsa mit den Frauen das Geländer, und alle kehrten,
wie erleichtert, in ihre Wohnung zurück.
25   Sie beschlossen, den heutigen Tag zum Ausruhen und Spazierengehen zu verwenden; sie hatten diese Arbeitsunterbrechung
nicht nur verdient, sie brauchten sie sogar unbedingt. Und so
setzten sie sich zum Tisch und schrieben drei Entschuldigungs-
briefe, Herr Samsa an seine Direktion, Frau Samsa an ihren Auf-
30 traggeber und Grete an ihren Prinzipal. Während des Schreibens
kam die Bedienerin herein, um zu sagen, daß sie fortgehe, denn
ihre Morgenarbeit war beendet. Die drei Schreibenden nickten
zuerst bloß, ohne aufzuschauen, erst als die Bedienerin sich immer noch nicht entfernen wollte, sah man ärgerlich auf. »Nun?«
35 fragte Herr Samsa. Die Bedienerin stand lächelnd in der Tür, als
habe sie der Familie ein großes Glück zu melden, werde es aber

nur dann tun, wenn sie gründlich ausgefragt werde. Die fast
aufrechte kleine Straußfeder auf ihrem Hut, über die sich Herr
Samsa schon während ihrer ganzen Dienstzeit ärgerte, schwankte
leicht nach allen Richtungen. »Also was wollen Sie eigentlich?«
fragte Frau Samsa, vor welcher die Bedienerin noch am meisten 5
Respekt hatte. »Ja«, antwortete die Bedienerin und konnte vor
freundlichem Lachen nicht gleich weiterreden, »also darüber, wie
das Zeug von nebenan weggeschafft werden soll, müssen Sie sich
keine Sorge machen. Es ist schon in Ordnung.« Frau Samsa und
Grete beugten sich zu ihren Briefen nieder, als wollten sie wei- 10
terschreiben; Herr Samsa, welcher merkte, daß die Bedienerin
nun alles ausführlich zu beschreiben anfangen wollte, wehrte
dies mit ausgestreckter Hand entschieden ab. Da sie aber nicht
erzählen durfte, erinnerte sie sich an die große Eile, die sie hatte,
rief, offenbar beleidigt: »Adjes allseits⁴⁶«, drehte sich wild um 15
und verließ unter fürchterlichem Türezuschlagen die Wohnung.

»Abends wird sie entlassen«, sagte Herr Samsa, bekam aber
weder von seiner Frau noch von seiner Tochter eine Antwort,
denn die Bedienerin schien ihre kaum gewonnene Ruhe wieder
gestört zu haben. Sie erhoben sich, gingen zum Fenster und blie- 20
ben dort, sich umschlungen haltend. Herr Samsa drehte sich in
seinem Sessel nach ihnen um und beobachtete sie still ein Weilchen. Dann rief er: »Also kommt doch her. Laßt schon endlich
die alten Sachen. Und nehmt auch ein wenig Rücksicht auf
mich.« Gleich folgten ihm die Frauen, eilten zu ihm, liebkosten 25
ihn und beendeten rasch ihre Briefe.

Dann verließen alle drei gemeinschaftlich die Wohnung, was
sie schon seit Monaten nicht getan hatten, und fuhren mit der
Elektrischen ins Freie vor die Stadt. Der Wagen, in dem sie allein
saßen, war ganz von warmer Sonne durchschienen. Sie bespra- 30
chen, bequem auf ihren Sitzen zurückgelehnt, die Aussichten für
die Zukunft, und es fand sich, daß diese bei näherer Betrachtung
durchaus nicht schlecht waren, denn aller drei Anstellungen
waren, worüber sie einander eigentlich noch gar nicht ausgefragt
hatten, überaus günstig und besonders für später vielverspre- 35

46. »*Adjes (adieu) allseits*« — "Bye, everybody"

chend. Die größte augenblickliche Besserung der Lage mußte
sich natürlich leicht durch einen Wohnungswechsel ergeben; sie
wollten nun eine kleinere und billigere, aber besser gelegene und
überhaupt praktischere Wohnung nehmen, als es die jetzige,
5 noch von Gregor ausgesuchte war. Während sie sich so unter-
hielten, fiel es Herrn und Frau Samsa im Anblick ihrer immer
lebhafter werdenden Tochter fast gleichzeitig ein, wie sie in der
letzten Zeit trotz aller Plage, die ihre Wangen bleich gemacht
hatte, zu einem schönen und üppigen Mädchen aufgeblüht war.
10 Stiller werdend und fast unbewußt durch Blicke sich verständi-
gend, dachten sie daran, daß es nun Zeit sein werde, auch einen
braven Mann für sie zu suchen. Und es war ihnen wie eine Bestätigung ihrer neuen Träume und guten Absichten, als am Ziele
ihrer Fahrt die Tochter als erste sich erhob und ihren jungen
15 Körper dehnte.

Fragen

I

1. In was für ein Insekt wurde Gregor verwandelt?
2. Welche Schwierigkeiten hat er wegen seiner neuen Gestalt?
3. Welchen Beruf hatte Gregor?
4. Warum hat er nicht schon längst gekündigt?
5. Warum macht er nicht auf, wenn die Familie ihn darum bittet?
6. Welche Hilfe könnte er brauchen?
7. Wie versucht die Mutter, Gregor beim Prokuristen zu entschuldigen?
8. Welchen Verdacht hat der Prokurist auf Gregor?
9. In was für Sätzen antwortet Gregor auf die Anklage des Prokuristen?
10. Wie wirkt Gregors Antwort auf die Familie und den Prokuristen?
11. Wie wirkt erst recht Gregors Erscheinung auf sie, wenn er die Tür öffnet?
12. Was erfährt man aus der Beschreibung des Wohnzimmers über das Leben der Familie?
13. Worum will Gregor den Prokuristen bitten?
14. Wie reagiert der Vater auf Gregors gute Absicht?
15. Wie wird Gregor verwundet?

II

16. Wieviel Zeit ist zwischen dem ersten und zweiten Kapitel vergangen?
17. Welche Wunden trägt Gregor von dem Zusammenstoß am Morgen davon?
18. Warum schmeckt ihm sein Lieblingsessen nicht mehr?
19. Weshalb kommt „der zögernde Besucher" nicht herein?
20. Was stört Gregor an seinem eigenen Zimmer?
21. Warum meint Gregor, er hätte jetzt „weniger Feingefühl"?
22. Wie zeigt die Schwester, mit welcher Selbstüberwindung sie Gregor bedient?
23. Warum muß die Schwester jetzt kochen?

24. Wie sind die Vermögensverhältnisse anders als Gregor gedacht hatte?
25. Weshalb hatte Gregor in erster Linie Geld verdienen müssen?
26. Welchen geheimen Plan hatte er außerdem gehabt?
27. Wie versuchte Gregor, der Schwester seinen Anblick zu ersparen?
28. Was ist Gregors neueste Zerstreuung?
29. Wie will die Schwester ihm das Zimmer neu einrichten?
30. Warum will die Mutter das Zimmer in dem alten Zustand erhalten?
31. Wie gibt Gregor seine Meinung zu erkennen?
32. Wie reagiert die Mutter auf Gregors Anblick?
33. Wie treibt der Vater Gregor zurück?
34. Wer rettet Gregor das Leben?

III
35. Warum nimmt die Familie nicht eine kleinere Wohnung?
36. Wer ersetzt das Dienstmädchen?
37. Was arbeiten jetzt alle drei Familienmitglieder?
38. Wie sieht es in Gregors Zimmer jetzt aus?
39. Wie kommt es dazu, daß die Bedienerin Gregor mit dem Stuhl droht?
40. Warum stellt man jetzt alle unbrauchbaren Dinge in Gregors Zimmer hinein?
41. Wie essen die Zimmerherren?
42. Worauf hat Gregor Appetit?
43. Welche Konsequenz hat es, daß Gregor von der Musik so ergriffen wird?
44. Welche Bedeutung hat es, daß gerade die Schwester ausruft: „Weg muß er!"?
45. Wie verändern Samsas ihr Leben nach Gregors Tod?

IM ALLGEMEINEN
46. Ist der Schluß als glücklich oder unglücklich zu verstehen?
47. Was bedeutet die „Verwandlung"?
48. Ist *Die Verwandlung* eine „realistische" Erzählung? Antworten

Sie im Hinblick auf die genaue Beschreibung, wie Gregor am ersten Morgen aus dem Bett kommt.

49. Welche komischen Momente hat *Die Verwandlung?*

50. Vergleichen Sie die steigende Intensität des Geschehens in allen drei Kapiteln.

BERTOLT BRECHT

Introduction

No other contemporary German writer has been so highly praised or so frequently criticized by his countrymen during recent years as Bertolt Brecht (1898—1956). Hailed by many as the founder of a new Classicism in the theater and attacked by others as a political apologist, Brecht has aroused either partisan admiration or bitter antagonism. The debate has centered as much on the author's person as on his works, for Brecht was a rare exception among twentieth-century intellectuals: a man whose sympathy for the oppressed little man led him to embrace Marxism and who did *not* become disillusioned when he saw the totalitarian nature of modern Communism in action. His beliefs forced him to leave Germany in 1933; and when he returned in 1948, he settled in East Berlin where he remained until his death.

Brecht did write much that can only be called propaganda, and some of it is of the most obvious sort. In his better works, however, he rises far above this and gives fresh, robust expression to basic human problems and universally human actions. Such is the case in the stories presented here. Anyone can admire the simple but heroic goodness of Anna, the central figure in "Der Augsburger Kreidekreis," who sacrifices her own happiness for the sake of a child. And anyone can appreciate the common-sense approach to justice which leads Judge Dollinger to award the child to Anna, rather than to the mother who deserted it. We can all agree that Giordano Bruno and Socrates, as Brecht portrays them in "Der Mantel des Ketzers" and "Der verwundete Sokrates," are entitled to the claim of greatness, the former for his sense of selfless responsibility and the latter for his refusal to tell a lie in the presence of a person he respects. The action of each of these characters reveals a particular virtue that the author deems essential for healthy relationships among men, and in this sense he would consider his stories "social." The third selection, which Brecht adapted from the novel *Die Geschäfte des Herrn Julius Cäsar,* is somewhat different from the others. Here Brecht hints at the ephemeral nature of absolute power and, since the innocent people around Caesar fall with the dictator, at its corrupting, destructive influence.

The four stories are good examples of the author's style. The title of the collection from which they are taken, *Kalender-geschichten*, suggests that they should be seen as stories with a direct popular appeal and a practical moral—simple tales like those that sometimes appear on calendars or in farmers' almanacs. The events are narrated clearly and unpretentiously; the characterization is thoroughly realistic and often humorous; the language is colloquial, colorful—at times even coarse. Behind the ironic and folksy tone, of course, Brecht's artistry is evident.

In this country, Brecht is best known as the author of *The Three-penny Opera (Die Dreigroschenoper)*, and Germans, too, are most familiar with his dramas and his work in the field of stagecraft. In the years just preceding his death his Theater am Schiffbauerdamm became the most vital center of postwar German theater, and his so-called "parables for the theater" are frequently presented on West German stages. In one of them, *Der kaukasische Kreidekreis*, the story told in the first of the following prose sketches is given dramatic form.

Der Augsburger Kreidekreis

Zu der Zeit des Dreißigjährigen Krieges[1] besaß ein Schweizer Protestant namens Zingli eine große Gerberei mit einer Lederhandlung in der freien Reichsstadt Augsburg am Lech. Er war mit einer Augsburgerin verheiratet und hatte ein Kind von ihr. Als die Katholischen[2] auf die Stadt zu marschier- 5 ten, rieten ihm seine Freunde dringend zur Flucht, aber, sei es, daß seine kleine Familie ihn hielt, sei es, daß er seine Gerberei nicht im Stich lassen wollte, er konnte sich jedenfalls nicht entschließen, beizeiten wegzureisen.

So war er noch in der Stadt, als die kaiserlichen Truppen sie 10 stürmten, und als am Abend geplündert wurde, versteckte er sich in einer Grube im Hof, wo die Farben aufbewahrt wurden. Seine Frau sollte mit dem Kind zu ihren Verwandten in die Vorstadt ziehen, aber sie hielt sich zu lange damit auf, ihre Sachen, Kleider, Schmuck und Betten zu packen, und so sah sie plötzlich, von 15 einem Fenster des ersten Stockes aus, eine Rotte kaiserlicher Soldaten in den Hof dringen. Außer sich vor Schrecken ließ sie alles stehen und liegen und rannte durch die Hintertür aus dem Anwesen.

So blieb das Kind im Hause zurück. Es lag in der großen Diele 20 in seiner Wiege und spielte mit dem Holzball, der an einer Schnur von der Decke hing.

Nur eine junge Magd war noch im Hause. Sie hantierte in der Küche mit dem Kupferzeug, als sie Lärm von der Gasse her hörte. Ans Fenster stürzend, sah sie, wie aus dem ersten Stock 25 des Hauses gegenüber von Soldaten allerhand Beutestücke auf die Gasse geworfen wurden. Sie lief in die Diele und wollte eben das Kind aus der Wiege nehmen, als sie das Geräusch schwerer

1. *Dreißigjährigen Krieges* — Thirty Years' War (1618—1648)
2. *Katholischen* — Catholic forces

Schläge gegen die eichene Haustür hörte. Sie wurde von Panik
ergriffen und flog die Treppe hinauf.

Die Diele füllte sich mit betrunkenen Soldaten, die alles kurz
und klein schlugen[3]. Sie wußten, daß sie sich im Haus eines
5 Protestanten befanden. Wie durch ein Wunder blieb bei der
Durchsuchung und Plünderung Anna, die Magd, unentdeckt.
Die Rotte verzog sich, und aus dem Schrank herauskletternd, in
dem sie gestanden war, fand Anna auch das Kind in der Diele
unversehrt. Sie nahm es hastig an sich und schlich mit ihm auf
10 den Hof hinaus. Es war inzwischen Nacht geworden, aber der
rote Schein eines in der Nähe brennenden Hauses erhellte den
Hof, und entsetzt erblickte sie die übel zugerichtete[4] Leiche des
Hausherrn. Die Soldaten hatten ihn aus seiner Grube gezogen
und erschlagen.

15   Erst jetzt wurde der Magd klar, welche Gefahr sie lief, wenn
sie mit dem Kind des Protestanten auf der Straße aufgegriffen
wurde. Sie legte es schweren Herzens in die Wiege zurück, gab
ihm etwas Milch zu trinken, wiegte es in Schlaf und machte sich
auf den Weg in den Stadtteil, wo ihre verheiratete Schwester
20 wohnte. Gegen zehn Uhr nachts drängte sie sich, begleitet vom
Mann ihrer Schwester, durch das Getümmel der ihren Sieg
feiernden Soldaten, um in der Vorstadt Frau Zingli, die Mutter
des Kindes, aufzusuchen. Sie klopften an die Tür eines mächtigen Hauses, die sich nach geraumer Zeit auch ein wenig öffnete.
25 Ein kleiner alter Mann, Frau Zinglis Onkel, steckte den Kopf
heraus. Anna berichtete atemlos, daß Herr Zingli tot, das Kind
aber unversehrt im Hause sei. Der Alte sah sie kalt aus fischigen
Augen an und sagte, seine Nichte sei nicht mehr da, und er selber habe mit dem Protestantenbankert nichts zu schaffen. Damit
30 machte er die Tür wieder zu. Im Weggehen sah Annas Schwager,
wie sich ein Vorhang in einem der Fenster bewegte, und gewann
die Überzeugung, daß Frau Zingli da war. Sie schämte sich anscheinend nicht, ihr Kind zu verleugnen.

Eine Zeitlang gingen Anna und ihr Schwager schweigend ne-
35 beneinander her. Dann erklärte sie ihm, daß sie in die Gerberei

---

3. *kurz und klein schlugen* — smashed to bits
4. *übel zugerichtet* — horribly mutilated

zurück und das Kind holen wolle. Der Schwager, ein ruhiger, ordentlicher Mann, hörte sie erschrocken an und suchte ihr die gefährliche Idee auszureden. Was hatte sie mit diesen Leuten zu tun? Sie war nicht einmal anständig behandelt worden.

Anna hörte ihm still zu und versprach ihm, nichts Unver- 5 nünftiges zu tun. Jedoch wollte sie unbedingt noch schnell in die Gerberei schauen, ob dem Kind nichts fehle. Und sie wollte allein gehen.

Sie setzte ihren Willen durch. Mitten in der zerstörten Halle lag das Kind ruhig in seiner Wiege und schlief. Anna setzte sich 10 müde zu ihm und betrachtete es. Sie hatte nicht gewagt, ein Licht anzuzünden, aber das Haus in der Nähe brannte immer noch, und bei diesem Licht konnte sie das Kind ganz gut sehen. Es hatte einen winzigen Leberfleck am Hälschen.

Als die Magd einige Zeit, vielleicht eine Stunde, zugesehen 15 hatte, wie das Kind atmete und an seiner kleinen Faust saugte, erkannte sie, daß sie zu lange gesessen und zu viel gesehen hatte, um noch ohne das Kind weggehen zu können. Sie stand schwerfällig auf, und mit langsamen Bewegungen hüllte sie es in die Leinendecke, hob es auf den Arm und verließ mit ihm den Hof, 20 sich scheu umschauend, wie eine Person mit schlechtem Gewissen, eine Diebin.

Sie brachte das Kind, nach langen Beratungen mit Schwester und Schwager, zwei Wochen darauf aufs Land in das Dorf Großaitingen, wo ihr älterer Bruder Bauer war. Der Bauernhof ge- 25 hörte der Frau, er hatte nur eingeheiratet. Es war ausgemacht worden, daß sie vielleicht nur dem Bruder sagen sollte, wer das Kind war, denn sie hatten die junge Bäuerin nie zu Gesicht bekommen[5] und wußten nicht, wie sie einen so gefährlichen kleinen Gast aufnehmen würde. 30

Anna kam gegen Mittag im Dorf an. Ihr Bruder, seine Frau und das Gesinde saßen beim Mittagessen. Sie wurde nicht schlecht empfangen, aber ein Blick auf ihre neue Schwägerin veranlaßte sie, das Kind sogleich als ihr eigenes vorzustellen. Erst nachdem sie erzählt hatte, daß ihr Mann in einem entfernten 35 Dorf eine Stellung in einer Mühle hatte und sie dort mit dem

5. *zu Gesicht bekommen* — seen

Kind in ein paar Wochen erwartete, taute die Bäuerin auf, und
das Kind wurde gebührend bewundert.

Nachmittags begleitete sie ihren Bruder ins Gehölz, Holz
sammeln. Sie setzten sich auf Baumstümpfe, und Anna schenkte
5 ihm reinen Wein ein[6]. Sie konnte sehen, daß ihm nicht wohl in
seiner Haut war[7]. Seine Stellung auf dem Hof war noch nicht
gefestigt, und er lobte Anna sehr, daß sie seiner Frau gegenüber
den Mund gehalten hatte. Es war klar, daß er seiner jungen Frau
keine besonders großzügige Haltung gegenüber dem Protestan-
10 tenkind zutraute. Er wollte, daß die Täuschung aufrechterhalten
wurde.

Das war nun auf die Länge nicht leicht.

Anna arbeitete bei der Ernte mit und pflegte »ihr« Kind zwischendurch, immer wieder vom Feld nach Hause laufend, wenn
15 die andern ausruhten. Der Kleine gedieh und wurde sogar dick,
lachte, so oft er Anna sah, und suchte kräftig den Kopf zu heben.
Aber dann kam der Winter, und die Schwägerin begann sich
nach Annas Mann zu erkundigen.

Es sprach nichts dagegen, daß Anna auf dem Hof blieb, sie
20 konnte sich nützlich machen. Das Schlimme war, daß die Nachbarn sich über den Vater von Annas Jungen wunderten, weil der
nie kam, nach ihm zu sehen. Wenn sie keinen Vater für ihr Kind
zeigen konnte, mußte der Hof bald ins Gerede kommen.

An einem Sonntagmorgen spannte der Bauer an und hieß
25 Anna laut mitkommen, ein Kalb in einem Nachbardorf abzu-
holen. Auf dem ratternden Fahrweg teilte er ihr mit, daß er für
sie einen Mann gesucht und gefunden hätte. Es war ein todkran-
ker Häusler, der kaum den ausgemergelten Kopf vom schmierigen Laken heben konnte, als die beiden in seiner niedrigen Hütte
30 standen.

Er war willig, Anna zu ehelichen. Am Kopfende des Lagers
stand eine gelbhäutige Alte, seine Mutter. Sie sollte ein Entgelt
für den Dienst, der Anna erwiesen wurde, bekommen.

Das Geschäft war in zehn Minuten ausgehandelt, und Anna
35 und ihr Bruder konnten weiterfahren und ihr Kalb erstehen. Die

---

6. *schenkte ihm reinen Wein ein* — told him the real truth
7. *ihm nicht wohl in seiner Haut war* — he felt quite uneasy

Verehelichung fand Ende derselben Woche statt. Während der Pfarrer die Trauungsformel murmelte, wandte der Kranke nicht ein einziges Mal den glasigen Blick auf Anna. Ihr Bruder zweifelte nicht, daß sie den Totenschein in wenigen Tagen haben würden. Dann war Annas Mann und Kindsvater auf dem Weg 5 zu ihr in einem Dorf bei Augsburg irgendwo gestorben, und niemand würde sich wundern, wenn die Witwe im Haus ihres Bruders bleiben würde.

Anna kam froh von ihrer seltsamen Hochzeit zurück, auf der es weder Kirchenglocken noch Blechmusik[8], weder Jungfern 10 noch Gäste gegeben hatte. Sie verzehrte als Hochzeitsschmaus ein Stück Brot mit einer Scheibe Speck in der Speisekammer und trat mit ihrem Bruder dann vor die Kiste, in der das Kind lag, das jetzt einen Namen hatte. Sie stopfte das Laken fester und lachte ihren Bruder an. 15

Der Totenschein ließ allerdings auf sich warten[9].

Es kam weder die nächste noch die übernächste Woche Bescheid von der Alten. Anna hatte auf dem Hof erzählt, daß ihr Mann nun auf dem Weg zu ihr sei. Sie sagte nunmehr, wenn man sie fragte, wo er bliebe, der tiefe Schnee mache wohl die 20 Reise beschwerlich. Aber nachdem weitere drei Wochen vergangen waren, fuhr ihr Bruder doch, ernstlich beunruhigt, in das Dorf bei Augsburg.

Er kam spät in der Nacht zurück. Anna war noch auf und lief zur Tür, als sie das Fuhrwerk auf dem Hof knarren hörte. Sie 25 sah, wie langsam der Bauer ausspannte, und ihr Herz krampfte sich zusammen[10].

Er brachte üble Nachricht. In die Hütte tretend hatte er den Todgeweihten[11] beim Abendessen am Tisch sitzend vorgefunden, in Hemdsärmeln, mit beiden Backen kauend. Er war wieder 30 völlig gesundet.

Der Bauer sah Anna nicht ins Gesicht, als er weiter berichtete. Der Häusler, er hieß übrigens Otterer, und seine Mutter schienen über die Wendung ebenfalls überrascht und waren wohl noch zu

---

8. *Blechmusik* — brass-band music
9. *ließ auf sich warten* — was slow in coming
10. *krampfte sich zusammen* — tightened with fear
11. *Todgeweihten* — doomed man

keinem Entschluß gekommen, was zu geschehen hätte. Otterer
habe keinen unangenehmen Eindruck gemacht. Er hatte wenig
gesprochen, jedoch einmal seine Mutter, als sie darüber jammern
wollte, daß er nun ein ungewünschtes Weib und ein fremdes
5 Kind auf dem Hals habe, zum Schweigen verwiesen. Er aß bedächtig seine Käsespeise weiter während der Unterhaltung und
aß noch, als der Bauer wegging.

Die nächsten Tage war Anna natürlich sehr bekümmert. Zwischen ihrer Hausarbeit lehrte sie den Jungen gehen. Wenn er
10 den Spinnrocken losließ und mit ausgestreckten Ärmchen auf sie
zugewackelt kam, unterdrückte sie ein trockenes Schluchzen und
umklammerte ihn fest, wenn sie ihn auffing.

Einmal fragte sie ihren Bruder: Was ist er für einer? Sie
hatte ihn nur auf dem Sterbebett gesehen und nur abends, beim
15 Schein einer schwachen Kerze. Jetzt erfuhr sie, daß ihr Mann
ein abgearbeiteter Fünfziger sei, halt so, wie ein Häusler ist[12].

Bald darauf sah sie ihn. Ein Hausierer hatte ihr mit einem großen Aufwand an Heimlichkeiten ausgerichtet, daß »ein gewisser
Bekannter« sie an dem und dem Tag[13] zu der und der Stunde
20 bei dem und dem Dorf, da wo der Fußweg nach Landsberg ab-
geht, treffen wolle. So begegneten die Verehelichten sich zwischen ihren Dörfern wie die antiken Feldherren zwischen ihren
Schlachtreihen, im offenen Gelände, das vom Schnee bedeckt
war.

25 Der Mann gefiel Anna nicht.

Er hatte kleine graue Zähne, sah sie von oben bis unten an,
obwohl sie in einem dicken Schafspelz steckte und nicht viel zu
sehen war, und gebrauchte dann die Wörter »Sakrament der
Ehe«. Sie sagte ihm kurz, sie müsse sich alles noch überlegen
30 und er möchte ihr durch irgend einen Händler oder Schlächter,
der durch Großaitingen kam, vor ihrer Schwägerin ausrichten
lassen, er werde jetzt bald kommen und sei nur auf dem Weg er-
krankt.

Otterer nickte in seiner bedächtigen Weise. Er war über einen

12. *ein abgearbeiteter Fünfziger ... Häusler ist* — a run-down fifty-
     year-old man, just as one would expect a tenant farmer to be
13. *an dem und dem Tag* — on such and such a day

Kopf größer als sie und blickte immer auf ihre linke Halsseite beim Reden, was sie aufbrachte.

Die Botschaft kam aber nicht, und Anna ging mit dem Gedanken um, mit dem Kind einfach vom Hof zu gehen und weiter südwärts, etwa in Kempten oder Sonthofen, eine Stellung zu 5 suchen. Nur die Unsicherheit der Landstraßen, über die viel geredet wurde, und daß es mitten im Winter war, hielt sie zurück.

Der Aufenthalt auf dem Hof wurde aber jetzt schwierig. Die Schwägerin stellte am Mittagstisch vor allem Gesinde mißtrauische Fragen nach ihrem Mann. Als sie einmal sogar, mit 10 falschem Mitleid auf das Kind sehend, laut »armes Wurm[14]« sagte, beschloß Anna, doch zu gehen, aber da wurde das Kind krank.

Es lag unruhig mit hochrotem Kopf und trüben Augen in seiner Kiste, und Anna wachte ganze Nächte über ihm in Angst und Hoffnung. Als es sich wieder auf dem Wege zur Besserung 15 befand und sein Lächeln zurückgefunden hatte, klopfte es eines Vormittags an die Tür, und herein trat Otterer.

Es war niemand außer Anna und dem Kind in der Stube, so daß sie sich nicht verstellen mußte, was ihr bei ihrem Schrecken auch wohl unmöglich gewesen wäre. Sie standen eine gute Weile 20 wortlos, dann äußerte Otterer, er habe die Sache seinerseits überlegt und sei gekommen, sie zu holen. Er erwähnte wieder das Sakrament der Ehe.

Anna wurde böse. Mit fester, wenn auch unterdrückter Stimme sagte sie dem Mann, sie denke nicht daran, mit ihm zu leben, sie 25 sei die Ehe nur eingegangen ihres Kindes wegen und wolle von ihm nichts, als daß er ihr und dem Kind seinen Namen gebe.

Otterer blickte, als sie von dem Kind sprach, flüchtig nach der Richtung der Kiste, in der es lag und brabbelte, trat aber nicht hinzu. Das nahm Anna noch mehr gegen ihn ein. 30

Er ließ ein paar Redensarten fallen; sie solle sich alles noch einmal überlegen, bei ihm sei Schmalhans Küchenmeister[15], und seine Mutter könne in der Küche schlafen. Dann kam die Bäuerin herein, begrüßte ihn neugierig und lud ihn zum Mittagessen. Den Bauern begrüßte er, schon am Teller sitzend, mit einem 35

14. *armes Wurm* — poor little thing
15. *bei ihm sei Schmalhans Küchenmeister* — they had very little to eat at his house

nachlässigen Kopfnicken, weder vortäuschend, er kenne ihn nicht, noch verratend, daß er ihn kannte. Auf die Fragen der Bäuerin antwortete er einsilbig, seine Blicke nicht vom Teller hebend, er habe in Mering eine Stelle gefunden, und Anna könne
5 zu ihm ziehen. Jedoch sagte er nichts mehr davon, daß dies gleich sein müsse.

Am Nachmittag vermied er die Gesellschaft des Bauern und hackte hinter dem Haus Holz, wozu ihn niemand aufgefordert hatte. Nach dem Abendessen, an dem er wieder schweigend teil-
10 nahm, trug die Bäuerin selber ein Deckbett in Annas Kammer, damit er dort übernachten konnte, aber da stand er merkwürdi-gerweise schwerfällig auf und murmelte, daß er noch am selben Abend zurück müsse. Bevor er ging, starrte er mit abwesendem Blick in die Kiste mit dem Kind, sagte aber nichts und rührte es
15 nicht an.

In der Nacht wurde Anna krank und verfiel in ein Fieber, das wochenlang dauerte. Die meiste Zeit lag sie teilnahmslos, nur ein paarmal gegen Mittag, wenn das Fieber etwas nachließ, kroch sie zu der Kiste mit dem Kind und stopfte die Decke zurecht.
20   In der vierten Woche ihrer Krankheit fuhr Otterer mit einem Leiterwagen auf dem Hof vor und holte sie und das Kind ab. Sie ließ es wortlos geschehen.

Nur sehr langsam kam sie wieder zu Kräften, kein Wunder bei den dünnen Suppen der Häuslerhütte. Aber eines Morgens
25 sah sie, wie schmutzig das Kind gehalten war, und stand ent-schlossen auf.

Der Kleine empfing sie mit seinem freundlichen Lächeln, von dem ihr Bruder immer behauptet hatte, er habe es von ihr. Er war gewachsen und kroch mit unglaublicher Geschwindigkeit in
30 der Kammer herum, mit den Händen aufpatschend[16] und kleine Schreie ausstoßend, wenn er auf das Gesicht niederfiel. Sie wusch ihn in einem Holzzuber und gewann ihre Zuversicht zurück.

Wenige Tage später freilich konnte sie das Leben in der Hütte nicht mehr aushalten. Sie wickelte den Kleinen in ein paar Dek-
35 ken, steckte ein Brot und etwas Käse ein und lief weg.

Sie hatte vor, nach Sonthofen zu kommen, kam aber nicht

16. *aufpatschend* — slapping on the floor

weit. Sie war noch recht schwach auf den Beinen, die Landstraße
lag unter der Schneeschmelze, und die Leute in den Dörfern waren durch den Krieg sehr mißtrauisch und geizig geworden. Am
dritten Tag ihrer Wanderung verstauchte sie sich den Fuß in
einem Straßengraben und wurde nach vielen Stunden, in denen 5
sie um das Kind bangte, auf einen Hof gebracht, wo sie im Stall
liegen mußte. Der Kleine kroch zwischen den Beinen der Kühe
herum und lachte nur, wenn sie ängstlich aufschrie. Am Ende
mußte sie den Leuten des Hofs den Namen ihres Mannes sagen,
und er holte sie wieder nach Mering. 10

Von nun an machte sie keinen Fluchtversuch mehr und nahm
ihr Los hin. Sie arbeitete hart. Es war schwer, aus dem kleinen
Acker etwas herauszuholen und die winzige Wirtschaft in Gang
zu halten. Jedoch war der Mann nicht unfreundlich zu ihr, und
der Kleine wurde satt. Auch kam ihr Bruder mitunter herüber 15
und brachte dies und jenes als Präsent, und einmal konnte sie
dem Kleinen sogar ein Röcklein rot einfärben lassen. Das, dachte
sie, mußte dem Kind eines Färbers gut stehen.

Mit der Zeit wurde sie ganz zufrieden gestimmt[17] und erlebte
viele Freude bei der Erziehung des Kleinen. So vergingen meh- 20
rere Jahre.

Aber eines Tages ging sie ins Dorf Sirup holen, und als sie
zurückkehrte, war das Kind nicht in der Hütte, und ihr Mann
berichtete ihr, daß eine feingekleidete Frau in einer Kutsche vor-
gefahren sei und das Kind geholt habe. Sie taumelte an die 25
Wand vor Entsetzen, und am selben Abend noch machte sie sich,
nur ein Bündel mit Eßbarem[18] tragend, auf den Weg nach Augsburg.

Ihr erster Gang in der Reichsstadt war zur Gerberei. Sie wurde
nicht vorgelassen und bekam das Kind nicht zu sehen. 30

Schwester und Schwager versuchten vergebens, ihr Trost zu-
zureden. Sie lief zu den Behörden und schrie außer sich, man
habe ihr Kind gestohlen. Sie ging so weit, anzudeuten, daß Protestanten ihr Kind gestohlen hätten. Sie erfuhr daraufhin, daß
jetzt andere Zeiten herrschten und zwischen Katholiken und 35
Protestanten Friede geschlossen worden sei.

17. *zufrieden gestimmt* — satisfied   18. *Eßbarem* — food

Sie hätte kaum etwas ausgerichtet, wenn ihr nicht ein besonderer Glücksumstand zu Hilfe gekommen wäre. Ihre Rechtssache wurde an einen Richter verwiesen, der ein ganz besonderer Mann war.

5   Es war das der Richter Ignaz Dollinger, in ganz Schwaben berühmt wegen seiner Grobheit und Gelehrsamkeit, vom Kurfürsten von Bayern, mit dem er einen Rechtsstreit der freien Reichsstadt ausgetragen hatte, »dieser lateinische Mistbauer[19]« getauft, vom niedrigen Volk aber in einer langen Moritat löblich be-
10 sungen[20].

Von Schwester und Schwager begleitet kam Anna vor ihn. Der kurze, aber ungemein fleischige alte Mann saß in einer winzigen kahlen Stube zwischen Stößen von Pergamenten und hörte sie nur ganz kurz an. Dann schrieb er etwas auf ein Blatt,
15 brummte: »Tritt dorthin, aber mach schnell!« und dirigierte sie mit seiner kleinen plumpen Hand an eine Stelle des Raums, auf die durch das schmale Fenster das Licht fiel. Für einige Minuten sah er genau ihr Gesicht an, dann winkte er sie mit einem Stoßseufzer weg.

20   Am nächsten Tag ließ er sie durch einen Gerichtsdiener holen und schrie sie, als sie noch auf der Schwelle stand, an: »Warum hast du keinen Ton davon gesagt, daß es um eine Gerberei mit einem pfundigen[21] Anwesen geht?«

Anna sagte verstockt, daß es ihr um das Kind gehe.

25   »Bilde dir nicht ein, daß du die Gerberei schnappen kannst«, schrie der Richter. »Wenn der Bankert wirklich deiner ist, fällt das Anwesen an die Verwandten von dem Zingli.«

Anna nickte, ohne ihn anzuschauen. Dann sagte sie: »Er braucht die Gerberei nicht.«

30   »Ist er deiner?« bellte der Richter.

»Ja«, sagte sie leise. »Wenn ich ihn nur so lange behalten dürfte, bis er alle Wörter kann. Er weiß erst sieben.«

Der Richter hustete und ordnete die Pergamente auf seinem Tisch. Dann sagte er ruhiger, aber immer noch in ärgerlichem
35 Ton:

19. *dieser lateinische Mistbauer* — this educated clodhopper
20. *löblich besungen* — celebrated   21. *pfundig* — "swell"

»Du willst den Knirps, und die Ziege da mit ihren fünf Seidenröcken will ihn. Aber er braucht die rechte Mutter.«

»Ja«, sagte Anna und sah den Richter an.

»Verschwind«, brummte er. »Am Samstag halte ich Gericht.«

An diesem Samstag war die Hauptstraße und der Platz vor 5 dem Rathaus am Perlachturm[22] schwarz von Menschen, die dem Prozeß um das Protestantenkind beiwohnen wollten. Der sonderbare Fall hatte von Anfang an viel Aufsehen erregt, und in Wohnungen und Wirtschaften wurde darüber gestritten, wer die echte und wer die falsche Mutter war. Auch war der alte Dollin- 10 ger weit und breit berühmt wegen seiner volkstümlichen Prozesse mit ihren bissigen Redensarten und Weisheitssprüchen. Seine Verhandlungen waren beliebter als Plärrer und Kirchweih[23].

So stauten sich vor dem Rathaus nicht nur viele Augsburger; 15 auch nicht wenige Bauersleute der Umgegend waren da. Freitag war Markttag, und sie hatten in Erwartung des Prozesses in der Stadt übernachtet.

Der Saal, in dem der Richter Dollinger verhandelte, war der sogenannte Goldene Saal. Er war berühmt als einziger Saal von 20 dieser Größe in ganz Deutschland, der keine Säulen hatte; die Decke war an Ketten im Dachfirst aufgehängt.

Der Richter Dollinger saß, ein kleiner runder Fleischberg, vor dem geschlossenen Erztor der einen Längswand[24]. Ein gewöhnliches Seil trennte die Zuhörer ab. Aber der Richter saß auf 25 ebenem Boden und hatte keinen Tisch vor sich. Er hatte selber vor Jahren diese Anordnung getroffen; er hielt viel von Aufmachung[25].

Anwesend innerhalb des abgeseilten Raums waren Frau Zingli mit ihren Eltern, die zugereisten Schweizer Verwandten des ver- 30 storbenen Herrn Zingli, zwei gutgekleidete würdige Männer, aussehend wie wohlbestallte Kaufleute, und Anna Otterer mit ihrer Schwester. Neben Frau Zingli sah man eine Amme mit dem Kind.

22. *am Perlachturm* — by the Perlach Tower
23. *Plärrer und Kirchweih* — annual outdoor fairs or carnivals
24. *der einen Längswand* — on one of the longitudinal walls
25. *hielt viel von Aufmachung* — was a great believer in theatrics

Alle, Parteien und Zeugen, standen. Der Richter Dollinger
pflegte zu sagen, daß die Verhandlungen kürzer ausfielen, wenn
die Beteiligten stehen mußten. Aber vielleicht ließ er sie auch nur
stehen, damit sie ihn vor dem Publikum verdeckten, so daß man
5 ihn nur sah, wenn man sich auf die Fußzehen stellte und den
Hals ausrenkte.

Zu Beginn der Verhandlung kam es zu einem Zwischenfall.
Als Anna das Kind erblickte, stieß sie einen Schrei aus und
trat vor, und das Kind wollte zu ihr, strampelte heftig in den
10 Armen der Amme und fing an zu brüllen. Der Richter ließ es aus
dem Saal bringen.

Dann rief er Frau Zingli auf.

Sie kam vorgerauscht[26] und schilderte, ab und zu ein Sacktüchlein an die Augen lüftend, wie bei der Plünderung die kaiser-
15 lichen Soldaten ihr das Kind entrissen hätten. Noch in derselben
Nacht war die Magd in das Haus ihres Vaters gekommen und
hatte berichtet, das Kind sei noch im Haus, wahrscheinlich in Erwartung eines Trinkgelds. Eine Köchin ihres Vaters habe jedoch
das Kind, in die Gerberei geschickt, nicht vorgefunden, und sie
20 nehme an, die Person (sie deutete auf Anna) habe sich seiner
bemächtigt, um irgendwie Geld erpressen zu können. Sie wäre
auch wohl über kurz oder lang[27] mit solchen Forderungen her-
vorgekommen, wenn man ihr nicht zuvor das Kind abgenommen hätte.

25   Der Richter Dollinger rief die beiden Verwandten des Herrn
Zingli auf und fragte sie, ob sie sich damals nach Herrn Zingli
erkundigt hätten und was ihnen von Frau Zingli erzählt
worden sei.

Sie sagten aus, Frau Zingli habe sie wissen lassen, ihr Mann sei
30 erschlagen worden, und das Kind habe sie einer Magd anvertraut, bei der es in guter Hut sei. Sie sprachen sehr unfreundlich
von ihr, was allerdings kein Wunder war, denn das Anwesen fiel
an sie, wenn der Prozeß für Frau Zingli verlorenging.

Nach ihrer Aussage wandte sich der Richter wieder an Frau
35 Zingli und wollte von ihr wissen, ob sie nicht einfach bei dem

26. *vorgerauscht* — rustling up
27. *über kurz oder lang* — sooner or later

Überfall damals den Kopf verloren und das Kind im Stich gelassen habe.

Frau Zingli sah ihn mit ihren blassen blauen Augen wie verwundert an und sagte gekränkt, sie habe ihr Kind nicht im Stich gelassen. 5

Der Richter Dollinger räusperte sich und fragte sie interessiert, ob sie glaube, daß keine Mutter ihr Kind im Stich lassen könnte. Ja, das glaube sie, sagte sie fest.

Ob sie dann glaube, fragte der Richter weiter, daß einer Mutter, die es doch tue, der Hintern verhauen werden müßte, gleich- 10 gültig, wie viele Röcke sie darüber trage?

Frau Zingli gab keine Antwort, und der Richter rief die frühere Magd Anna auf. Sie trat schnell vor und sagte mit leiser Stimme, was sie schon bei der Voruntersuchung gesagt hatte. Sie redete aber, als ob sie zugleich horchte, und ab und zu blickte sie 15 nach der großen Tür, hinter die man das Kind gebracht hatte, als fürchtete sie, daß es immer noch schreie.

Sie sagte aus, sie sei zwar in jener Nacht zum Haus von Frau Zinglis Onkel gegangen, dann aber nicht in die Gerberei zurückgekehrt, aus Furcht vor den Kaiserlichen[28] und weil sie Sorgen 20 um ihr eigenes, lediges Kind gehabt habe, das bei guten Leuten im Nachbarort Lechhausen untergebracht gewesen sei.

Der alte Dollinger unterbrach sie grob und schnappte, es habe also zumindest eine Person in der Stadt gegeben, die so etwas wie Furcht verspürt habe. Er freue sich, das feststellen zu kön- 25 nen, denn es beweise, daß eben zumindest eine Person damals einige Vernunft besessen habe. Schön sei es allerdings von der Zeugin nicht gewesen, daß sie sich nur um ihr eigenes Kind gekümmert habe, anderseits aber heiße es ja im Volksmund[29], Blut sei dicker als Wasser, und was eine rechte Mutter sei[30], die 30 gehe auch stehlen für ihr Kind, das sei aber vom Gesetz streng verboten, denn Eigentum sei Eigentum, und wer stehle, der lüge auch, und lügen sei ebenfalls vom Gesetz verboten. Und dann hielt er eine seiner weisen und derben Lektionen über die Abgefeimtheit der Menschen, die das Gericht anschwindelten, bis 35

28. *Kaiserlichen* — imperial (Catholic) troops
29. *im Volksmund* — popularly
30. *was eine rechte Mutter sei* — anyone who is a real mother

sie blau im Gesicht seien, und nach einem kleinen Abstecher über
die Bauern, die die Milch unschuldiger Kühe mit Wasser verpantschten[31], und den Magistrat der Stadt, der zu hohe Markt-
steuern von den Bauern nehme, der überhaupt nichts mit dem
5 Prozeß zu tun hatte, verkündigte er, daß die Zeugenaussage geschlossen sei und nichts ergeben habe.

Dann machte er eine lange Pause und zeigte alle Anzeichen der
Ratlosigkeit, sich umblickend, als erwarte er von irgendeiner
Seite her einen Vorschlag, wie man zu einem Schluß kommen
10 könnte.

Die Leute sahen sich verblüfft an, und einige reckten die Hälse,
um einen Blick auf den hilflosen Richter zu erwischen. Es blieb
aber sehr still im Saal, nur von der Straße herauf konnte man die
Menge hören.

15   Dann ergriff der Richter wieder seufzend das Wort.

»Es ist nicht festgestellt worden, wer die rechte Mutter ist«,
sagte er. »Das Kind ist zu bedauern. Man·hat schon gehört, daß
die Väter sich oft drücken und nicht die Väter sein wollen, die
Schufte, aber hier melden sich gleich zwei Mütter. Der Gerichts-
20 hof hat ihnen so lange zugehört, wie sie es verdienen, nämlich
einer jeden geschlagene [32] fünf Minuten, und der Gerichtshof ist
zu der Überzeugung gelangt, daß beide wie gedruckt lügen [33].
Nun ist aber, wie gesagt, auch noch das Kind zu bedenken, das
eine Mutter haben muß. Man muß also, ohne auf bloßes Ge-
25 schwätz einzugehen, feststellen, wer die rechte Mutter des Kindes ist.«

Und mit ärgerlicher Stimme rief er den Gerichtsdiener und
befahl ihm, eine Kreide zu holen.

Der Gerichtsdiener ging und brachte ein Stück Kreide.

30   »Zieh mit der Kreide da auf dem Fußboden einen Kreis, in
dem drei Personen stehen können«, wies ihn der Richter an.

Der Gerichtsdiener kniete nieder und zog mit der Kreide den
gewünschten Kreis.

»Jetzt bring das Kind«, befahl der Richter.

35   Das Kind wurde hereingebracht. Es fing wieder an zu heulen

31. *verpantschten* — thinned down   32. *geschlagen* — exactly
33. *wie gedruckt lügen* — were lying like a book

und wollte zu Anna. Der alte Dollinger kümmerte sich nicht um das Geplärr und hielt seine Ansprache nur in etwas lauterem Ton.

»Diese Probe, die jetzt vorgenommen werden wird«, verkündete er, »habe ich in einem alten Buch gefunden, und sie gilt als recht gut. Der einfache Grundgedanke der Probe mit dem Kreide- 5 kreis ist, daß die echte Mutter an ihrer Liebe zum Kind erkannt wird. Also muß die Stärke dieser Liebe erprobt werden. Gerichtsdiener, stell das Kind in diesen Kreidekreis.«

Der Gerichtsdiener nahm das plärrende Kind von der Hand der Amme und führte es in den Kreis. Der Richter fuhr fort, sich 10 an Frau Zingli und Anna wendend:

»Stellt auch ihr euch in den Kreidekreis, faßt jede eine Hand des Kindes, und wenn ich ›los‹ sage, dann bemüht euch, das Kind aus dem Kreis zu ziehen. Die von euch die stärkere Liebe hat, wird auch mit der größeren Kraft ziehen und so das Kind 15 auf ihre Seite bringen.«

Im Saal war es unruhig geworden. Die Zuschauer stellten sich auf die Fußspitzen und stritten sich mit den vor ihnen Stehenden.

Es wurde aber wieder totenstill, als die beiden Frauen in den Kreis traten und jede eine Hand des Kindes faßte. Auch das Kind 20 war verstummt, als ahnte es, um was es ging. Es hielt sein tränenüberströmtes Gesichtchen zu Anna emporgewendet. Dann kommandierte der Richter »los«.

Und mit einem einzigen heftigen Ruck riß Frau Zingli das Kind aus dem Kreidekreis. Verstört und ungläubig sah Anna ihm 25 nach. Aus Furcht, es könne Schaden erleiden, wenn es an beiden Ärmchen zugleich in zwei Richtungen gezogen würde, hatte sie es sogleich losgelassen. Der alte Dollinger stand auf.

»Und somit wissen wir«, sagte er laut, »wer die rechte Mutter ist. Nehmt der Schlampe das Kind weg. Sie würde es kalten Her- 30 zens in Stücke reißen.« Und er nickte Anna zu und ging schnell aus dem Saal, zu seinem Frühstück.

Und in den nächsten Wochen erzählten sich die Bauern der Umgebung, die nicht auf den Kopf gefallen waren [34], daß der Richter, als er der Frau aus Mering das Kind zusprach, mit den 35 Augen gezwinkert habe.

34. *die nicht auf den Kopf gefallen waren* — who were not stupid

Der Mantel des Ketzers

Giordano Bruno [1], der Mann aus Nola, den die
römischen Inquisitionsbehörden im Jahre 1600 auf dem Scheiterhaufen wegen Ketzerei verbrennen ließen, gilt allgemein als ein
großer Mann, nicht nur wegen seiner kühnen und seitdem als
5 wahr erwiesenen Hypothesen über die Bewegungen der Gestirne,
sondern auch wegen seiner mutigen Haltung gegenüber der Inquisition, der er sagte: »Ihr verkündet das Urteil gegen mich mit
vielleicht größerer Furcht, als ich es anhöre.« Wenn man seine
Schriften liest und dazu noch einen Blick in die Berichte von
10 seinem öffentlichen Auftreten wirft, so fehlt einem tatsächlich
nichts dazu [2], ihn einen großen Mann zu nennen. Und doch gibt
es eine Geschichte, die unsere Achtung vor ihm vielleicht noch
steigern kann.

Es ist die Geschichte von seinem Mantel.

15 Man muß wissen, wie er in die Hände der Inquisition fiel.

Ein Venezianer Patrizier, ein gewisser Mocenigo, lud den Gelehrten in sein Haus ein, damit er ihn in der Physik und der
Gedächtniskunst unterrichte. Er bewirtete ihn ein paar Monate
lang und bekam als Entgelt den ausbedungenen Unterricht. Aber
20 an Stelle einer Unterweisung in schwarzer Magie, die er erhofft
hatte, erhielt er nur eine solche in Physik. Er war darüber sehr
unzufrieden, da ihm dies ja nichts nutzte. Die Kosten, die ihm
sein Gast verursachte, reuten ihn. Mehrmals ermahnte er ihn
ernstlich, ihm endlich die geheimen und lukrativen Kenntnisse
25 auszuliefern, die ein so berühmter Mann doch wohl besitzen
mußte, und als das nichts half, denunzierte er ihn brieflich der
Inquisition. Er schrieb, dieser schlechte und undankbare Mensch
habe in seiner Gegenwart übel von Christus gesprochen, von den

1. *Giordano Bruno* — (b. 1548), scholar and philosopher, whose
   execution was due mainly to the pantheistic implications of his
   teachings
2. *so fehlt einem nichts dazu* — there is no reason not to

Mönchen gesagt, sie seien Esel und verdummten das Volk, und außerdem behauptet, es gebe, im Gegensatz zu dem, was in der Bibel stehe, nicht nur eine Sonne, sondern unzählige usw. usw. Er, Mocenigo, habe ihn deshalb in seiner Bodenkammer eingeschlossen und bitte, ihn schnellstens von Beamten abholen zu 5 lassen.

Die Beamten kamen auch mitten in der Nacht von einem Sonntag auf einen Montag und holten den Gelehrten in den Kerker der Inquisition.

Das geschah am Montag, dem 25. Mai 1592, früh 3 Uhr, und 10 von diesem Tag bis zu dem Tag, an dem er den Scheiterhaufen bestieg, dem 17. Februar 1600, kam der Nolaner [3] nicht mehr aus dem Kerker heraus.

Während der acht Jahre, die der schreckliche Prozeß dauerte, kämpfte er ohne Ermattung um sein Leben, jedoch war der 15 Kampf, den er im ersten Jahr in Venedig gegen seine Auslieferung nach Rom führte, vielleicht der verzweifeltste.

In diese Zeit fällt die Geschichte mit seinem Mantel.

Im Winter 1592 hatte er sich, damals noch in einem Hotel wohnend, von einem Schneider namens Gabriele Zunto einen 20 dicken Mantel anmessen lassen. Als er verhaftet wurde, war das Kleidungsstück noch nicht bezahlt.

Auf die Kunde von der Verhaftung stürzte der Schneider zum Haus des Herrn Mocenigo in der Gegend von St. Samuel, um seine Rechnung vorzulegen. Es war zu spät. Ein Bedienter des 25 Herrn Mocenigo wies ihm die Tür. »Wir haben für diesen Betrüger genug bezahlt«, schrie er so laut auf der Schwelle, daß einige Passanten sich umschauten. »Vielleicht laufen Sie ins Tribunal des Heiligen Offiziums [4] und sagen dort, daß Sie mit diesem Ketzer zu tun haben.« 30

Der Schneider stand erschrocken auf der Straße. Ein Haufen von Gassenjungen hatte alles mit angehört, und einer von ihnen, ein pustelnübersäter [5], zerlumpter Knirps, warf einen Stein nach ihm. Es kam zwar eine ärmlich gekleidete Frau aus einer Tür und gab ihm eine Ohrfeige, aber Zunto, ein alter Mann, fühlte deut- 35

3. *der Nolaner* — the man from Nola
4. *Heiligen Offiziums* — Inquisition
5. *pustelnübersät* — pimply

lich, daß es gefährlich sei, einer zu sein, der »mit diesem Ketzer etwas zu tun hatte«. Er lief, sich scheu umsehend, um die Ecke und auf einem großen Umweg nach Hause. Seiner Frau erzählte er nichts von seinem Unglück, und sie wunderte sich eine Woche 5 lang über sein niedergedrücktes Wesen [6].

Aber am ersten Juni entdeckte sie beim Ausschreiben der Rechnungen, daß da ein Mantel nicht bezahlt war von einem Mann, dessen Namen auf aller Lippen war, denn der Nolaner war das Stadtgespräch. Die fürchterlichsten Gerüchte über seine Schlech-
10 tigkeit liefen um. Er hatte nicht nur die Ehe in den Kot gezogen sowohl in Büchern als auch in Gesprächen, sondern auch Christus selber einen Scharlatan geheißen und die verrücktesten Sachen über die Sonne gesagt. Es paßte sehr gut dazu, daß er seinen Mantel nicht bezahlt hatte. Die gute Frau hatte nicht die geringste
15 Lust, diesen Verlust zu tragen. Nach einem heftigen Zank mit ihrem Mann ging die Siebzigjährige in ihren Sonntagskleidern in das Gebäude des Heiligen Offiziums und verlangte mit bösem Gesicht die zweiunddreißig Skudi [7], die ihr der verhaftete Ketzer schuldete.

20   Der Beamte, mit dem sie sprach, schrieb ihre Forderung nieder und versprach, der Sache nachzugehen.

Zunto erhielt denn auch bald eine Vorladung, und zitternd und schlotternd meldete er sich in dem gefürchteten Gebäude. Zu seinem Erstaunen wurde er nicht ins Verhör genommen, son-
25 dern nur verständigt, daß bei der Regelung der finanziellen Angelegenheiten des Verhafteten seine Forderung berücksichtigt werden sollte. Allerdings deutete der Beamte an, viel werde dabei nicht herauskommen.

Der alte Mann war so froh, so billig wegzukommen, daß er
30 sich untertänig bedankte. Aber seine Frau war nicht zufriedengestellt. Es genügte, den Verlust wiedergutzumachen, nicht, daß ihr Mann auf seinen abendlichen Schoppen verzichtete und bis in die Nacht hinein nähte. Da waren Schulden beim Stoffhändler, die bezahlt werden mußten. Sie schrie in der Küche und auf dem

---

6. *über sein niedergedrücktes Wesen* — why he was so down in the dumps
7. *Skudi* — scudo (*pl.* scudi), a former Italian monetary unit

Hof herum, daß es eine Schande sei, einen Verbrecher in Gewahrsam zu nehmen, bevor er seine Schulden bezahlt habe. Sie werde, wenn nötig, bis zum Heiligen Vater nach Rom gehen, um ihre zweiunddreißig Skudi zu bekommen. »Er braucht keinen Mantel auf dem Scheiterhaufen«, schrie sie.   5

Sie erzählte, was ihnen passiert war, ihrem Beichtvater. Er riet ihr, zu verlangen, daß ihnen wenigstens der Mantel herausgegeben würde. Sie sah darin ein Eingeständnis von seiten einer kirchlichen Instanz, daß sie einen Anspruch hatte, und erklärte, mit dem Mantel, der sicher schon getragen und außerdem auf 10 Maß gearbeitet [8] sei, keineswegs zufrieden zu sein. Sie müsse das Geld bekommen. Da sie dabei ein wenig laut wurde in ihrem Eifer, warf der Pater sie hinaus. Das brachte sie ein wenig zu Verstand, und einige Wochen verhielt sie sich ruhig. Aus dem Gebäude der Inquisition verlautete nichts mehr über den Fall des 15 verhafteten Ketzers. Jedoch flüsterte man sich überall zu, daß die Verhöre ungeheuerliche Schandtaten zutage förderten. Die Alte horchte gierig herum nach all diesem Tratsch. Es war eine Tortur für sie, zu hören, daß die Sache des Ketzers so schlecht stand. Er würde nie mehr freikommen und seine Schulden bezahlen kön- 20 nen. Sie schlief keine Nacht mehr, und im August, als die Hitze ihre Nerven vollends ruinierte, fing sie an, in den Geschäften, wo sie einkaufte, und den Kunden gegenüber, die zum Anprobieren kamen, ihre Beschwerde mit großer Zungengeläufigkeit vorzubringen. Sie deutete an, daß die Patres eine Sünde begingen, 25 wenn sie die berechtigten Forderungen eines kleinen Handwerkers so gleichgültig abtaten. Die Steuern waren drückend, und das Brot hatte erst kürzlich wieder aufgeschlagen.

Eines Vormittags holte ein Beamter sie in das Gebäude des Heiligen Offiziums, und dort verwarnte man sie eindringlich, ihr 30 böses Geschwätz aufzugeben. Man fragte sie, ob sie sich nicht schäme, wegen einiger Skudi ein sehr ernstes geistliches Verfahren im Mund herumzuziehen [9]. Man gab ihr zu verstehen, daß man gegen Leute ihres Schlages allerlei Mittel besäße.

Eine Zeitlang half das, wenn ihr auch bei dem Gedanken an 35

8. *auf Maß gearbeitet* — custom-tailored
9. *im Mund herumzuziehen* — to talk disrespectfully about

die Redensart »wegen einiger Skudi« im Maul eines herausge-
fressenen [10] Bruders jedesmal die Zornröte ins Gesicht stieg. Aber
im September hieß es, der Großinquisitor in Rom habe die Auslieferung des Nolaners verlangt. Man verhandle in der Signoria [11]
5 darüber.

Die Bürgerschaft besprach lebhaft dieses Auslieferungsgesuch,
und die Stimmung war im allgemeinen dagegen. Die Zünfte
wollten keine römischen Gerichte über sich wissen [12].

Die Alte war außer sich. Wollte man den Ketzer jetzt wirklich
10 nach Rom gehen lassen, ohne daß er seine Schulden beglichen
hatte? Das war der Gipfel [13]. Sie hatte die unglaubliche Nachricht
kaum gehört, als sie schon, ohne sich auch nur die Zeit zu nehmen, einen besseren Rock umzulegen, in das Gebäude des Heiligen Offiziums lief.

15   Sie wurde diesmal von einem höheren Beamten empfangen,
und dieser war merkwürdigerweise weit entgegenkommender zu
ihr, als die vorigen Beamten gewesen waren. Er war beinahe so
alt wie sie selber und hörte ihre Klage ruhig und aufmerksam an.
Als sie fertig war, fragte er sie nach einer kleinen Pause, ob sie
20 den Bruno sprechen wolle.

Sie stimmte sofort zu. Man beraumte eine Zusammenkunft auf
den nächsten Tag an.

An diesem Vormittag trat ihr in einem winzigen Zimmer mit
vergitterten Fenstern ein kleiner, magerer Mann mit schwachem
25 dunklem Bart entgegen und fragte sie höflich nach ihrem Begehren [14].

Sie hatte ihn seinerzeit beim Anmessen gesehen und all die
Zeit über sein Gesicht gut in Erinnerung gehabt, erkannte ihn
aber jetzt nicht sogleich. Die Aufregungen der Verhöre mußten
30 ihn verändert haben.

10. *herausgefressen* — stuffed
11. *Signoria* — signory, chief executive body of a medieval Italian
city
12. *... über sich wissen* — Since Venice was an independent republic,
it did not necessarily have to submit to Roman or papal
jurisdiction. At the time of the story, however, the republic's
power was declining
13. *Gipfel* — last straw
14. *nach ihrem Begehren* — what he could do for her

Sie sagte hastig: »Der Mantel. Sie haben ihn nicht bezahlt.«
Er sah sie einige Sekunden erstaunt an. Dann entsann er sich,
und mit leiser Stimme fragte er: »Was bin ich Ihnen schuldig?«
»Zweiunddreißig Skudi«, sagte sie, »Sie haben doch die Rech-
nung bekommen.«   5
Er drehte sich zu dem großen, dicken Beamten um, der die
Unterredung überwachte, und fragte ihn, ob er wisse, wieviel
Geld zusammen mit seinen Habseligkeiten im Gebäude des Heiligen Offiziums abgegeben worden sei. Der Mann wußte es nicht,
versprach jedoch, es festzustellen.   10
»Wie geht es Ihrem Mann?« fragte der Gefangene, sich wieder
zu der Alten wendend, als sei damit die Angelegenheit in Fluß
gebracht [15], so daß normale Beziehungen hergestellt und die Um-
stände eines gewöhnlichen Besuchs gegeben waren.
Und die Alte, von der Freundlichkeit des kleinen Mannes   15
verwirrt, murmelte, es gehe ihm gut, und fügte sogar noch etwas
von seinem Rheuma hinzu.
Sie ging auch erst zwei Tage später wieder in das Gebäude des
Heiligen Offiziums, da es ihr schicklich erschien, dem Herrn Zeit
zu seinen Erkundigungen zu lassen.   20
Tatsächlich erhielt sie die Erlaubnis, ihn noch einmal zu sprechen. Sie mußte in dem winzigen Zimmer mit dem vergitterten
Fenster freilich mehr als eine Stunde warten, weil er beim Verhör war.
Er kam und schien sehr erschöpft. Da kein Stuhl vorhanden   25
war, lehnte er sich ein wenig an der Wand an. Jedoch sprach er
sofort zur Sache.
Er sagte ihr mit sehr schwacher Stimme, daß er leider nicht
imstande sei, den Mantel zu bezahlen. Bei seinen Habseligkeiten
habe sich kein Geld vorgefunden. Dennoch brauche sie noch   30
nicht alle Hoffnung aufzugeben. Er habe nachgedacht und sich
erinnert, daß für ihn bei einem Mann, der in der Stadt Frankfurt
Bücher von ihm gedruckt habe, noch Geld liegen müsse. An den
wolle er schreiben, wenn man es ihm gestattete. Um die Erlaubnis
wolle er schon morgen nachsuchen. Heute sei es ihm beim Verhör   35
vorgekommen, als ob keine besonders gute Stimmung herrsche.

15. *in Fluß gebracht* — gotten under way

Da habe er nicht fragen und womöglich alles verderben wollen.
Die Alte sah ihn mit ihren scharfen Augen durchdringend an,
während er sprach. Sie kannte die Ausflüchte und Vertröstungen
säumiger Schuldner. Sie kümmerten sich den Teufel um [16] ihre
5 Verpflichtungen, und wenn man ihnen auf den Leib rückte [17],
taten sie, als setzten sie Himmel und Hölle in Bewegung.

»Wozu brauchten Sie einen Mantel, wenn Sie kein Geld hatten, ihn zu bezahlen?« fragte sie hart.

Der Gefangene nickte, um ihr zu zeigen, daß er ihrem Ge-
10 dankengang folgte. Er antwortete:

»Ich habe immer verdient, mit Büchern und mit Lehren. So
dachte ich, ich verdiene auch jetzt. Und den Mantel glaubte ich
zu brauchen, weil ich glaubte, ich würde noch im Freien [18]
herumgehen.«

15   Das sagte er ohne jede Bitterkeit, sichtlich nur, um ihr die
Antwort nicht schuldig zu bleiben [19].

Die Alte musterte ihn wieder von oben bis unten, voll Zorn,
aber mit dem Gefühl, nicht an ihn heranzukommen, und ohne
noch ein Wort zu sagen, wandte sie sich um und lief aus dem
20 Zimmer.

»Wer wird einem Menschen, dem die Inquisition den Prozeß
macht, noch Geld schicken?« äußerte sie böse zu ihrem Mann
hin, als sie an diesem Abend im Bett lagen. Er war jetzt beruhigt
über die Stellung der geistlichen Behörden zu ihm, mißbilligte
25 aber doch die unermüdlichen Versuche seiner Frau, das Geld einzutreiben.

»Er hat wohl jetzt an anderes zu denken«, brummte er.

Sie sagte nichts mehr.

Die nächsten Monate vergingen, ohne daß in der leidigen An-
30 gelegenheit irgend etwas Neues geschah. Anfangs Januar hieß es,
die Signoria trage sich mit dem Gedanken, dem Wunsch des
Papstes nachzukommen und den Ketzer auszuliefern. Und dann

16. *Sie kümmerten sich den Teufel um* — they did not care a bit
    about
17. *auf den Leib rückte* — made it hot for
18. *im Freien* — in the open (*i. e.*, as a free man)
19. *um ihr die Antwort nicht schuldig zu bleiben* — to have some
    answer for her

kam eine neue Vorladung für die Zuntos in das Gebäude des Heiligen Offiziums.

Es war keine bestimmte Stunde genannt, und Frau Zunto ging an einem Nachmittag hin. Sie kam ungelegen. Der Gefangene erwartete den Besuch des Prokurators [20] der Republik, der von 5 der Signoria aufgefordert worden war, ein Gutachten über die Frage der Auslieferung auszuarbeiten. Sie wurde von dem höheren Beamten empfangen, der ihr einmal die erste Unterredung mit dem Nolaner verschafft hatte, und der Greis sagte ihr, der Gefangene habe gewünscht, sie zu sprechen, sie solle aber über- 10 legen, ob der Zeitpunkt günstig gewählt sei, da der Gefangene unmittelbar vor einer für ihn hochwichtigen Konferenz stehe.

Sie sagte kurz, man brauche ihn ja nur zu fragen.

Ein Beamter ging weg und kehrte mit dem Gefangenen zurück. Die Unterredung fand in Anwesenheit des höheren Beam- 15 ten statt.

Bevor der Nolaner, der sie schon unter der Tür anlächelte, etwas sagen konnte, stieß die Alte hervor:

»Warum führen Sie sich dann so auf, wenn Sie im Freien herumgehen wollen?« 20

Einen Augenblick schien der kleine Mann verdutzt. Er hatte dieses Vierteljahr sehr viele Fragen beantwortet und den Abschluß seiner letzten Unterredung mit der Frau des Schneiders kaum im Gedächtnis behalten.

»Es ist kein Geld für mich gekommen«, sagte er schließlich, 25 »ich habe zweimal darum geschrieben, aber es ist nicht gekommen. Ich habe mir gedacht, ob Ihr den Mantel zurücknehmen werdet.«

»Ich wußte ja, daß es dazu kommen würde«, sagte sie verächtlich. »Und er ist nach Maß gearbeitet und zu klein für die 30 meisten.«

Der Nolaner sah gepeinigt auf die alte Frau.

»Das habe ich nicht bedacht«, sagte er und wandte sich an den Geistlichen.

»Könnte man nicht alle meine Habseligkeiten verkaufen und 35 das Geld diesen Leuten aushändigen?«

20. *Prokurator* — procurator, chief executive or legal official

»Das wird nicht möglich sein«, mischte sich der Beamte, der ihn geholt hatte, der große Dicke, in das Gespräch. »Darauf erhebt Herr Mocenigo Anspruch. Sie haben lange auf seine Kosten gelebt.«

5 »Er hat mich eingeladen«, erwiderte der Nolaner müde.

Der Greis hob seine Hand.

»Das gehört wirklich nicht hierher. Ich denke, daß der Mantel zurückgegeben werden soll.«

»Was sollen wir mit ihm anfangen?« sagte die Alte störrisch.

10 Der Greis wurde ein wenig rot im Gesicht. Er sagte langsam: »Liebe Frau, ein wenig christliche Nachsicht würde Ihnen nicht schlecht anstehen. Der Angeklagte steht vor einer Unterredung, die für ihn Leben oder Tod bedeuten kann. Sie können kaum verlangen, daß er sich allzusehr für Ihren Mantel inter-
15 essiert.«

Die Alte sah ihn unsicher an. Sie erinnerte sich plötzlich, wo sie stand. Sie erwog, ob sie nicht gehen sollte, da hörte sie hinter sich den Gefangenen mit leiser Stimme sagen:

»Ich meine, daß sie es verlangen kann.«

20 Und als sie sich zu ihm umwandte, sagte er noch: »Sie müssen das alles entschuldigen. Denken Sie auf keinen Fall, daß mir Ihr Verlust gleichgültig ist. Ich werde eine Eingabe in der Sache machen.«

Der große Dicke war auf einen Wink des Greises aus dem
25 Zimmer gegangen. Jetzt kehrte er zurück, breitete die Arme aus und sagte: »Der Mantel ist überhaupt nicht mit eingeliefert worden. Der Mocenigo muß ihn zurückbehalten haben.«

Der Nolaner erschrak deutlich. Dann sagte er fest:

»Das ist nicht recht. Ich werde ihn verklagen.«

30 Der Greis schüttelte den Kopf.

»Beschäftigen Sie sich lieber mit dem Gespräch, das Sie in ein paar Minuten zu führen haben werden. Ich kann es nicht länger zulassen, daß hier wegen ein paar Skudi herumgestritten wird.«

Der Alten stieg das Blut in den Kopf. Sie hatte, während der
35 Nolaner sprach, geschwiegen und maulend in eine Ecke des Zimmers geschaut. Aber jetzt riß ihr wieder die Geduld [21].

21. *riß ihr die Geduld* — she lost her patience

»Paar Skudi!« schrie sie. »Das ist ein Monatsverdienst! Sie können leicht Nachsicht üben. Sie trifft kein Verlust!«

In diesem Augenblick trat ein hochgewachsener Mönch in die Tür.

»Der Prokurator ist gekommen«, sagte er halblaut, verwundert 5 auf die schreiende alte Frau schauend.

Der große Dicke faßte den Nolaner am Ärmel und führte ihn hinaus. Der Gefangene blickte über die schmale Schulter zurück auf die Frau, bis er über die Schwelle geführt wurde. Sein mageres Gesicht war sehr blaß. 10

Die Alte ging verstört die Steintreppe des Gebäudes hinunter. Sie wußte nicht, was sie denken sollte. Schließlich tat der Mann, was er konnte.

Sie ging nicht in die Werkstätte, als eine Woche später der große Dicke den Mantel brachte. Aber sie horchte an der Tür, 15 und da hörte sie den Beamten sagen: »Er hat tatsächlich noch die ganzen letzten Tage sich um den Mantel gekümmert. Zweimal machte er eine Eingabe, zwischen den Verhören und den Unterredungen mit den Stadtbehörden, und mehrere Male verlangte er eine Unterredung in dieser Sache mit dem Nuntius [22]. Er hat 20 es durchgesetzt. Der Mocenigo mußte den Mantel herausgeben. Übrigens hätte er ihn jetzt gut brauchen können, denn er wird ausgeliefert und soll noch diese Woche nach Rom abgehen.«

Das stimmte. Es war Ende Januar.

22. *Nuntius* — nuncio, papal ambassador

Cäsar
und sein Legionär

1. CÄSAR

Seit Anfang März wußte der Diktator, daß die Tage der Diktatur gezählt waren.

Ein Fremder, aus einer der Provinzen kommend, hätte die Hauptstadt vielleicht imposanter denn je gefunden. Die Stadt
5 war außerordentlich gewachsen; ein buntes Gemisch von Völkern füllte die platzenden Quartiere; mächtige Regierungsbauten standen vor der Vollendung; die City brodelte von Projekten; das Geschäftsleben zeigte normale Züge; Sklaven waren billig.

Das Regime schien gefestigt. Der Diktator war eben zum
10 Diktator auf Lebenszeit ernannt worden und bereitete nunmehr *das größte seiner Unternehmen* vor, die Eroberung des Ostens, den lange erwarteten persischen Feldzug, einen wahren zweiten Alexanderzug [1].

Cäsar wußte, daß er den Monat nicht überleben würde. Er
15 stand auf dem Gipfel seiner Macht. Vor ihm lag also der Abgrund.

Die große Senatssitzung am 13. März, in der der Diktator in einer Rede gegen die »drohende Haltung der persischen Regierung« Stellung nahm und Mitteilung davon machte, daß er in
20 Alexandria, der Hauptstadt Ägyptens, ein Heer zusammengezogen hatte, enthüllte eine merkwürdig indifferente, ja kühle Haltung des Senats. Während der Rede kursierte unter den Senatoren eine ominöse Liste der Summen, welche der Diktator unter falschem Namen in spanischen Banken deponiert hatte:
25 *Der Diktator verschiebt sein Privatvermögen (110 Millionen)*

1. *zweiten Alexanderzug* — campaign to rival that of Alexander the Great

ins Ausland[2]*!* Glaubt er nicht an seinen Krieg? Oder beabsichtigte er überhaupt nicht einen Krieg gegen Persien, sondern einen Krieg gegen Rom?

Der Senat bewilligte die Kriegskredite, einstimmig, wie gewöhnlich. 5

Im Palais der Kleopatra, dem Zentrum aller Intrigen, den Osten betreffend, sind führende Militärs versammelt. Die ägyptische Königin ist die eigentliche Inspiratorin [3] des persischen Krieges. Brutus und Cassius sowie andere junge Offiziere gratulieren ihr zum Triumph der Kriegspolitik im Senat. Ihr Einfall, 10 die ominöse Liste kursieren zu lassen, wird gebührend bewundert und belacht. Der Diktator wird sich wundern, wenn er versuchen wird, die bewilligten Kredite in der City aufzunehmen...

Tatsächlich hat Cäsar, dem die Kälte des Senats bei aller Willfährigkeit nicht entgangen ist [4], Gelegenheit, auch bei der City 15 eine höchst irritierende Haltung festzustellen. In der Handelskammer führt er die Finanzleute vor eine riesige Landkarte, aufgehängt an der Wand, und erläutert ihnen seine Feldzugspläne für Persien und Indien. Die Herren nicken, beginnen aber dann von Gallien zu sprechen, das seit Jahren erobert ist, in dem aber 20 schon wieder blutige Aufstände ausgebrochen sind. Die »Neue Ordnung« funktioniert nicht. Ein Vorschlag kommt: Könnte man den neuen Krieg nicht lieber erst im Herbst beginnen? Cäsar antwortet nicht, geht brüsk hinaus. Die Herren erheben die Hände zum römischen Gruß. Jemand murmelt: »Keine Nerven mehr, 25 der Mann.«

Wollen sie plötzlich keinen Krieg mehr?

Anfragen ergeben eine verblüffende Tatsache: Die Rüstungsbetriebe bereiten fieberhaft den Krieg vor; ihre Aktien gehen sprunghaft in die Höhe; auch die Sklavenpreise ziehen an... 30 Was bedeutet das? Sie wollen den Krieg des Diktators und verweigern ihm das Geld dafür?

Gegen Abend weiß Cäsar, was es bedeutet: *Sie wollen den Krieg, aber nicht mit ihm.*

2. *verschiebt ins Ausland* — is smuggling abroad
3. *Inspiratorin* — instigator
4. *dem die Kälte ... entgangen ist* — who did not fail to observe the coolness of the senate in spite of its compliance

Er gibt den Befehl, fünf Bankiers zu verhaften, jedoch ist er
tief erschüttert, einem Nervenzusammenbruch nahe, zum Erstaunen seines Adjutanten, der ihn inmitten blutiger Schlachten
vollständig ruhig gesehen hat. Er beruhigt sich etwas, als Brutus
5 kommt, den er sehr liebt. Immerhin fühlt er sich nicht stark genug, ein Dossier einzusehen, das ihm sein Gewährsmann in der
City geschickt hat. Es enthält Namen von Verschworenen, darunter den des Brutus. Sie bereiten einen Anschlag auf sein Leben
vor. Die Furcht, in dem dicken Dossier (»Es ist so sehr dick,
10 schrecklich dick«) auch vertraute Namen zu finden, hält den
Diktator ab, es zu öffnen. Brutus benötigt ein Glas Wasser, als
Cäsar es endlich ungeöffnet seinem Sekretär zurückgibt — zur
späteren Lektüre.

Größte Bestürzung bricht im Palais der Kleopatra aus, als
15 Brutus bleich und verstört berichtet, daß ein Dossier über das
Komplott existiert. Jeden Augenblick kann Cäsar es lesen. Kleopatra beruhigt mit Mühe die Anwesenden, an ihre Soldatenehre
appellierend, und gibt selber den Befehl zu packen.

Bei Cäsar ist inzwischen der Polizeiädil [5] zum Vortrag erschie-
20 nen. Er ist der dritte in diesem Jahr, das erst zwei Monate lang
ist, die zwei Vorgänger sind als in Komplotte verwickelt abge-
setzt worden. Der Ädil garantiert die persönliche Sicherheit des
Diktators — trotz der Aufregung, die in der City über die Verhaftung der Bankiers entstanden ist, für die sich übrigens ein-
25 flußreiche Kreise verwenden ... Der persische Krieg, von dessen
baldiger Einleitung der Ädil überzeugt zu sein scheint, wird
seiner Ansicht nach die Opposition zum Verstummen bringen.
Während er die umfangreichen Schutzmaßnahmen auseinander-
setzt, die er für nötig hält, sieht Cäsar durch ihn hindurch wie in
30 einer Vision, wie er sterben wird; denn er wird sterben.

Er wird sich zum Portikus des Pompejus [6] tragen lassen, dort
aussteigen, Bittsteller abfertigen, in den Tempel gehen, den oder
jenen der Senatoren mit einem Blick suchen und begrüßen, sich
auf einen Stuhl setzen. Einige Zeremonien werden abgewickelt
35 werden, er sieht sie vor sich. Dann werden die Verschworenen —

5. *Polizeiädil* — aedile, or official, charged with police affairs
6. *Portikus des Pompejus* — Pompey's Portico

in Cäsars Vision haben sie keine Gesichter, nur weiße Flecken, wo die Gesichter sitzen müßten — auf ihn zutreten, unter einem Vorwand. Jemand wird ihm was zu lesen geben, er wird danach greifen, sie werden über ihn herfallen, *er wird sterben.*

Nein, es wird für ihn keinen Krieg im Osten mehr geben. 5 Das größte aller seiner Unternehmen wird nicht mehr stattfinden: *Es hat darin bestanden, lebend auf ein Schiff zu kommen,* das ihn zu seinen Truppen nach Alexandria führen könnte, zu dem einzigen Ort, wo er vielleicht sicher wäre.

Wenn die Wachen spät abends einige Herren in die Gemächer 10 des Diktators gehen sehen, denken sie immer noch, es seien Generäle und Feldinspektoren, die den persischen Krieg besprechen wollen. Aber es sind nur Ärzte, der Diktator braucht ein Schlafmittel.

Der nächste Tag, es ist der 14. März, verläuft wirr und pein- 15 voll. Bei dem morgendlichen Ritt in der Reitschule hat Cäsar einen großen Einfall. Senat und City sind gegen ihn, was weiter[7]? *Er wird sich an das Volk wenden!*

War er nicht einmal der große Volkstribun[8], die weise Hoffnung der Demokratie? Da gab es doch ein riesiges Programm, 20 mit dem er den Senat zu Tode erschreckte, Aufteilung der Landgüter, Siedlungen für die Armen.

Die Diktatur? Keine Diktatur mehr! Der große Cäsar wird abdanken, sich ins Privatleben zurückziehen, zum Beispiel nach Spanien ... 25

Ein müder Mann hat das Pferd bestiegen, sich willenlos im Kreis der Reitschule herumtragen lassen, dann hat sich seine Haltung (bei bestimmten Gedanken — an das Volk) gestrafft, er hat die Zügel angezogen, das Pferd herangenommen[9], es in Schweiß geritten; ein erfrischter, neuer Mann verläßt die Reit- 30 schule.

Nicht viele von denen, die das große Spiel spielen, fühlen heute morgen so zuversichtlich wie Cäsar ... Die Verschworenen

---

7. *was weiter?* — so what?
8. *Volkstribun* — tribune; before the advent of the empire the magistrate charged with protecting the Roman plebeians from arbitrary action of the patrician magistrates
9. *herangenommen* — gave a real workout

erwarten die Verhaftung. Brutus stellt Wachen in seinen Gärten
aus, an verschiedenen Punkten stehen Pferde bereit. In manchen
Häusern werden Papyri [10] verbrannt. In ihrem Palais am Tiber
bereitet sich Kleopatra auf den Tag des Todes vor. Cäsar muß
5 das Dossier jetzt längst gelesen haben. Sie macht sorgfältig
Toilette, läßt ihre Sklaven frei, verteilt Präsente. Die Schergen
müssen bald kommen.

Die Opposition hat gestern zugeschlagen. Heute muß der Gegenschlag des Regimes erfolgen.

10   Beim Lever [11] des Diktators zeigt es sich, wie der Gegenschlag
aussehen wird.

In Gegenwart mehrerer Senatoren spricht Cäsar von seinem
neuen Plan. Er wird Wahlen ausschreiben, abdanken. Seine
Parole: *gegen den Krieg!* Der römische Bürger wird italischen
15 Boden erobern, nicht persischen. Denn wie lebt der römische
Bürger, der Beherrscher der Welt? Cäsar beschreibt es.

Steinerne Gesichter nehmen die furchtbare Beschreibung der
Not des gemeinen römischen Bürgers entgegen. Der Diktator hat
die Maske fallen lassen; er will den Mob aufwiegeln. Eine halbe
20 Stunde später wird es die ganze City wissen. Die Feindschaften
zwischen City und Senat, zwischen den Bankiers und den Offi-
zieren werden verschwinden, alle werden sich in einem einig sein:
Weg mit Cäsar!

Cäsar weiß, daß er mit seiner Rede einen Fehler begangen hat,
25 bevor sie zu Ende ist. Er hätte natürlich nicht zu offen sein dürfen.
Er wechselt abrupt das Thema und versucht es mit seinem alt-
bewährten Charme. Seine Freunde werden nichts zu fürchten
haben. Ihre Landgüter sind sicher. Man wird den Pächtern helfen, zu Land zu kommen, aber das wird der Staat machen, aus
30 Staatsmitteln. Man wird einen schönen Sommer bekommen, sie
werden seine Gäste in Bajä sein.

Wenn sie sich für die Einladung bedankt haben und gegangen
sind, ordnet Cäsar die Entlassung und Verhaftung des Polizei-
ädilen an, der die verhafteten Bankiers schon am gestrigen Abend
35 wieder freigelassen hat. Dann schickt er seinen Sekretär aus, die

10. *Papyri* — (papyrus) documents
11. *Lever* — morning audience

Stimmung in den demokratischen Kreisen zu sondieren. Jetzt kommt alles auf die Haltung des Volkes an.

Die demokratischen Kreise, das sind die Politiker der längst aufgelösten Handwerkerklubs [12], die in der großen Zeit der Republik die Hauptrolle bei den Wahlen gespielt haben. Cäsars [5] Diktatur hat diesen Apparat, einst mächtig, zerbrochen und aus einem Teil der Klubmitglieder eine Zivilgarde gebildet, die sogenannten Straßenklubs. Auch sie sind aufgelöst worden. Aber jetzt sucht der Sekretär Titus Rarus die plebejischen Politiker auf, um ihre Stimmung zu sondieren. [10]

Er spricht mit einem früheren Obmann der Tünchergilde [13], dann mit einem früheren Wahleinpeitscher [14], der Kneipenwirt ist. Die beiden Männer zeigen sich ungeheuer vorsichtig, abgeneigt, über Politik zu reden. Sie verweisen auf den alten Carpo, den früheren Führer der Bauarbeiter, einen Mann, der am meisten [15] Einfluß haben muß, *da er im Gefängnis sitzt.* Inzwischen hat Cäsar großen Besuch bekommen: Kleopatra. Die Königin hat die Spannung nicht mehr ausgehalten. Sie muß wissen, wie es um sie steht. Sie ist aufgemacht [15] für den Tod, alle Künste Ägyptens sind aufgeboten worden, ihre Schönheit, berühmt in drei Kon- [20] tinenten, zu mobilisieren. Der Diktator scheint Zeit zu haben. Er ist zu ihr wie immer in den letzten Jahren, von ausgesuchter Höflichkeit, bereit, jederzeit einen Rat zu geben, hin und wieder andeutend, daß er auf der Stelle wieder ihr Liebhaber sein könnte, falls sie das wünschen sollte, unerreichter Kenner weiblicher [25] Schönheit, der er ist. Aber kein Wort von Politik. Sie setzen sich ins Atrium [16] und füttern die Goldfische, sprechen vom Wetter. Er lädt sie für den Sommer nach Bajá . . .

Sie ist nicht beruhigt. Er scheint noch nicht mit den Vorbereitungen zum Losschlagen fertig zu sein, das ist wahrscheinlich [30] alles. Sie geht mit starrem Gesicht weg. Cäsar geleitet sie bis zu ihrer Sänfte, dann begibt er sich in die Büros, wo die Juristen und Sekretäre fieberhaft an dem Entwurf des neuen Wahlgesetzes

12. *Handwerkerklubs* — guilds
13. *Obmann der Tünchergilde* — chairman of the painters' guild
14. *Wahleinpeitscher* — electoral whip
15. *aufgemacht* — "dolled up"
16. *Atrium* — principal room in a Roman house

arbeiten. Der Entwurf muß geheim bleiben: Niemand hat die
Erlaubnis, den Palast zu verlassen. *Diese Verfassung wird die
freieste sein, die Rom je erlebt hat.*
    Freilich kommt jetzt alles auf das Volk an . . .
5   Da Rarus merkwürdig lange ausbleibt — was kann es da schon
zu verhandeln geben, diese Plebejer müssen doch mit beiden
Händen zufassen, wenn der Diktator ihnen diese einmalige
Chance gibt —, beschließt Cäsar, zum Hunderennen zu gehen.
Er fühlt das Bedürfnis, selber mit dem Volk Kontakt zu suchen,
10 und das Volk ist beim Hunderennen zu finden. — Die Arena ist
noch nicht ganz gefüllt. Cäsar begibt sich nicht in die große Loge,
er nimmt weiter oben, unter der Menge, Platz. Er braucht kaum
zu befürchten, daß er erkannt wird, die Leute haben ihn immer
nur von weitem gesehen.
15   Cäsar sieht einige Zeit zu, dann setzt er auch auf einen bestimmten Hund. Neben ihm hat sich ein Mann niedergesetzt, dem gibt er
seine Gründe an, warum er gerade auf diesen Hund gesetzt hat.
Der Mann nickt. Eine Reihe weiter vorn entsteht ein kleiner
Streit. Einige Leute scheinen auf falschen Plätzen zu sitzen, Neu-
20 angekommene vertreiben sie davon. Cäsar versucht, mit seinen
Nachbarn ins Gespräch zu kommen, sogar über Politik. Sie antworten einsilbig, und dann erkennt er, daß sie wissen, wer er ist:
Er sitzt unter seinen Geheimpolizisten.
    Ärgerlich steht er auf und geht weg. Der Hund, auf den er
25 gesetzt hat, hat übrigens gewonnen . . .
    Vor der Arena begegnet er seinem Sekretär, der ihn sucht. Er
hat keine guten Nachrichten. Niemand will verhandeln. Überall
herrscht Furcht oder Haß. Meistens das letztere. Der Mann, dem
man vertraut, ist Carpo, der Bauarbeiter. Cäsar hört finster zu.
30 Er steigt in seine Sänfte und läßt sich ins Mamertinische[17] Gefängnis tragen. Er wird Carpo sprechen.
    Carpo muß erst gesucht werden. Es gibt so sehr viele ehemalige
plebejische Gefangene in diesen Kasematten[18], sie verfaulen zu
Dutzenden hier. Aber nach einigem Hin und Her wird der Bau-
35 arbeiter Carpo an langen Stricken aus einem Loch herausgewun-

---

17. *Mamertinisch* — Mamertine (pertaining to Mars)
18. *Kasematten* — casemates, fortifications used here as a dungeon

den, und nun kann der Diktator den Mann sprechen, zu dem das
Volk Roms Vertrauen hat.

Sie sitzen sich gegenüber und betrachten sich. Carpo ist ein
alter Mann, vielleicht ist er nicht älter als Cäsar, aber er sieht
jedenfalls achtzigjährig aus. Sehr alt, sehr verfallen, aber nicht 5
gebrochen. Cäsar entwickelt ihm ohne Umschweife seinen un-
erhörten Plan, die Demokratie wieder einzuführen, Wahlen aus-
zuschreiben, sich selbst ins Privatleben zurückzuziehen usw. usw.

Der alte Mann schweigt. Er sagt nicht ja, er sagt nicht nein, er
schweigt. Er sieht Cäsar starr an und gibt keinen Laut von sich. 10
Als Cäsar aufbricht, wird er wieder mit den langen Stricken in
sein Loch hinuntergelassen. Der Traum von der Demokratie ist
ausgeträumt. Es ist klar: Wenn einen Umsturz, dann wollen sie
ihn nicht mit ihm. Sie kennen ihn zu gut.

Wenn der Diktator in sein Haus zurückkehrt, hat der Sekretär 15
einige Mühe, den Wachen begreiflich zu machen, wer er ist. Sie
sind neu. Der neue Ädil hat die römischen Wachen entfernt und
eine Negerkohorte in den Palast geworfen. Die Neger sind siche-
rer, sie verstehen nicht Lateinisch und können also schwerer auf-
gehetzt, von der Stimmung in der Stadt angesteckt werden. Cäsar 20
weiß nun, wie die Stimmung in der Stadt ist ...

Die Nacht im Palast verläuft unruhig. Cäsar steht mehrere
Male auf und geht durch den weitläufigen Palast. Die Neger trinken und singen. Niemand kümmert sich um ihn, niemand erkennt ihn. Er hört einem ihrer traurigen Lieder zu und geht hin- 25
aus in die Ställe, sein Lieblingspferd zu besuchen. Das Pferd erkennt ihn jedenfalls ... Das ewige Rom liegt in unruhigem
Schlummer. Vor den Toren der Nachtasyle[19] stehen noch ruinierte Handwerker an um drei Stunden Schlaf und lesen große,
halbzerrissene Plakate, die Soldaten für einen Krieg im Osten 30
warben, der nicht mehr stattfinden wird. In den Gärten der
jeunesse dorée[20] sind die Wachen von gestern nacht verschwunden. Aus den Palästen dringen trunkene Stimmen. Durch ein
südliches Stadttor zieht eine kleine Kavalkade: Die Königin von

19. *Nachtasyle* — mission homes for vagrants
20. *jeunesse dorée* — "gilded youth," the rich and idle young men of
   the city

Ägypten verläßt tiefverschleiert die Hauptstadt ... Zwei Uhr
nachts erinnert sich Cäsar an etwas, steht auf und geht im Nachtgewand in den Flügel des Palastes, wo die Juristen immer noch
an der neuen Verfassung arbeiten. Er schickt sie schlafen.

5   Gegen Morgen wird Cäsar mitgeteilt, daß sein Sekretär Rarus
in der Nacht ermordet worden ist. Seine Gespräche mit plebejischen Politikern sind anscheinend ausgespitzelt[21] worden, und
aus dem Dunkeln haben mächtige Hände zugegriffen. Wessen
Hände? Die Listen mit den Namen der Verschworenen, die in
10 seinem Besitz waren, sind verschwunden.

Er ist im Palast ermordet worden. Also ist der Palast nicht
mehr sicher für Anhänger des Diktators. Ist er es noch für den
Diktator selber?

Cäsar steht lange vor dem Feldbett, auf dem der tote Sekretär
15 liegt, sein letzter Vertrauter, den dieses Vertrauen das Leben
gekostet hat.

Aus der Kammer tretend, wird er von einem betrunkenen
Wachsoldaten angerempelt, der sich nicht entschuldigt. Cäsar
blickt sich mehrmals nervös um, wenn er den Gang hinuntergeht.

20   Im Atrium, das sonderbar verwaist liegt — niemand ist zum
Lever erschienen —, stößt er auf einen Boten des Antonius[22];
der Konsul und sein Henchman lassen ihm sagen, er solle heute
keineswegs in den Senat gehen. Seine persönliche Sicherheit sei
dort bedroht. Cäsar läßt dem Antonius ausrichten, er werde nicht
25 in den Senat gehen. — Er läßt sich statt dessen zum Haus der
Kleopatra tragen, vorbei an der langen Reihe der allmorgend-
lichen[23] Bittsteller vor seinem Palast. Vielleicht würde Kleopatra
seinen Feldzug finanzieren? Dann braucht er weder die City noch
das Volk.

30   Kleopatra ist nicht zu Hause. Das Haus ist geschlossen. Sie
scheint auf lange weggegangen zu sein ...

Zurück in den Palast. Das Tor steht merkwürdigerweise offen.
Es stellt sich heraus, daß die Wache abgezogen ist. Der Herr der
Welt beugt sich aus seiner Sänfte und blickt auf sein Haus, das
35 er nicht mehr zu betreten wagt.

21. *ausgespitzelt* — reported by informers
22. *Antonius* — Mark Antony
23. *allmorgendlich* — who were there every morning

Er könnte von Antonius eine Schutzwache beordern. Aber er mißtraut jeder Schutzwache. Besser, er geht ohne Schutzwache, so braucht er jedenfalls diese nicht zu fürchten. Wohin geht er? Er gibt den Befehl. Er geht in den Senat. Er liegt zurückgelehnt in seiner Sänfte, weder nach rechts noch 5 nach links blickend. Er läßt sich zum Portikus des Pompejus tragen. Er steigt aus. Er fertigt Bittsteller ab. Er geht in den Tempel. Er sucht den oder jenen Senator mit dem Blick und begrüßt ihn. Er setzt sich auf seinen Stuhl. Einige Zeremonien werden abgewickelt. Dann treten die Verschworenen auf ihn zu, unter 10 einem Vorwand. Sie haben keine weißen Flecken mehr auf den Hälsen wie in seinem Traum von vor zwei Tagen; sie haben alle Gesichter, die seiner besten Freunde. Jemand gibt ihm was zu lesen, er greift danach. Sie fallen über ihn her.

15

2. CÄSARS LEGIONÄR

Im Morgengrauen fährt ein Ochsenkarren durch die frühlingsgrüne Campagna[24] auf Rom zu. Es ist der zweiundfünfzigjährige Pächter und cäsarische Veteran Terentius Scaper mit Familie und Hausrat. Ihre Gesichter sind sorgenvoll. Sie sind wegen 20 Pachtschulden[25] von ihrem kleinen Gütchen gejagt worden. Nur die achtzehnjährige Lucilia sieht der großen kalten Stadt freudiger entgegen: Ihr Verlobter lebt dort.

Sich der Stadt nähernd, merken sie, daß besondere Ereignisse 25 hier bevorstehen. Die Kontrolle an den Schlagbäumen ist verschärft, und gelegentlich werden sie von Militärpatrouillen angehalten. Gerüchte von einem bevorstehenden großen Krieg in Asien laufen um. Der alte Soldat gewahrt die ihm vertrauten Werbebuden, noch leer der frühen Stunde wegen; er lebt auf. 30 Cäsar plant neue Siegeszüge. Terentius Scaper kommt eben zurecht. Es ist der 13. März des Jahres 44.

Gegen neun Uhr vormittags rollt der Ochsenkarren durch den Portikus des Pompejus. Eine Volksmenge erwartet hier die Ankunft Cäsars und der Senatoren zu einer Sitzung im Tempel, auf 35

24. *Campagna* — plain surrounding Rome
25. *Pachtschulden* — debts owed to the landowner

der der Senat »eine wichtige Erklärung des Diktators« entgegennehmen soll. Der Krieg wird allgemein diskutiert, jedoch versuchen zu Scapers Erstaunen Militärpatrouillen, die Leute zum Weitergehen zu veranlassen[26]. Jede Diskussion verstummt, wenn
5 die Soldaten erscheinen. Der Veteran ist einzig bemüht, seinen Karren durchzubringen. Halbwegs durch, steht er im Karren auf und schreit laut nach hinten »Heil Cäsar!« Verwundert konstatiert er, daß niemand seinen Ruf wahrnimmt.

Etwas irritiert bringt er seine kleine Familie in einem billigen
10 Gasthof der Vorstadt unter und macht sich auf, seinen künftigen Schwiegersohn aufzusuchen, den Sekretär Cäsars, Titus Rarus. Er lehnt die Begleitung Lucilias ab. Er hat zunächst mit dem jungen Mann »ein Hühnchen zu rupfen[27]«.

Er stellt fest, daß es ziemlich schwierig ist, in Cäsars Palast auf
15 dem Forum einzudringen. Die Kontrolle, besonders auf Waffen, ist recht scharf. Dicke Luft[28].

Drinnen erfährt er, daß der Diktator über zweihundert Sekretäre hat. Den Namen Rarus kennt niemand.

In der Tat hat Rarus seinen Chef seit drei Jahren nicht mehr
20 im Bibliotheksflügel des Palastes begrüßt. Er ist Cäsars literarischer Sekretär und hat an seinem Werk über die Grammatik mitgearbeitet. Das Werk liegt unberührt, der Diktator hat keine Zeit mehr für derlei. Rarus ist außer sich vor Freude, als der alte Soldat hereinstampft. Was, Lucilia ist hier in Rom? Ja, sie ist hier,
25 aber das ist kein Grund zur Freude. Die Familie ist auf die Straße geworfen worden. Hauptsächlich durch Lucilias Schuld. Sie hätte dem Pachtherrn, dem Lederfabrikanten Pompilius, gegenüber ruhig etwas entgegenkommender sein können... Um so mehr, als Rarus sich überhaupt nicht mehr sehen ließ! Der junge Mann
30 verteidigt sich leidenschaftlich. Er hat keinen Urlaub bekommen. Er wird alles tun, der Familie zu helfen. Er wird bei der Administration Vorschuß nehmen. Er wird seine Verbindungen für Terentius Scaper ausnützen. Warum soll der Veteran nicht Hauptmann werden, schließlich steht ein großer Krieg bevor!

---

26. *zum Weitergehen zu veranlassen* — get to move on
27. *ein Hühnchen zu rupfen* — a bone to pick
28. *Dicke Luft* — There is trouble brewing

Trampeln und Schwerterklirren auf dem Korridor, die Tür
fliegt auf: Auf der Schwelle steht Cäsar.

Der kleine Sekretär steht wie erstarrt unter dem forschenden
Blick des großen Mannes. Seit drei Jahren zum erstenmal wieder
Cäsar in seinem Arbeitsraum! Er ahnt nicht, daß *sein Schicksal* 5
soeben auf die Schwelle getreten ist.

Cäsar ist nicht gekommen, an seiner Grammatik zu arbeiten.
Die Sache ist, er ist auf der Suche nach einem Menschen, dem
er vertrauen kann, also einem Menschen, der schwer zu finden ist
in diesem Palast. An der Bibliothek vorübergehend, ist ihm sein 10
literarischer Sekretär eingefallen, ein junger Mann, der mit Politik nichts zu tun hat. Vielleicht ist er also nicht bestochen . . .

Zwei Leibwächter untersuchen Scaper nach Waffen und werfen ihn hinaus. Er geht stolz weg: Sein künftiger Schwiegersohn
scheint doch nicht der letzte in diesem Palast zu sein. Der große 15
Cäsar sucht ihn auf, das ist ein günstiges Zeichen.

Auch Rarus wird nach Waffen untersucht. Dann aber gibt der
Diktator ihm einen Auftrag. Er soll, am besten auf Umwegen, zu
einem gewissen spanischen Bankier gehen und ihn befragen, woher die mysteriösen Widerstände in der City gegen *Cäsars* Krieg 20
im Osten kommen.

Der Veteran wartet inzwischen vor dem Palast auf den jungen Mann. Als er nicht herauskommt — in der Tat benutzt er
einen Hinterausgang —, geht Scaper weg, seine Familie von der
günstigen Wendung zu benachrichtigen. Unterwegs kommt er an 25
einem Werbebüro vorbei. Nur junge Burschen melden sich zum
Waffendienst. Es wird gut sein, Protektion[29] zu haben und
Hauptmann zu werden. Zum Soldaten ist er wohl schon zu alt.

Er trudelt[30] noch in einige Schänken, und wenn er in dem kleinen Gasthof in der Vorstadt ankommt, ist er ein wenig be- 30
schwipst. Er ist sehr der Hauptmann[31] Terentius Scaper, und sein
Zorn wendet sich gegen Lucilias jungen Mann, der immer noch
nicht erschienen ist. Der hochgekommene[32] Herr Sekretär hat
also keine Zeit, seine Braut zu begrüßen? Und wovon soll die

29. *Protektion* — "pull"
30. *trudelt* — ambles
31. *Er ist sehr der Hauptmann* — He is acting very much the Captain
32. *hochgekommen* — upstart

Familie leben? Mindestens dreihundert Sesterzien[33] sind sofort
nötig. Lucilia wird sich bequemen müssen, den Lederfabrikanten
aufzusuchen, Geld bei ihm auszuborgen. Lucilia weint. Sie ver-
steht nicht, daß Rarus nicht kommt. Herr Pompilius wird nicht
5 zögern, ihr die dreihundert Sesterzien zu geben, aber er wird es
nicht umsonst tun. Ihr Vater wird sehr böse. Es besteht kein
Zweifel mehr, daß der junge Mann nicht mehr »zieht«[34]. Man
muß ihm Feuer unter den Hintern machen. Man darf ihm nicht
zeigen, daß man auf ihn angewiesen ist. Er soll sehen, daß es
10 noch andere Leute gibt, die Lucilia zu schätzen wissen. Lucilia
geht weinend weg, sich immerfort nach Rarus umschauend.

Rarus ist in diesem Augenblick wieder zurück im Palast. Er
hat von dem spanischen Bankier ein Dossier erhalten und es
Cäsar abgeliefert. Jetzt versucht er, bei der Administration einen
15 Vorschuß abzuheben. Er erlebt einen tiefen Schock. Anstatt daß
er Geld bekommt, wird er verhört. Wo ist er gewesen? Was war
der Auftrag des Diktators? Er weigert sich zu antworten und
erfährt, daß er entlassen ist.

Lucilia ist erfolgreicher. Im Kontor der Lederfabrik wird ihr
20 allerdings zuerst gesagt, daß Herr Pompilius verhaftet sei. Die
aufgeregten Sklaven besprechen noch das unglaubliche Vorkommnis, begreiflich nur, weil der Prinzipal in der letzten Zeit
häufig seine wütende Gegnerschaft zum Diktator ausgedrückt
hat, als Herr Pompilius lächelnd eintritt. »Selbstverständlich«
25 konnte man ihn und die anderen Herren der City nicht im Gefängnis halten. Zum Glück gibt es noch gewisse Einflüsse bei der
Polizei. Herr Cäsar ist nicht mehr ganz so mächtig in diesen
Tagen . . .

Lucilia ist nicht zurück, als Rarus endlich im Gasthof an-
30 kommt. Der Veteran ist verstimmt, und die Familie will nicht mit
der Sprache heraus[35], wo Lucilia ist. Rarus hat auch die dreihundert Sesterzien nicht gebracht. Er wagt nicht zu gestehen, daß er
entlassen ist, und gibt kleinlaut vor, er sei lediglich nicht dazu
gekommen, in die Administration zu gehen. Dann kommt eine

---

33. *Sesterzien* — sestertium (*pl.* sestertia), Roman monetary unit
34. *zieht* — is interested *or* eager
35. *mit der Sprache heraus* — to come out and say

verweinte Lucilia und stürzt ihm in die Arme. Aber Terentius Scaper sieht keinen Grund, besonderen Takt walten zu lassen. Er fragt Lucilia schamlos nach dem Erfolg ihres Bettelganges[36]. Ohne Rarus in die Augen zu sehen, gibt sie ihrem Vater die dreihundert Sesterzien. Rarus kann sich leicht selber sagen, woher 5 das Geld ist: Lucilia war bei dem Lederfabrikanten!

Rasend reißt der junge Mann dem alten Mann das Geld aus der Hand. Er wird es morgen dem Herrn Pompilius zurückbringen. Spätestens acht Uhr morgen früh wird er Lucilia genug Geld in den Gasthof bringen. Und dann wird er mit ihrem Vater 10 zu dem Kommandanten der Palastwache gehen und über die Hauptmannsstelle reden.

Der Veteran gibt grollend seine Zustimmung. Schließlich kann es dem Vertrauten des Beherrschers der Welt nicht schwerfallen, der Familie eines alten verdienten Legionärs auf die Beine zu 15 helfen . . .

Am nächsten Morgen wartet die Familie Scaper jedoch vergebens auf Rarus.

Er ist in aller Frühe zu Cäsar geholt worden. Der Diktator hat mit ihm zusammen in der Bibliothek eine alte, vor vielen 20 Jahren gehaltene Rede hervorgekramt, in der er sein demokratisches Programm entwickelt hatte. Danach ist der Sekretär in die Vorstädte gegangen, um bei verschiedenen plebejischen Politikern zu sondieren, was sie zu einer Wiedereinführung der Demokratie sagen würden. Der Diktator hat übrigens befohlen, die 25 Palastwache zu wechseln und ihren Chef, der Rarus am Tag vorher verhört hat, zu verhaften.

Terentius Scaper beginnt, schwarzzusehen. Er glaubt nicht mehr an den Verlobten seiner Tochter. Sie hat die ganze Nacht durchgeweint und in einem Ausbruch ihm und der Mutter ins 30 Gesicht geschrien, was der Lederfabrikant von ihr verlangt hat. Ihre Mutter hat ihre Partei ergriffen. Der Veteran beschließt, sich auf einem Werbebüro als Soldat anwerben zu lassen. Nach langem Zögern gesteht er seiner Familie, daß er sich für die Musterung zu alt glaubt. Die Familie hilft ihm bereitwillig bei der Ver- 35

36. *Bettelgang* — begging mission

jüngung. Lucilia leiht ihm ihren Schminkstift, und der kleine
Sohn überwacht seinen Gang.

Aber wenn er, so repräsentabel gemacht, vor dem Werbebüro
ankommt, ist es geschlossen. Die jungen Männer davor bespre-
5 chen erregt das Gerücht, der Krieg im Osten sei abgeblasen[37].
Niedergeschmettert kehrt der Veteran aus zehn cäsarischen Krie-
gen in den Schoß seiner Familie zurück und findet einen Brief
des Rarus an Lucilia vor, in dem steht, daß große Ereignisse be-
vorstünden. Eben jetzt werde ein Gesetz vorbereitet, durch wel-
10 ches die Veteranen Cäsars Pachthöfe und Staatszuschüsse erhalten sollen. Die Familie ist außer sich vor Freude.

Der Brief Rarus, am Morgen geschrieben, ist überholt, wenn
Terentius Scaper ihn liest. Die Recherchen[38] des Sekretärs haben
ergeben, daß die früheren plebejischen Politiker, jahrelang von
15 Cäsar verfolgt, kein Vertrauen mehr in seine politischen Schach-
züge haben.

Rarus, der sich übrigens verfolgt sieht, sucht seinen Herrn
vergebens im Palast und trifft ihn erst am späten Nachmittag im
Zirkus beim Hunderennen. Auf dem Weg in den Palast berichtet
20 er Cäsar die bestürzende Tatsache. Nach einem langen Schweigen
macht er, sich plötzlich klar über die ungeheure Gefahr, in der
der Diktator schwebt, einen verzweifelten Vorschlag: Cäsar solle
die Stadt noch in dieser Nacht insgeheim verlassen und versuchen, nach Brundisium zu entkommen, um von dort mit einem
25 Schiff Alexandria und sein Heer zu erreichen. Er verspricht, ein
Ochsengespann für ihn bereitzuhalten. — Der Diktator, verfallen in seinem Sänftensitz zurückgelehnt, antwortet ihm nicht.

Aber Rarus hat beschlossen, diese Flucht vorzubereiten. Die
Dämmerung sinkt über das riesige, unruhige, von Gerüchten
30 brodelnde Rom, als er am Portikus des Südens mit der Torwache
verhandelt. Ein Ochsenkarren wird nach Mitternacht durchpas-
sieren, ohne Passierschein. Er gibt dem Wachhabenden alles
Geld, das er bei sich trägt. Es sind genau dreihundert Sesterzien.

Gegen neun erscheint er im Gasthof bei den Scapers. Er um-
35 armt Lucilia. Er bittet die Familie, ihn mit Terentius Scaper allein

37. *abgeblasen* — called off
38. *Recherchen* — inquiries

zu lassen. Dann geht er auf den Veteranen zu und fragt ihn:
»Was würdest du tun für Cäsar?«

»Wie steht's mit[39] einem Pachthof?« fragt Scaper.

»Damit ist es aus[40]«, sagt Rarus.

»Und mit der Hauptmannsstelle ist es auch aus?« fragt Scaper. 5

»Und mit der Hauptmannsstelle ist es auch aus«, sagt Rarus.

»Aber du bist noch Sekretär bei ihm?«

»Ja.«

»Und triffst ihn?«

»Ja.« 10

»Und du kannst ihn nicht dazu bringen, daß er etwas für mich tut?«

»Er kann für niemand mehr etwas tun. Alles ist zusammengebrochen. Er wird morgen erschlagen werden wie eine Ratte. Also: was willst du für ihn tun?« fragt der Sekretär. 15

Der alte Veteran starrt ihn ungläubig an. Der große Cäsar aus? So aus, daß er, Terentius Scaper, ihm helfen muß?

»Wie soll ich ihm helfen können?« fragt er heiser.

»Ich habe ihm deinen Ochsenkarren versprochen«, sagt der Sekretär ruhig. »Du mußt ab Mitternacht am Portikus des Südens 20 auf ihn warten.«

»Sie werden mich nicht durchlassen mit dem Karren.«

»Sie werden. Ich habe ihnen dreihundert Sesterzien dafür bezahlt.«

»Dreihundert Sesterzien? Unsere?« 25

»Ja.«

Der alte Mann starrt ihn einen Augenblick fast zornig an. Dann kommt in seinen Blicken die maulende Unsicherheit der ein halbes Leben lang Gedrillten, und er wendet sich murmelnd ab. 30

Er murmelt: »Vielleicht ist es ein grad[41] so gutes Geschäft wie jedes andere. Ist er erst draußen[42], wird er sich revanchieren können.«

---

39. *Wie steht's mit ...?* — What about ...?
40. *Damit ist es aus* — That is out
41. *grad = gerade*
42. *draußen* — outside the country

Er ist in seine Lebenshaltung zurückgefallen: Er hat wieder
Hoffnung.

Es ist für Rarus schwer, mit Lucilia fertig zu werden. Seit sie
ihn in Rom wiedersah, ist er nie mit ihr allein gewesen. Weder
5 er noch ihr Vater haben ihr gesagt, was ihn immerfort weghält in
diesen Tagen. Nun erfährt sie es. Ihr junger Mann ist mit Cäsar
zusammen. Er ist der einzige Vertraute des Beherrschers der
Welt:

Aber kann er nicht mit ihr eine Viertelstunde in eine Schenke
10 in der Kupferschmiedgasse gehen? Kann nicht Cäsar für eine
Viertelstunde selber durchkommen?

Rarus nimmt sie mit in die Kupferschmiedgasse. Aber sie kommen nicht in die Schenke. Rarus merkt plötzlich, daß er wieder
verfolgt wird. Zwei dunkle Individuen beschatten ihn, wohin er
15 auch geht, seit dem Morgen. So trennen sich die Liebenden vor
dem Gasthof. Lucilia geht zu ihrer Mutter zurück und erzählt
ihr strahlend, wie nahe ihr junger Mann dem großen Cäsar steht.

Währenddem versucht der junge Mann vergebens, die Verfolger abzuschütteln.

20 Vor Mitternacht wird er wissen, was es bedeutet, in die Nähe
der Mächtigen zu geraten.

Gegen elf Uhr ist Rarus wieder im Palast auf dem Forum. Ein
Negerregiment hat die Palastwache bezogen. Die Soldaten sind
größtenteils betrunken.

25 In seinem kleinen Zimmer hinter der Bibliothek sucht er fieberhaft jenes Dossier durch, das ihm der spanische Bankier am
Tag zuvor für Cäsar übergeben hat. Cäsar hat es nicht gelesen.
In diesem Dossier stehen die Namen der Verschworenen. Er findet sie alle. Brutus, Cassius, die ganze jeunesse dorée Roms, viele
30 darunter, die Cäsar für seine Freunde hält. Er muß unbedingt das
Dossier lesen, sofort, noch diese Nacht. Es wird ihn dazu bringen, Terentius Scapers Ochsenkarren aufzusuchen.

Er nimmt das Dossier an sich und macht sich auf den Weg.
Die Korridore liegen halb dunkel, vom andern Flügel herüber
35 kommt trunkener Gesang.

Am Eingang zum Atrium stehen zwei riesige Neger auf

Wache. Sie wollen ihn nicht passieren lassen. Was er sagt, verstehen sie nicht.

Er versucht es in einer anderen Richtung, der Palast ist riesig. Auch hier Negerwachen und kein Durchkommen. Er versucht Korridore und Vorgärten[43], in die man durch Fenster steigend gelangt, aber alles ist versperrt. 5

Erschöpft in sein Zimmer zurückkehrend, vermeint er den Rücken eines Mannes weiter unten im Korridor zu erkennen. Es ist einer seiner Verfolger.

Von Angst erfaßt, stürzt er in sein Zimmer, blockiert die Tür. 10 Er macht nicht Licht und schaut aus dem Fenster in den Hof. Da sitzt vor seinem Fenster der zweite Verfolger. Der kalte Schweiß bricht ihm aus.

Er sitzt lange im dunklen Raum, horchend. Einmal klopft es an der Tür. Rarus öffnet nicht. So sieht er den Mann nicht, der 15 nach einigem Warten vor seiner Tür wieder weggeht: Cäsar.

Ab Mitternacht hält Terentius Scapers Ochsenkarren vor dem Portikus des Südens. Der Veteran hat Frau und Kindern nur mitgeteilt, er habe eine Fuhre[44] zu machen, die ein paar Tage von Rom weg führen werde. Lucilia und ihre Mutter sollten zu Rarus 20 gehen, der für sie sorgen würde.

Jedoch kommt niemand an den Portikus des Südens in dieser Nacht, den Ochsenkarren zu besteigen.

In der Frühe des 15. März wird dem Diktator berichtet, daß sein Sekretär nachts im Palast ermordet worden ist. Die Liste mit 25 den Namen der Verschworenen ist verschwunden. Cäsar wird die Träger dieser Namen an diesem Vormittag im Senat treffen und unter ihren Dolchstößen zusammenbrechen.

Ein Ochsenkarren, geführt von einem alten Soldaten und ruinierten Pächter, wird zu einem Gasthof in der Vorstadt zurück- 30 rollen, wo eine kleine Familie warten wird, der der große Cäsar dreihundert Sesterzien schuldet . . .

---

43. *Vorgärten* — narrows gardens or flower beds directly in front of a building
44. *Fuhre* — hauling job

Der verwundete Sokrates

Sokrates, der Sohn der Hebamme, der in seinen Zwiegesprächen so gut und leicht und unter so kräftigen Scherzen seine Freunde wohlgestalter Gedanken entbinden konnte und sie so mit eigenen Kindern versorgte, anstatt wie andere Lehrer
5 ihnen Bastarde aufzuhängen, galt nicht nur als der klügste aller Griechen, sondern auch als einer der tapfersten. Der Ruf der Tapferkeit scheint uns ganz gerechtfertigt, wenn wir beim Platon[1] lesen, wie frisch und unverdrossen er den Schierlingsbecher[2] leerte, den ihm die Obrigkeit für die seinen Mitbürgern
10 geleisteten Dienste am Ende reichen ließ[3]. Einige seiner Bewunderer aber haben es für nötig gehalten, auch noch von seiner Tapferkeit im Felde zu reden. Tatsächlich kämpfte er in der Schlacht bei Delion[4] mit, und zwar bei den leichtbewaffneten Fußtruppen, da er weder seinem Ansehen nach, er war Schuster,
15 noch seinem Einkommen nach, er war Philosoph, zu den vornehmeren und teueren[5] Waffengattungen eingezogen wurde. Jedoch war, wie man sich denken kann, seine Tapferkeit von besonderer Art.

Sokrates hatte sich am Morgen der Schlacht so gut wie möglich
20 auf das blutige Geschäft vorbereitet, indem er Zwiebeln kaute, was nach Ansicht der Soldaten Mut erzeugte. Seine Skepsis auf vielen Gebieten veranlaßte ihn zur Leichtgläubigkeit auf vielen andern Gebieten; er war gegen die Spekulation und für die prak-

1. *Platon* — Plato
2. *Schierlingsbecher* — cup of hemlock
3. *ihm reichen ließ* — ordered given to him
4. *Delion* — Delium (424 B. C.). The Athenians were actually defeated, not victorious, in this battle.
5. *teueren* — expensive, because one would be required to pay for his own uniform, equipment, etc.

tische Erfahrung, und so glaubte er nicht an die Götter, wohl aber an die Zwiebeln.

Leider verspürte er keine eigentliche Wirkung, jedenfalls keine sofortige, und so trottete er düster in einer Abteilung von Schwertkämpfern, die im Gänsemarsch in ihre Stellung auf 5 irgend einem Stoppelfeld einrückte. Hinter und vor ihm stolperten Athener Jungens aus den Vorstädten, die ihn darauf aufmerksam machten, daß die Schilde der athenischen Zeughäuser für dicke Leute wie ihn zu klein geschnitten seien. Er hatte denselben Gedanken gehabt, nur waren es bei ihm *breite* Leute 10 gewesen, die durch die lächerlich schmalen Schilde nicht halbwegs gedeckt wurden.

Der Gedankenaustausch zwischen seinem Vorder- und seinem Hintermann über die Profite der großen Waffenschmieden aus zu kleinen Schilden wurde abgebrochen durch das Kommando 15 »Lagern«.

Man ließ sich auf den Stoppelboden nieder, und ein Hauptmann wies Sokrates zurecht, weil er versucht hatte, sich auf seinen Schild zu setzen. Mehr als der Anschnauzer[6] selbst beunruhigte ihn die gedämpfte Stimme, mit der er erfolgte. 20

Der Feind schien in der Nähe vermutet zu werden.

Der milchige Morgennebel verhinderte alle Aussicht. Jedoch zeigten die Laute von Tritten und klirrenden Waffen an, daß die Ebene besetzt war.

Sokrates erinnerte sich mit großer Unlust an ein Gespräch, das 25 er am Abend vorher mit einem jungen vornehmen Mann geführt hatte, den er hinter den Kulissen[7] einmal getroffen hatte und der Offizier bei der Reiterei war.

»Ein kapitaler Plan!« hatte der junge Laffe[8] erklärt. »Das Fußvolk steht ganz einfach, treu und bieder aufgestellt da und 30 fängt den Stoß des Feindes auf. Und inzwischen geht die Reiterei in der Niederung vor und kommt ihm in den Rücken.«

Die Niederung mußte ziemlich weit nach rechts, irgendwo im Nebel liegen. Da ging wohl jetzt also die Reiterei vor.

6. *Anschnauzer* — reprimand
7. *hinter den Kulissen* — behind the scenes
8. *Laffe* — simpleton

Der Plan hatte Sokrates gut geschienen oder jedenfalls nicht
schlecht. Es wurden ja immer Pläne gemacht, besonders wenn
man dem Feind unterlegen an Stärke[9] war. In Wirklichkeit
wurde dann einfach gekämpft, das heißt zugehauen. Und man
5 ging nicht da vor, wo der Plan es vorschrieb, sondern da, wo der
Feind es zuließ.

Jetzt, im grauen Morgenlicht, kam der Plan Sokrates ganz und
gar miserabel vor. Was hieß das: das Fußvolk fängt den Stoß
des Feindes auf? Im allgemeinen war man froh, wenn man einem
10 Stoß ausweichen konnte, und jetzt sollte die Kunst darin bestehen[10], ihn aufzufangen! Es war sehr schlimm, daß der Feldherr
selber ein Reiter war.

So viele Zwiebeln gab es gar nicht auf dem Markt, als für den
einfachen Mann nötig waren.

15 Und wie unnatürlich war es, so früh am Morgen, statt im
Bett zu liegen, hier mitten in einem Feld auf dem nackten Boden
zu sitzen, mit mindestens zehn Pfund Eisen auf dem Leib und
einem Schlachtmesser in der Hand! Es war richtig, daß man die
Stadt verteidigen mußte, wenn sie angegriffen wurde, da man
20 sonst dort großen Ungelegenheiten ausgesetzt war, aber warum
wurde die Stadt angegriffen? Weil die Reeder, Weinbergbesitzer
und Sklavenhändler in Kleinasien den persischen Reedern,
Weinbergbesitzern und Sklavenhändlern ins Gehege gekommen
waren[11]! Ein schöner Grund!

25 Plötzlich saßen alle wie erstarrt.

Von links aus dem Nebel kam ein dumpfes Gebrüll, begleitet von einem metallenen Schallen. Es pflanzte sich ziemlich rasch
fort. Der Angriff des Feindes hatte begonnen.

Die Abteilung stand auf. Mit herausgewälzten[12] Augen stierte
30 man in den Nebel vorn. Zehn Schritt zur Seite fiel ein Mann in
die Knie und rief lallend die Götter an. Zu spät, schien es Sokrates.

Plötzlich, wie eine Antwort, erfolgte ein schreckliches Gebrüll
weiter rechts. Der Hilfeschrei schien in einen Todesschrei über-

9. *unterlegen an Stärke* — weaker than
10. *sollte die Kunst darin bestehen* — the trick was supposed to be
11. *ins Gehege gekommen waren* — had gotten in the way of
12. *herausgewälzt* — bulging

gegangen zu sein. Aus dem Nebel sah Sokrates eine kleine Eisenstange geflogen kommen. Ein Wurfspeer!

Und dann tauchten, undeutlich im Dunst, vorn massive Gestal-
ten auf: die Feinde.

Sokrates, unter dem überwältigenden Eindruck, daß er viel- 5
leicht schon zu lange gewartet hatte, wandte sich schwerfällig
um und begann zu laufen. Der Brustpanzer und die schweren
Beinschienen hinderten ihn beträchtlich. Sie waren viel gefähr-
licher als Schilde, da man sie nicht wegwerfen konnte.

Keuchend lief der Philosoph über das Stoppelfeld. Alles hing 10
davon ab, ob er genügend Vorsprung gewann. Hoffentlich fingen
die braven Jungen hinter ihm den Stoß für eine Zeit auf.

Plötzlich durchfuhr ihn ein höllischer Schmerz. Seine linke
Sohle brannte, daß er meinte, es überhaupt nicht aushalten zu
können. Er ließ sich stöhnend zu Boden sinken, ging aber mit 15
einem neuen Schmerzensschrei wieder hoch. Mit irren Augen
blickte er um sich und begriff alles. Er war in ein Dornenfeld
geraten!

Es war ein Gewirr niedriger Hecken mit sehr scharfen Dor-
nen. Auch im Fuß mußte ein Dorn stecken. Vorsichtig, mit trä- 20
nenden Augen, suchte er eine Stelle am Boden, wo er sitzen
konnte. Auf dem gesunden Fuß humpelte er ein paar Schritte im
Kreise, bevor er sich zum zweitenmal niederließ. Er mußte sofort
den Dorn ausziehen.

Gespannt horchte er nach dem Schlachtenlärm: Er zog sich 25
nach beiden Seiten ziemlich weit hin, jedoch war er nach vorn
mindestens hundert Schritte entfernt. Immerhin schien er sich zu
nähern, langsam, aber unverkennbar.

Sokrates konnte die Sandale nicht herunterbekommen. Der
Dorn hatte die dünne Ledersohle durchbohrt und stak tief im 30
Fleisch. Wie konnte man den Soldaten, die die Heimat gegen den
Feind verteidigen sollten, so dünne Schuhe liefern! Jeder Ruck
an der Sandale war von einem brennenden Schmerz gefolgt. Er-
mattet ließ der Arme die massigen Schultern vorsinken. Was
tun? 35

Sein trübes Auge fiel auf das Schwert neben ihm. Ein Gedanke
durchzuckte sein Gehirn, willkommener als je einer in einem

Streitgespräch. Konnte man das Schwert als ein Messer benutzen? Er griff danach.

In diesem Augenblick hörte er dumpfe Tritte. Ein kleiner Trupp brach durch das Gestrüpp. Den Göttern sei Dank, es 5 waren eigene! Sie blieben einige Sekunden stehen, als sie ihn sahen. »Das ist der Schuster«, hörte er sie sagen. Dann gingen sie weiter.

Aber links von ihnen kam jetzt auch Lärm. Und dort ertönten Kommandos in einer fremden Sprache. Die Perser!
10 Sokrates versuchte, wieder auf die Beine zu kommen, das heißt auf das rechte Bein. Er stützte sich auf das Schwert, das nur um wenig[13] zu kurz war. Und dann sah er links, in der kleinen Lichtung, einen Knäuel Kämpfender auftauchen. Er hörte Ächzen und das Aufschlagen stumpfen Eisens auf Eisen oder Leder.
15 Verzweifelt hüpfte er auf dem gesunden Fuß rückwärts. Umknickend kam er wieder auf den verwundeten Fuß zu stehen und sank stöhnend zusammen. Als der kämpfende Knäuel, der nicht groß war, es handelte sich vielleicht um zwanzig oder dreißig Mann, sich auf wenige Schritt genähert hatte, saß der Philosoph
20 auf dem Hintern zwischen zwei Dornsträuchern, hilflos dem Feind entgegenblickend.

Es war unmöglich für ihn, sich zu bewegen. Alles war besser, als diesen Schmerz im Fußballen noch ein einziges Mal zu spüren. Er wußte nicht, was machen, und plötzlich fing er an zu brüllen.
25 Genau beschrieben war es so: Er hörte sich brüllen. Er hörte sich aus seinem mächtigen Brustkasten brüllen wie eine Röhre: »Hierher, dritte Abteilung! Gebt ihnen Saures, Kinder[14]!«

Und gleichzeitig sah er sich, wie er das Schwert faßte und es im Kreise um sich schwang, denn vor ihm stand, aus dem Ge-
30 strüpp aufgetaucht, ein persischer Soldat mit einem Spieß. Der Spieß flog zur Seite und riß den Mann mit.

Und Sokrates hörte sich zum zweiten Male brüllen und sagen: »Keinen Fußbreit mehr[15] zurück, Kinder! Jetzt haben wir sie, wo wir sie haben wollen, die Hundesöhne! Krapolus, vor mit

13. *nur um wenig* — only by a little
14. *Gebt ihnen Saures, Kinder!* — "Give it to them, boys!"
15. *Keinen Fußbreit mehr* — not one step further

der sechsten[16]! Nullos, nach rechts! Zu Fetzen zerreiße ich, wer zurückgeht!«

Neben sich sah er zu seinem Erstaunen zwei von den eigenen, die ihn entsetzt anglotzten. »Brüllt«, sagte er leise, »brüllt, um des Himmels willen!« Der eine ließ die Kinnlade fallen vor 5 Schrecken, aber der andere fing wirklich an zu brüllen, irgendwas. Und der Perser vor ihnen stand mühsam auf und lief ins Gestrüpp.

Von der Lichtung her stolperten ein Dutzend Erschöpfte. Die Perser hatten sich auf das Gebrüll hin[17] zur Flucht gewandt. Sie 10 fürchteten einen Hinterhalt.

»Was ist hier[18]?« fragte einer der Landsleute Sokrates, der immer noch auf dem Boden saß.

»Nichts«, sagte dieser. »Steht nicht so herum und glotzt nicht auf mich. Lauft lieber hin und her und gebt Kommandos, damit 15 man drüben nicht merkt, wie wenige wir sind.«

»Besser, wir gehen zurück«, sagte der Mann zögernd.

»Keinen Schritt«, protestierte Sokrates. »Seid ihr Hasenfüße?«

Und da es für den Soldaten nicht genügt, wenn er Furcht hat, sondern er auch Glück haben muß, hörte man plötzlich von ziem- 20 lich weit her, aber ganz deutlich, Pferdegetrappel und wilde Schreie, und sie waren in griechischer Sprache! Jedermann weiß, wie vernichtend die Niederlage der Perser an diesem Tage war. Sie beendete den Krieg.

Als Alkibiades[19] an der Spitze der Reiterei an das Dornenfeld 25 kam, sah er, wie eine Rotte von Fußsoldaten einen dicken Mann auf den Schultern trug.

Sein Pferd anhaltend, erkannte er den Sokrates in ihm, und die Soldaten klärten ihn darüber auf, daß er die wankende Schlachtreihe durch seinen unerschütterlichen Widerstand zum 30 Stehen gebracht hatte.

16. *vor mit der sechsten!* — forward with the sixth company!
17. *auf das Gebrüll hin* — at the sound of the bellowing
18. *Was ist hier?* — What is going on here?
19. *Alkibiades* — Alcibiades (450—404 B. C.), Athenian general, politician, and admirer of Socrates. Clever but vain and undisciplined, Alcibiades was frequently at odds with the people and authorities of Athens, as is the case later in the story.

Sie trugen ihn im Triumph bis zum Train. Dort wurde er, trotz seines Protestes, auf einen der Fouragewagen gesetzt, und umgeben von schweißübergossenen[20], aufgeregt schreienden Soldaten gelangte er nach der Hauptstadt zurück.

5   Man trug ihn auf den Schultern in sein kleines Haus.

Xanthippe, seine Frau, kochte ihm eine Bohnensuppe. Vor dem Herd kniend und mit vollen Backen das Feuer anblasend, schaute sie ab und zu nach ihm hin. Er saß noch auf dem Stuhl, in den ihn seine Kameraden gesetzt hatten.

10   »Was ist mit *dir* passiert?« fragte sie argwöhnisch.

»Mit mir?« murmelte er, »nichts.«

»Was ist denn das für ein Gerede von deinen Heldentaten?« wollte sie wissen.

»Übertreibungen«, sagte er, »sie riecht ausgezeichnet.«

15   »Wie kann sie riechen, wenn ich das Feuer noch nicht anhabe[21]? Du hast dich wieder zum Narren gemacht, wie?« sagte sie zornig. »Morgen kann ich dann wieder das Gelächter haben, wenn ich einen Wecken holen gehe.«

»Ich habe keineswegs einen Narren aus mir gemacht. Ich habe 20 mich geschlagen.«

»Warst du betrunken?«

»Nein. Ich habe sie zum Stehen gebracht, als sie zurückwichen.«

»Du kannst nicht einmal dich zum Stehen bringen«, sagte sie 25 aufstehend, denn das Feuer brannte. »Gib mir das Salzfaß vom Tisch.«

»Ich weiß nicht«, sagte er langsam und nachdenklich, »ich weiß nicht, ob ich nicht am allerliebsten überhaupt nichts zu mir nähme. Ich habe mir den Magen ein wenig verdorben.«

30   »Ich sagte dir ja, besoffen bist du. Versuch einmal aufzustehen und durchs Zimmer zu gehen, dann werden wir ja sehen.«

Ihre Ungerechtigkeit erbitterte ihn. Aber er wollte unter keinen Umständen aufstehen und ihr zeigen, daß er nicht auftreten konnte. Sie war unheimlich klug, wenn es galt, etwas Ungünsti- 35 ges über ihn herauszubekommen. Und es war ungünstig, wenn

---

20. *schweißübergossen* — drenched with sweat
21. *anhabe* — have going

der tiefere Grund seiner Standhaftigkeit in der Schlacht offenbar wurde.

Sie hantierte weiter mit dem Kessel auf dem Herd herum, und dazwischen teilte sie ihm mit, was sie sich dachte.

»Ich bin überzeugt, deine feinen Freunde haben dir wieder 5 einen Druckposten[22] ganz hinten, bei der Feldküche, verschafft. Da ist ja nichts als Schiebung[23].«

Er sah gequält durch die Fensterluke auf die Gasse hinaus, wo viele Leute mit weißen Laternen herumzogen, da der Sieg gefeiert wurde. 10

Seine vornehmen Freunde hatten nichts dergleichen versucht, und er würde es auch nicht angenommen haben, jedenfalls nicht so ohne weiteres[24].

»Oder haben sie es ganz in der Ordnung gefunden, daß der Schuster mitmarschiert? Nicht den kleinen Finger rühren sie für 15 dich. Er ist Schuster, sagen sie, und Schuster soll er bleiben. Wie können wir sonst zu ihm in sein Dreckloch kommen und stundenlang mit ihm schwatzen und alle Welt sagen hören: Sieh mal an, ob er Schuster ist oder nicht, diese feinen Leute setzen sich doch zu ihm und reden mit ihm über Philersophie[25]. Drek- 20 kiges Pack.«

»Es heißt Philerphobie«, sagte er gleichmütig.

Sie warf ihm einen unfreundlichen Blick zu.

»Belehr mich nicht immer. Ich weiß, daß ich ungebildet bin. Wenn ich es nicht wäre, hättest du niemand, der dir ab und zu 25 ein Schaff Wasser zum Füßewaschen hinstellt.«

Er zuckte zusammen und hoffte, sie hatte es nicht bemerkt. Es durfte heute auf keinen Fall zum Füßewaschen kommen. Den Göttern sei Dank, fuhr sie schon in ihrer Ansprache fort.

»Also betrunken warst du nicht und einen Druckposten haben 30 sie dir auch nicht verschafft. Also mußt du dich wie ein Schläch-

---

22. *Druckposten* — "soft job"
23. *Da ist ja nichts als Schiebung* — "That is nothing but goldbricking"
24. *so ohne weiteres* — without some sort of protest
25. *Philersophie* — Xanthippe mispronounces "philosophy," and Socrates then makes a pun out of her error: "What you really mean is a 'phobia toward philosophy'."

ter aufgeführt haben. Blut hast du an deiner Hand, wie? Aber
wenn ich eine Spinne zertrete, brüllst du los. Nicht als ob ich
glaubte, daß du wirklich deinen Mann gestanden hättest[26], aber
irgend etwas Schlaues, so etwas hintenrum[27], mußt du doch
5 wohl gemacht haben, damit sie dir so auf die Schulter klopfen.
Aber ich bringe es schon noch heraus, verlaß dich drauf.«
    Die Suppe war jetzt fertig. Sie roch verführerisch. Die Frau
nahm den Kessel, stellte ihn, mit ihrem Rock die Henkel anfas-
send, auf den Tisch und begann ihn auszulöffeln.
10   Er überlegte, ob er nicht doch noch seinen Appetit wieder-
gewinnen sollte. Der Gedanke, daß er dann wohl an den Tisch
mußte, hielt ihn rechtzeitig ab.
    Es war ihm nicht wohl zumute. Er fühlte deutlich, daß die
Sache noch nicht vorüber war. Sicher würde es in der nächsten
15 Zeit allerhand Unangenehmes geben. Man entschied nicht eine
Schlacht gegen die Perser und blieb ungeschoren. Jetzt, im ersten
Siegesjubel, dachte man natürlich nicht an den, der das Verdienst
hatte. Man war vollauf beschäftigt, seine eigenen Ruhmestaten
herumzuposaunen[28]. Aber morgen oder übermorgen würde jeder
20 sehen, daß sein Kollege allen Ruhm für sich in Anspruch nahm,
und dann würde man ihn hervorziehen wollen. Viele konnten zu
vielen damit etwas am Zeug flicken[29], wenn sie den Schuster als
den eigentlichen Haupthelden erklärten. Dem Alkibiades war
man sowieso nicht grün[30]. Mit Wonne würde man ihm zurufen:
25 Du hast die Schlacht gewonnen, aber ein Schuster hat sie ausge-
kämpft.
    Und der Dorn schmerzte wilder denn je. Wenn er die Sandale
nicht bald ausbekam, konnte es Blutvergiftung werden.
    »Schmatz nicht so«, sagte er geistesabwesend.
30   Der Frau blieb der Löffel im Mund stecken.
    »Was tue ich?«

26. *deinen Mann gestanden hättest* — stood your ground as a man
27. *hintenrum* — sneaky
28. *Man war vollauf . . . herumzuposaunen* — People had all they
could do to proclaim their own glorious deeds about.
29. *Viele konnten . . . am Zeug flicken* — Many people could embarrass
too many others.
30. *Dem Alkibiades . . . nicht grün* — A lot of people bore Alcibiades
a grudge anyway.

»Nichts«, beeilte er sich erschrocken zu versichern. »Ich war gerade in Gedanken.«

Sie stand außer sich auf, feuerte den Kessel auf den Herd und lief hinaus.

Er seufzte tief auf vor Erleichterung. Hastig arbeitete er sich 5 aus dem Stuhl hoch und hüpfte, sich scheu umblickend, zu seinem Lager hinter. Als sie wieder hereinkam, um ihren Schal zum Ausgehen zu holen, sah sie mißtrauisch, wie er unbeweglich auf der lederbezogenen Hängematte lag. Einen Augenblick dachte sie, es fehle ihm doch etwas. Sie erwog sogar, ihn 10 danach zu fragen, denn sie war ihm sehr ergeben. Aber sie besann sich eines Besseren[31] und verließ maulend die Stube, sich mit der Nachbarin die Festlichkeiten anzusehen.

Sokrates schlief schlecht und unruhig und erwachte sorgenvoll. Die Sandale hatte er herunter, aber den Dorn hatte er nicht zu 15 fassen bekommen[32]. Der Fuß war stark geschwollen.

Seine Frau war heute morgen weniger heftig.

Sie hatte am Abend die ganze Stadt von ihrem Mann reden hören. Es mußte tatsächlich irgend etwas stattgefunden haben,. was den Leuten so imponiert hatte. Daß er eine ganze persische 20 Schlachtreihe aufgehalten haben sollte, wollte ihr allerdings nicht in den Kopf[33]. Nicht er, dachte sie. Eine ganze Versammlung aufhalten mit seinen Fragen, ja, das konnte er. Aber nicht eine Schlachtreihe. Was war also vorgegangen?

Sie war so unsicher, daß sie ihm die Ziegenmilch ans Lager 25 brachte.

Er traf keine Anstalten[34] aufzustehen.

»Willst du nicht 'raus[35]?« fragte sie.

»Keine Lust«, brummte er.

So antwortete man seiner Frau nicht auf eine höfliche Frage, 30 aber sie dachte sich, daß er vielleicht nur vermeiden wollte, sich den Blicken der Leute auszusetzen, und ließ die Antwort passieren.

31. *besann sich eines Besseren* — thought better of it
32. *zu fassen bekommen* — managed to get hold of
33. *wollte ihr nicht in den Kopf* — she could not believe
34. *traf keine Anstalten* — made no move
35. *raus* — get out (of bed)

Früh am Vormittag kamen schon Besucher.

Es waren ein paar junge Leute, Söhne wohlhabender Eltern, sein gewöhnlicher Umgang. Sie behandelten ihn immer als ihren Lehrer, und einige schrieben sogar mit, wenn er zu ihnen sprach, 5 als sei es etwas ganz Besonderes.

Heute berichteten sie ihm sogleich, daß Athen voll von seinem Ruhm sei. Es sei ein historisches Datum für die Philosophie (sie hatte also doch recht gehabt, es hieß Philersophie und nicht anders). Sokrates habe bewiesen, daß der groß Betrachtende auch 10 der groß Handelnde sein könne.

Sokrates hörte ihnen ohne die übliche Spottsucht zu. Während sie sprachen, war es ihm, als höre er, noch weit weg, wie man ein fernes Gewitter hören kann, ein ungeheures Gelächter, das Gelächter einer ganzen Stadt, ja eines Landes, weit weg, aber sich 15 nähernd, unaufhaltsam heranziehend, jedermann ansteckend, die Passanten auf den Straßen, die Kaufleute und Politiker auf dem Markt, die Handwerker in ihren kleinen Läden.

»Es ist alles Unsinn, was ihr da redet«, sagte er mit einem plötzlichen Entschluß. »Ich habe gar nichts gemacht.«

20   Lächelnd sahen sie sich an. Dann sagte einer:

»Genau, was wir auch sagten. Wir wußten, daß du es so auffassen würdest. Was ist das jetzt für ein Geschrei plötzlich, fragten wir Eusopulos vor den Gymnasien[36]. Zehn Jahre hat Sokrates die großen Taten des Geistes verrichtet, und kein Mensch hat sich 25 auch nur nach ihm umgeblickt. Jetzt hat er eine Schlacht gewonnen, und ganz Athen redet von ihm. Seht ihr nicht ein, sagten wir, wie beschämend das ist?«

Sokrates stöhnte.

»Aber ich habe sie ja gar nicht gewonnen. Ich habe mich ver30 teidigt, weil ich angegriffen wurde. Mich interessierte diese Schlacht nicht. Ich bin weder ein Waffenhändler, noch habe ich Weinberge in der Umgebung. Ich wüßte nicht, für was ich Schlachten schlagen sollte. Ich steckte unter lauter vernünftigen Leuten aus den Vorstädten, die kein Interesse an Schlachten ha-

---

36. *Gymnasien* — The Athenian gymnasia, originally devoted solely to physical culture, also served as schools and were meeting places for the philosophers and sophists.

ben, und ich tat genau, was sie alle auch taten, höchstens einige
Augenblicke vor ihnen.«

Sie waren wie erschlagen.

»Nicht wahr«, riefen sie, »das haben wir auch gesagt. Er hat
nichts getan als sich verteidigt. Das ist seine Art, Schlachten zu 5
gewinnen. Erlaube, daß wir in die Gymnasien zurückeilen. Wir
haben ein Gespräch über dieses Thema nur unterbrochen, um dir
guten Tag zu sagen.«

Und sie gingen, wollüstig in Gespräch vertieft.

Sokrates lag schweigend, auf die Ellbogen gestützt, und sah 10
nach der rußgeschwärzten[37] Decke. Er hatte recht gehabt mit seinen finsteren Ahnungen.

Seine Frau beobachtete ihn von der Ecke des Zimmers aus. Sie
flickte mechanisch an einem alten Rock herum.

Plötzlich sagte sie leise: »Also was steckt dahinter?« 15
Er fuhr zusammen. Unsicher schaute er sie an.

Sie war ein abgearbeitetes Wesen[38], mit einer Brust wie ein
Brett und traurigen Augen. Er wußte, daß er sich auf sie verlassen konnte. Sie würde ihm noch die Stange halten[39], wenn seine
Schüler schon sagen würden: »Sokrates? Ist das nicht dieser üble 20
Schuster, der die Götter leugnet?« Sie hatte es schlecht mit ihm
getroffen[40], aber sie beklagte sich nicht, außer zu ihm hin. Und
es hatte noch keinen Abend gegeben, wo nicht ein Brot und ein
Stück Speck für ihn auf dem Sims gestanden hatte, wenn er hungrig vorbeigekommen war von seinen wohlhabenden Schülern. 25

Er fragte sich, ob er ihr alles sagen sollte. Aber dann dachte er
daran, daß er in der nächsten Zeit in ihrer Gegenwart eine ganze
Menge Unwahres und Heuchlerisches würde sagen müssen, wenn
Leute kamen wie eben jetzt und von seinen Heldentaten redeten,
und das konnte er nicht, wenn sie die Wahrheit wußte, denn er 30
achtete sie.

So ließ er es sein und sagte nur: »Die kalte Bohnensuppe von
gestern abend stinkt wieder die ganze Stube aus.«

Sie schickte ihm nur einen neuen mißtrauischen Blick zu.

37. *rußgeschwärzt* — blackened by soot
38. *abgearbeitet* — toil-worn
39. *ihm die Stange halten* — stick by him
40. *schlecht mit ihm getroffen* — made a bad choice in him

Natürlich waren sie nicht in der Lage, Essen wegzuschütten.
Er suchte nur etwas, was sie ablenken konnte. In ihr wuchs die
Überzeugung, daß etwas mit ihm los war. Warum stand er nicht
auf? Er stand immer spät auf, aber nur, weil er immer spät zu
5 Bett ging. Gestern war es sehr früh gewesen. Und heute war die
ganze Stadt auf den Beinen, der Siegesfeiern wegen. In der Gasse
waren alle Läden geschlossen. Ein Teil der Reiterei war früh fünf
Uhr von der Verfolgung des Feindes zurückgekommen, man
hatte das Pferdegetrappel gehört. Menschenaufläufe waren eine
10 Leidenschaft von ihm. Er lief an solchen Tagen von früh bis spät
herum und knüpfte Gespräche an. Warum stand er also nicht
auf?

Die Tür verdunkelte sich, und herein kamen vier Magistratspersonen. Sie blieben mitten in der Stube stehen, und einer sagte
15 in geschäftsmäßigem, aber überaus höflichem Ton, er habe den
Auftrag, Sokrates in den Areopag[41] zu bringen. Der Feldherr
Alkibiades selber habe den Antrag gestellt, es solle ihm für seine
kriegerischen Leistungen eine Ehrung[42] bereitet werden.

Ein Gemurmel von der Gasse her zeigte an, daß sich die Nach-
20 barn vor dem Haus versammelten.

Sokrates fühlte, wie ihm der Schweiß ausbrach. Er wußte, daß
er jetzt aufstehen und, wenn er schon mitzugehen ablehnte, doch
wenigstens stehend etwas Höfliches sagen und die Leute zur Tür
geleiten mußte. Und er wußte, daß er nicht weiter kommen
25 würde als höchstens zwei Schritte weit. Dann würden sie nach
seinem Fuß schauen und Bescheid wissen. Und das große Gelächter würde seinen Anfang nehmen, hier und jetzt.

Er ließ sich also, anstatt aufzustehen, auf sein hartes Polster
zurücksinken und sagte mißmutig:

30 »Ich brauche keine Ehrung. Sagt dem Areopag, daß ich mich
mit einigen Freunden für elf Uhr verabredet habe, um eine philo-
sophische Frage, die uns interessiert, durchzusprechen, und also
zu meinem Bedauern nicht kommen kann. Ich eigne mich durchaus nicht für öffentliche Veranstaltungen und bin viel zu müde.«
35   Das letztere fügte er hinzu, weil es ihn ärgerte, daß er die

41. *Areopag* — Areopagus, the supreme tribunal of Athens
42. *Ehrung* — testimonial

Philosophie hereingezogen hatte, und das erstere sagte er, weil er sie mit Grobheit am leichtesten loszuwerden hoffte.

Die Magistratspersonen verstanden denn auch diese Sprache. Sie drehten sich auf den Hacken um und gingen weg, dem Volk, das draußen stand, auf die Füße tretend.   5

»Dir werden sie die Höflichkeit zu Amtspersonen noch beibringen«, sagte seine Frau verärgert und ging in die Küche.

Sokrates wartete, bis sie draußen war, dann drehte er seinen schweren Körper schnell im Bett herum, setzte sich, nach der Tür schielend, auf die Bettkante und versuchte mit unendlicher Vor- 10 sicht, mit dem kranken Fuß aufzutreten. Es schien aussichtslos.

Schweißüberströmt legte er sich zurück.

Eine halbe Stunde verging. Er nahm ein Buch vor und las. Wenn er den Fuß ruhig hielt, merkte er fast nichts.

Dann kam sein Freund Antisthenes[43].   15

Er zog seinen dicken Überrock nicht aus, blieb am Fußende des Lagers stehen, hustete etwas krampfhaft und kratzte sich seinen struppigen Bart am Hals, auf Sokrates schauend.

»Liegst du noch? Ich dachte, ich treffe nur Xanthippe. Ich bin eigens aufgestanden, um mich nach dir zu erkundigen. Ich war 20 stark erkältet und konnte darum gestern nicht dabei sein.«

»Setz dich«, sagte Sokrates einsilbig.

Antisthenes holte sich einen Stuhl aus der Ecke und setzte sich zu seinem Freund.

»Ich beginne heute abend wieder mit dem Unterricht. Kein 25 Grund, länger auszusetzen.«

»Nein.«

»Ich fragte mich natürlich, ob sie kommen würden. Heute sind die großen Essen. Aber auf dem Weg hierher begegnete ich dem jungen Pheston, und als ich ihm sagte, daß ich abends Algebra 30 gebe, war er einfach begeistert. Ich sagte, er könne im Helm kommen. Der Protagoras[44] und die andern werden vor Ärger hoch-

43. *Antisthenes* — (450—365 B. C.), Athenian philosopher, student and follower of Socrates
44. *Protagoras* — (481—411 B. C.), first Sophist among the Greek philosophers

gehen[45], wenn es heißt: Bei dem Antisthenes haben sie am Abend
nach der Schlacht weiter Algebra studiert.«

Sokrates schaukelte sich ganz leicht in seiner Hängematte, indem er sich mit der flachen Hand an der etwas schiefen Wand
5 abstieß. Mit seinen herausstehenden Augen sah er forschend auf
den Freund.

»Hast du sonst noch jemand getroffen?«

»Menge Leute.«

Sokrates sah schlecht gelaunt nach der Decke. Sollte er dem
10 Antisthenes reinen Wein einschenken[46]? Er war seiner ziemlich
sicher. Er selber nahm nie Geld für Unterricht und war also
keine Konkurrenz für Antisthenes. Vielleicht sollte er ihm wirklich den schwierigen Fall unterbreiten.

Antisthenes sah mit seinen funkelnden Grillenaugen[47] neu-
15 gierig den Freund an und berichtete:

»Der Gorgias[48] geht herum und erzählt allen Leuten, du müß-
test davongelaufen sein und in der Verwirrung die falsche Richtung, nämlich nach vorn, eingeschlagen haben. Ein paar von den
besseren jungen Leuten wollen ihn schon deswegen verprügeln.«
20 Sokrates sah ihn unangenehm überrascht an.

»Unsinn«, sagte er verärgert. Es war ihm plötzlich klar, was
seine Gegner gegen ihn in der Hand hatten, wenn er Farbe bekannte.

Er hatte nachts, gegen Morgen zu, gedacht, er könne vielleicht
25 die ganze Sache als ein Experiment drehen und sagen, er habe
sehen wollen, wie groß die Leichtgläubigkeit aller sei. »Zwanzig
Jahre habe ich auf allen Gassen Pazifismus gelehrt, und ein Gerücht genügte, daß mich meine eigenen Schüler für einen Berser-
ker hielten« usw. usw. Aber da hätte die Schlacht nicht gewon-
30 nen werden dürfen. Offenkundig war jetzt eine schlechte Zeit für
Pazifismus. Nach einer Niederlage waren sogar die Oberen eine
Zeitlang Pazifisten, nach einem Sieg sogar die Unteren Kriegsanhänger, wenigstens eine Zeitlang, bis sie merkten, daß für sie

45. *vor Ärger hochgehen* — "hit the ceiling"
46. *reinen Wein einschenken* — see footnote 6, p. 4
47. *Grillenaugen* — cricket's eyes
48. *Gorgias* — (483—375 B. C.), Sophist and agnostic philosopher

Sieg und Niederlage nicht so verschieden waren. Nein, mit Pazifismus konnte er jetzt nicht Staat machen[49].

Von der Gasse kam Pferdegetrappel. Reiter hielten vor dem Haus, und herein trat, mit seinem beschwingten Schritt, Alkibiades.

»Guten Morgen, Antisthenes, wie geht das Philosophiegeschäft[50]? Sie sind außer sich«, rief er strahlend. »Sie toben auf dem Areopag über deine Antwort, Sokrates. Um einen Witz zu machen, habe ich meinen Antrag, dir den Lorbeerkranz zu verleihen, abgeändert in den Antrag, dir fünfzig Stockschläge zu verleihen. Das hat sie natürlich verschnupft[51], weil es genau ihrer Stimmung entsprach. Aber du mußt doch mitkommen. Wir werden zu zweit hingehen, zu Fuß.«

Sokrates seufzte. Er stand sich sehr gut mit dem jungen Alkibiades. Sie hatten oftmals miteinander getrunken. Es war freundlich von ihm, ihn aufzusuchen. Es war sicher nicht nur der Wunsch, den Areopag vor den Kopf zu stoßen. Und auch dieser letztere Wunsch war ehrenvoll und mußte unterstützt werden.

Bedächtig sagte er endlich, sich weiterschaukelnd in seiner Hängematte: »Eile heißt der Wind, der das Baugerüst umwirft. Setz dich.«

Alkibiades lachte und zog einen Stuhl heran. Bevor er sich setzte, verbeugte er sich höflich vor Xanthippe, die in der Küchentür stand, sich die nassen Hände am Rock abwischend.

»Ihr Philosophen seid komische Leute«, sagte er ein wenig ungeduldig. »Vielleicht tut es dir schon wieder leid, daß du uns hast die Schlacht gewinnen helfen. Antisthenes hat dich wohl darauf aufmerksam gemacht, daß nicht genügend viele Gründe dafür vorlagen?«

»Wir haben von Algebra gesprochen«, sagte Antisthenes schnell und hustete wieder.

Alkibiades grinste.

»Ich habe nichts anderes erwartet. Nur kein Aufheben machen von so was, nicht? Nun, meiner Meinung nach war es einfach

49. *Staat machen* — get anywhere
50. *Philosophiegeschäft* — "philosophy racket"
51. *verschnupft* — disappointed, nettled

Tapferkeit. Wenn ihr wollt, nichts Besonderes, aber was sollen eine Handvoll Lorbeerblätter Besonderes sein[52]? Beiß die Zähne zusammen und laß es über dich ergehen[53], Alter. Es ist schnell herum und schmerzt nicht. Und dann gehen wir einen heben.«

5 Neugierig blickte er auf die breite, kräftige Figur, die jetzt ziemlich stark ins Schaukeln geraten war.

Sokrates überlegte schnell. Es war ihm etwas eingefallen, was er sagen konnte. Er konnte sagen, daß er sich gestern nacht oder heute morgen den Fuß verstaucht hatte. Zum Beispiel, als ihn die

10 Soldaten von ihren Schultern heruntergelassen hatten. Da war sogar eine Pointe drin. Der Fall zeigte, wie leicht man durch die Ehrungen seiner Mitbürger zu Schaden kommen konnte.

Ohne aufzuhören, sich zu wiegen, beugte er sich nach vorn, so daß er aufrecht saß, rieb sich mit der rechten Hand den nackten

15 Arm und sagte langsam:

»Die Sache ist so. Mein Fuß . . .«

Bei diesem Wort fiel sein Blick, der nicht ganz stetig war, denn jetzt hieß es[54], die erste wirkliche Lüge in dieser Angelegenheit auszusprechen, bisher hatte er nur geschwiegen, auf

20 Xanthippe in der Küchentür.

Sokrates versagte die Sprache. Er hatte plötzlich keine Lust mehr, seine Geschichte vorzubringen. Sein Fuß war nicht verstaucht.

Die Hängematte kam zum Stillstand.

25 »Höre, Alkibiades«, sagte er energisch und mit ganz frischer Stimme, »es kann in diesem Falle nicht von Tapferkeit geredet werden. Ich bin sofort, als die Schlacht begann, das heißt, als ich die ersten Perser auftauchen sah, davongelaufen, und zwar in der richtigen Richtung, nach hinten. Aber da war ein Distelfeld. Ich

30 habe mir einen Dorn in den Fuß getreten und konnte nicht weiter. Ich habe dann wie ein Wilder um mich gehauen und hätte beinahe einige von den eigenen getroffen. In der Verzweiflung schrie ich irgend was von anderen Abteilungen, damit die Perser glauben sollten, da seien welche, was Unsinn war, denn sie ver-

---

52. *was sollen . . . Besonderes sein?* — what is so special about . . .?
53. *laß es über dich ergehen* — bear it patiently
54. *hieß es* — he was going to have to

stehen natürlich nicht Griechisch. Anderseits scheinen sie aber
ebenfalls ziemlich nervös gewesen zu sein. Sie konnten wohl das
Gebrüll einfach nicht mehr ertragen, nach allem, was sie bei dem
Vormarsch hatten durchmachen müssen. Sie stockten einen
Augenblick, und dann kam schon unsere Reiterei. Das ist alles.« 5
Einige Sekunden war es sehr still in der Stube. Alkibiades sah
ihn starr an. Antisthenes hustete hinter der vorgehaltenen Hand,
diesmal ganz natürlich. Von der Küchentür her, wo Xanthippe
stand, kam ein schallendes Gelächter. Dann sagte Antisthenes
trocken: 10

»Und da konntest du natürlich nicht in den Areopag gehen
und die Treppen hinaufhinken, um den Lorbeerkranz in Empfang zu nehmen. Das verstehe ich.«

Alkibiades legte sich in seinem Stuhl zurück und betrachtete
mit zusammengekniffenen[55] Augen den Philosophen auf dem La- 15
ger. Weder Sokrates noch Antisthenes sahen nach ihm hin.

Er beugte sich wieder vor und umschlang mit den Händen sein
eines Knie. Sein schmales Knabengesicht zuckte ein wenig, aber
es verriet nichts von seinen Gedanken oder Gefühlen.

»Warum hast du nicht gesagt, du hast irgendeine andere 20
Wunde?« fragte er.

»Weil ich einen Dorn im Fuß habe«, sagte Sokrates grob.

»Oh, deshalb?« sagte Alkibiades. »Ich verstehe.« Er stand
schnell auf und trat an das Bett.

»Schade, daß ich meinen eigenen Kranz nicht mit hergebracht 25
habe. Ich habe ihn meinem Mann zum Halten gegeben. Sonst
würde ich ihn jetzt dir dalassen. Du kannst mir glauben, daß ich
dich für tapfer genug halte. Ich kenne niemand, der unter diesen Umständen erzählt hätte, was du erzählt hast.«

Und er ging rasch hinaus. 30

Als dann Xanthippe den Fuß badete und den Dorn auszog,
sagte sie übellaunig:

»Es hätte eine Blutvergiftung werden können.«

»Mindestens«, sagte der Philosoph.

***

55. *zusammengekniffen* — squinted

Fragen

DER AUGSBURGER KREIDEKREIS

1. Warum rieten Zinglis Freunde ihm zur Flucht aus Augsburg?
2. Warum folgte er diesem Rat nicht?
3. Warum war seine Frau noch da, als die Truppen in den Hof drangen?
4. Warum hat Anna das Kind nicht mitgenommen, als sie nach der Plünderung den Hof verließ?
5. Warum glaubte Anna, daß Frau Zingli doch noch bei ihrem Onkel war?
6. Warum nimmt Anna nach dem nächtlichen Besuch im Hof das Kind diesmal mit?
7. Aus welchem Grund stellte Anna ihrer Schwägerin das Kind als ihr eigenes vor?
8. Was meint der Bruder zu dieser Lüge, nachdem Anna ihm die Wahrheit sagt?
9. Warum mußte der Hof bei den Nachbarn bald ins Gerede kommen?
10. Was für einen Mann hatte der Bruder für Anna gefunden?
11. Welche Nachricht erwartet Anna nach der Hochzeit?
12. Was erfährt der Bruder, als er Otterer endlich besucht?
13. Was für einen Eindruck hat Otterer während der Unterhaltung auf Annas Bruder gemacht?
14. Wo und wie haben Anna und Otterer sich getroffen?
15. Welchen Eindruck macht Otterer bei der Begegnung auf Anna?
16. Warum wird es für Anna nun schwieriger, mit dem Kind auf dem Hofe zu bleiben?
17. Was hält sie davon zurück, vom Hofe wegzugehen?
18. Warum wird Anna böse, als Otterer eines Tages auf dem Hof erschien?
19. Was nahm sie noch mehr gegen ihn ein?
20. Warum bleibt Anna nach diesem Besuch noch wochenlang bei ihrem Bruder?
21. Was bringt sie zu dem Entschluß, von ihrem Krankenbett endlich aufzustehen?

22. Was für ein Leben führt sie in der Hütte nach ihrem Fluchtversuch?
23. Warum kehrt sie nach mehreren Jahren nach Augsburg zurück?
24. Wohin führt sie ihr erster Gang in der Stadt?
25. Wie hatte sich die politische Situation inzwischen geändert?
26. Wieso hatte Anna Glück, daß ihre Rechtssache an einen ganz besonderen Mann verwiesen wird?
27. Beschreiben Sie Ignaz Dollinger.
28. Welche Rolle spielt die Gerberei im Prozeß um das Kind?
29. Warum sind am Gerichtstag so viele Menschen in der Stadt?
30. Welche Anordnung trifft der Richter, damit die Prozesse kürzer ausfallen?
31. Was geschieht, als Anna und das Kind sich nach der Trennung im Gerichtssaal wiedersehen?
32. Was war wohl nach Frau Zingli der Grund, warum Anna damals das Kind genommen hatte?
33. Wieso ist die Aussage von Herrn Zinglis Verwandten für Frau Zingli nicht besonders günstig?
34. Was beweist Dollinger, daß Anna Vernunft besitzt?
35. Warum macht der Richter nach der Zeugenaussage eine Pause?
36. Wo hat Dollinger die Probe mit dem Kreidekreis gefunden?
37. Warum soll diejenige die echte Mutter sein, die das Kind aus dem Kreise zieht?
38. Warum zieht Anna nicht?
39. Warum erklärte Dollinger Anna als die rechte Mutter?

DER MANTEL DES KETZERS

1. Warum gilt Giordano Bruno allgemein als ein großer Mann?
2. Wie kam er in die Hände der Inquisition?
3. Warum war Mocenigo nicht mit dem Unterricht Brunos zufrieden?
4. Wie lange dauerte der Prozeß um Brunos Leben?
5. Warum ging der Schneider zum Haus des Herrn Mocenigo?
6. Warum entschloß sich nun Zunto, auf sein Geld zu verzichten?

7. Wie erfuhr seine Frau von diesem Entschluß?
8. Was hat man Zunto im Gebäude des Heiligen Offiziums versprochen?
9. Was geschah, als Frau Zunto ihrem Beichtvater die Sache erzählte?
10. Was ist ihr im Gebäude des Heiligen Offiziums passiert?
11. Warum waren die Venetianer gegen die Auslieferung Brunos nach Rom?
12. Was tut Bruno, als Frau Zunto wieder das Geld von ihm verlangt?
13. Von wem hofft er noch das Geld zu bekommen?
14. Welchen Erfolg hat dieser Versuch?
15. Warum wollte Frau Zunto den Mantel nicht zurücknehmen?
16. Warum erlaubt man Bruno nicht, seine Habseligkeiten zu verkaufen und das Geld den Zuntos zu geben?
17. Warum will Bruno Herrn Mocenigo verklagen?
18. Warum riß Frau Zunto bei den Worten „paar Skudi" die Geduld?
19. Wieso ist es erstaunlich, daß Bruno sich noch um den Mantel gekümmert hat?
20. Warum hätte er den Mantel jetzt gut brauchen können?

CÄSAR UND SEIN LEGIONÄR

1. Warum könnte ein Fremder Rom imposanter denn je finden?
2. Welches große Unternehmen bereitet Cäsar vor?
3. Wieso ist die Haltung des Senats merkwürdig?
4. Welche Rolle spielt Kleopatra in diesen Vorbereitungen?
5. Was erfährt Cäsar, als er seinen Finanzleuten seine Pläne erklärt?
6. Warum läßt Cäsar fünf Bankiers verhaften?
7. Was enthält das Dossier, das Cäsar von seinem Gewährsmann bekommt?
8. Was ist die Aufgabe des Polizeiädils und warum ist sie nun schwierig?
9. Beschreiben Sie Cäsars Vision von seinem kommenden Tod.
10. Warum wäre der Diktator in Alexandrien vielleicht noch sicher?

11. Warum will sich Cäsar an das Volk wenden?
12. Warum rechnet die Opposition sicher mit einem Gegenschlag Cäsars?
13. Warum ist es ein Fehler, daß Cäsar den Senatoren seinen Plan beschreibt?
14. Warum ist es Cäsar wichtig, die Stimmung in den demokratischen Kreisen zu kennen?
15. Warum ist man in diesen Kreisen Cäsar gegenüber skeptisch?
16. Warum beruhigt der Besuch bei Cäsar Kleopatra nicht?
17. Welchen Zweck soll die neue, freie Verfassung haben?
18. Warum fürchtet Cäsar sich nicht, allein zum Hunderennen zu gehen?
19. Erreicht er das, was er hier erreichen wollte? Warum?
20. Wer ist Carpo?
21. Warum schweigt er während der Unterhaltung mit Cäsar?
22. Wieso hat der Sekretär Schwierigkeiten, wieder in den Palast zu kommen?
23. Warum schickt Cäsar die Juristen schlafen, die an der neuen Verfassung arbeiten?
24. Warum ist Rarus ermordet worden?
25. Was ist der Unterschied zwischen Cäsars früherer Vision und seinem wirklichen Sterben?
26. Warum fährt Terentius Scaper mit seiner Familie nach Rom?
27. Was sagen Scaper die verschärfte Kontrolle und die Militärpatrouillen?
28. Worüber wundert er sich?
29. Warum geht er gleich zu Rarus?
30. Wieso ist Lucilia daran schuld, daß die Familie in Rom ist?
31. Warum ist Cäsar gekommen, Rarus aufzusuchen?
32. Warum glaubt er, daß er Rarus vertrauen kann?
33. Wieso ist Scaper stolz, obwohl er hinausgeworfen wird?
34. Warum will Scaper die Lucilia zum Herrn Pompilius schicken?
35. Warum wird Rarus verhört?
36. Wie steht Pompilius zu Cäsar?
37. Warum wird Rarus rasend, als er die dreihundert Sesterzien sieht?

38. Was macht er nachher mit dem Geld?
39. Warum will Scaper sich verjüngen?
40. Wie soll Scaper Cäsar retten?
41. Warum versucht Rarus, Cäsar mitten in der Nacht zu sprechen?
42. Warum läßt er Cäsar nicht ein, als der Diktator bei ihm anklopft?
43. Welchen Einfluß hat Cäsars Schicksal auf das Leben seines Legionärs?

DER VERWUNDETE SOKRATES

1. Warum wurde Sokrates zu den leichtbewaffneten Fußtruppen eingezogen?
2. Warum kauten die Soldaten Zwiebeln vor der Schlacht?
3. Warum beunruhigte Sokrates die gedämpfte Stimme des Hauptmanns?
4. Beschreiben Sie den griechischen Schlachtplan.
5. Was gefiel nun Sokrates nicht an dem Plan?
6. Was war in seinen Augen der Grund des Krieges?
7. Was machte er, als er die Feinde auftauchen sah?
8. Was verursachte ihm höllischen Schmerz?
9. Warum konnte er den Dorn nicht herausziehen?
10. Was machte Sokrates, als der Kampf nun in seine Nähe kam?
11. Warum flüchteten sich die Perser?
12. Wieso hatte die kleine Gruppe jetzt Glück?
13. Wie ist Sokrates nach Hause gekommen?
14. Was meint Xanthippe zu seinem plötzlichen Ruhm?
15. Wie stellt sie sich seine Rolle in der Schlacht vor?
16. Warum will Sokrates die Suppe nicht essen?
17. Warum würde man erst morgen oder übermorgen in Sokrates den Haupthelden der Schlacht erkennen?
18. Warum verließ Xanthippe endlich das Zimmer?
19. Wie erklärt sie es sich, daß Sokrates auch am folgenden Morgen nicht aus dem Hause gehen will?
20. Welche Nachricht bringen ihm die ersten Besucher?
21. Was meint Sokrates bei ihren Worten zu hören?

22. Warum sagt ihnen Sokrates, daß er weder Waffenhändler noch Weinbergsbesitzer sei?
23. Warum gelingt es ihm nicht, sie davon zu überzeugen, daß er die Schlacht nicht gewonnen hatte?
24. Warum will Sokrates seiner Frau immer noch nicht die Wahrheit sagen?
25. Warum wird Xanthippe nicht wieder böse wie am vorigen Abend?
26. Was für einen Auftrag haben die Magistratspersonen?
27. Was tut Sokrates, um sie loszuwerden?
28. Warum hatte Antisthenes seinen Unterricht unterbrechen müssen?
29. Warum weiß Sokrates, daß er Antisthenes trauen kann?
30. Warum sagt er ihm aber doch nicht die Wahrheit?
31. Wann wird sogar der gemeine Mann Kriegsanhänger?
32. Warum kommt der Feldherr Alkibiades zu Sokrates?
33. Wie will Sokrates ihm seinen „verwundeten" Fuß erklären?
34. Warum verliert er die Lust, diese Lüge auszusprechen?
35. Welchen Grund gibt Sokrates für die Flucht der Perser?
36. Welche Frage stellt nun Alkibiades?
37. Warum meint er, Sokrates sei doch ein tapferer Mensch?

HEINRICH BÖLL

Introduction

Heinrich Böll, born in Cologne (Rhineland) in 1917, is one of the few West German writers who, after World War II, have succeeded in reaching an international audience. He has received many literary prizes, among them one from the *Tribune de Paris,* and several of his books have been published in the United States.

In his shorter fiction, Böll continues a definite European tradition which began in the Twenties and Thirties and usually bears the label of "Neue Sachlichkeit." This expression, borrowed from architecture, means approximately "a new matter-of-factness." Böll strives for simplicity. He has a recognizable story line. He creates certain dramatic situations and shows us the reactions of his characters. Frequently, the situations are stronger than the people. Again and again, his unheroic heroes, his unsoldierly soldiers are overwhelmed by dilemmas which cannot be solved: they can only be endured.

Two of the samples offered here are sketches, almost mood pieces. For many years, European newspapers and magazines have printed such *Feuilletons,* as they are called: minor prose compositions, often with only a hint of action or characterization. Fortunately, Böll always manages to give even these small stories a definite frame and recognizable characters. Even as slight a sketch as "An der Brücke" has a beginning, an end, a special atmosphere, and a hero of decided individuality.

Two of our stories, and many of Böll's other productions, present a disabled veteran and his struggle for survival in a newly prosperous, overefficient world. Just as the narrator of "An der Brücke" does not really care about traffic statistics, so the one-legged ex-soldier of "Mein teures Bein" is not in the least interested in becoming a "useful member of society." This society, enamored of money and security, is abhorrent to

Böll. Only the smart operators in "Abenteuer eines Brotbeutels" make money, but even they are not secure, because life is
capricious, unpredictable and, fortunately, never dull.

Böll has written a number of satires and mock-heroic nar-
ratives. Our "Abenteuer eines Brotbeutels," tracing the ad-
ventures of a musette bag from World War I to World War II,
pokes fun at the military mind and machinery, with a
few especially pointed barbs reserved for the Hitler régime.
"Erinnerungen eines jungen Königs" is a light comedy domi-
nated by a typical Böll hero: an unkinglike king. This element
of satire prevents most of Böll's stories from becoming too
dark, too melancholy.

This is the first collection of Böll's writing to be published
for students in the United States. The editors hope you will
like them, and so does the author who wrote us that he
would be very much interested in hearing the reaction of
American students.

An der Brücke

Die haben mir meine Beine geflickt und haben
mir einen Posten gegeben, wo ich sitzen kann: ich zähle die
Leute, die über die neue Brücke gehen. Es macht ihnen ja
Spaß,[1] sich ihre Tüchtigkeit mit Zahlen zu belegen, sie berauschen sich an diesem sinnlosen Nichts aus ein paar Ziffern, 5
und den ganzen Tag, den ganzen Tag, geht mein stummer
Mund wie ein Uhrwerk, indem ich Nummer auf Nummer
häufe, um ihnen abends den Triumph einer Zahl zu schenken.
Ihre Gesichter strahlen, wenn ich ihnen das Ergebnis meiner
Schicht mitteile, je höher die Zahl, um so mehr strahlen sie, 10
und sie haben Grund, sich befriedigt ins Bett zu legen, denn
viele Tausende gehen täglich über ihre neue Brücke . . .

Aber ihre Statistik stimmt nicht. Es tut mir leid, aber sie
stimmt nicht. Ich bin ein unzuverlässiger Mensch, obwohl ich
es verstehe, den Eindruck von Biederkeit zu erwecken. 15

Insgeheim macht es mir Freude, manchmal einen zu unterschlagen und dann wieder, wenn ich Mitleid empfinde, ihnen
ein paar zu schenken. Ihr Glück liegt in meiner Hand. Wenn
ich wütend bin, wenn ich nichts zu rauchen habe, gebe ich nur
den Durchschnitt an, manchmal unter dem Durchschnitt, und 20
wenn mein Herz aufschlägt, wenn ich froh bin, lasse ich
meine Großzügigkeit in einer fünfstelligen Zahl verströmen.
Sie sind ja so glücklich! Sie reißen mir jedesmal das Ergebnis
förmlich aus der Hand, und ihre Augen leuchten auf, und sie
klopfen mir auf die Schulter. Sie ahnen ja nichts! Und dann 25
fangen sie an zu multiplizieren, zu dividieren, zu prozen-

1. *es macht ihnen Spaß* — they enjoy

tualisieren,[2] ich weiß nicht was. Sie rechnen aus, wieviel heute
jede Minute über die Brücke gehen und wieviel in zehn Jahren
über die Brücke gegangen sein werden. Sie lieben das zweite
Futur,[3] das zweite Futur ist ihre Spezialität — und doch, es
5 tut mir leid, daß alles nicht stimmt . . .

Wenn meine kleine Geliebte über die Brücke kommt — und
sie kommt zweimal am Tage —, dann bleibt mein Herz einfach stehen. Das unermüdliche Ticken meines Herzens setzt
einfach aus, bis sie in die Allee eingebogen und verschwunden
10 ist. Und alle, die in dieser Zeit passieren, verschweige ich
ihnen. Diese zwei Minuten gehören mir, mir ganz allein, und
ich lasse sie mir nicht nehmen. Und auch wenn sie abends
wieder zurückkommt aus ihrer Eisdiele — ich weiß inzwischen, daß sie in einer Eisdiele arbeitet —, wenn sie auf der
15 anderen Seite des Gehsteiges meinen stummen Mund passiert,
der zählen, zählen muß, dann setzt mein Herz wieder aus, und
ich fange erst wieder an zu zählen, wenn sie nicht mehr zu sehen
ist. Und alle, die das Glück haben, in diesen Minuten vor
meinen blinden Augen zu defilieren, gehen nicht in die Ewig-
20 keit der Statistik ein: Schattenmänner und Schattenfrauen,
nichtige Wesen, die im zweiten Futur der Statistik nicht mit-
marschieren werden . . .

Es ist klar, daß ich sie liebe. Aber sie weiß nichts davon,
und ich möchte auch nicht, daß sie es erfährt. Sie soll nicht
25 ahnen, auf welche ungeheure Weise sie alle Berechnungen
über den Haufen wirft, und ahnungslos und unschuldig soll
sie mit ihren langen braunen Haaren und den zarten Füßen
in ihre Eisdiele marschieren, und sie soll viel Trinkgeld bekommen. Ich liebe sie. Es ist ganz klar, daß ich sie liebe.

30 Neulich haben sie mich kontrolliert. Der Kumpel,[4] der auf
der anderen Seite sitzt und die Autos zählen muß, hat mich
früh genug gewarnt, und ich habe höllisch aufgepaßt. Ich

---

2. *prozentualisieren* — compute percentages
3. *zweite Futur* — future perfect
4. *Kumpel* — fellow worker, pal

habe gezählt wie verrückt, ein Kilometerzähler kann nicht besser zählen. Der Oberstatistiker selbst hat sich drüben auf die andere Seite gestellt und hat später sein Ergebnis einer Stunde mit meinem Stundenergebnis verglichen. Ich hatte nur einen weniger als er. Meine kleine Geliebte war vorbeige- 5 kommen, und niemals im Leben werde ich dieses hübsche Kind ins zweite Futur transponieren lassen, diese meine kleine Geliebte soll nicht multipliziert und dividiert und in ein prozentuales Nichts verwandelt werden. Mein Herz hat mir geblutet, daß ich zählen mußte, ohne ihr nachsehen zu 10 können, und dem Kumpel drüben, der die Autos zählen muß, bin ich sehr dankbar gewesen. Es ging ja glatt um meine Existenz.[5]

Der Oberstatistiker hat mir auf die Schulter geklopft und hat gesagt, daß ich gut bin, zuverlässig und treu. „Eins in der 15 Stunde verzählt", hat er gesagt, „macht nicht viel. Wir zählen sowieso einen gewissen prozentualen Verschleiß hinzu. Ich werde beantragen, daß Sie zu den Pferdewagen versetzt werden."

Pferdewagen ist natürlich die Masche.[6] Pferdewagen ist ein 20 Lenz[7] wie nie zuvor. Pferdewagen gibt es höchstens fünfundzwanzig am Tage, und alle halbe Stunde einmal in seinem Gehirn die nächste Nummer fallen zu lassen, das ist ein Lenz! Pferdewagen wäre herrlich. Zwischen vier und acht dürfen überhaupt keine Pferdewagen über die Brücke, und ich 25 könnte spazierengehen oder in die Eisdiele, könnte sie mir lange anschauen oder sie vielleicht ein Stück nach Hause bringen, meine kleine ungezählte Geliebte . . .

5. *Es ging ja glatt um meine Existenz* — my very existence was at stake
6. *ist natürlich die Masche* — that's the right ticket
7. *ist ein Lenz* — is the real thing, is a stroke of luck

Abenteuer eines
Brotbeutels[1]

Im September 1914 wurde in eine der roten Bromberger[2] Backsteinkasernen[3] ein Mann namens Joseph Stobski
eingezogen, der zwar seinen Papieren nach deutscher Staatsbürger war, die Muttersprache seines offiziellen Vaterlandes
5 aber wenig beherrschte. Stobski war zweiundzwanzig Jahre
alt, Uhrmacher, auf Grund „konstitutioneller Schwäche"
noch ungedient; er kam aus einem verschlafenen polnischen
Nest, das Niestronno[4] hieß, hatte im Hinterzimmer des väter-
lichen Kottens[5] gehockt, Gravüren auf Doublé-Armbänder[6]
10 gekritzelt, zierliche Gravüren, hatte die Uhren der Bauern
repariert, zwischendurch das Schwein gefüttert, die Kuh
gemolken — und abends, wenn Dunkelheit über Niestronno
fiel, war er nicht in die Kneipe, nicht zum Tanz gegangen,
sondern hatte über einer Erfindung gebrütet, mit ölver-
15 schmierten Fingern an unzähligen Rädchen herumgefummelt,[7]
sich Zigaretten gerollt, die er fast alle auf der Tischkante
verkohlen ließ — während seine Mutter die Eier zählte und
den Verbrauch an Petroleum beklagte.

1. *Brotbeutel* — musette bag, food bag
2. *Bromberg* — now Bydgoszcz, city in Poland. At the story's opening it was in the province of Posen (Poznan), Germany.
3. *Backsteinkasernen* — brick barracks
4. *Niestronno* — village in Poland, formerly German
5. *Kotte* — cottage
6. *Doublé-Armbänder* — bracelets of cheap metal, plated with a more
   expensive metal
7. *herumfummeln* — (*slang*) to mess around with

Nun zog er mit seinem Pappkarton in die rote Bromberger
Backsteinkaserne, lernte die deutsche Sprache, soweit sie das
Vokabularium der Dienstvorschrift, Kommandos, Gewehr-
teile umfaßte; außerdem wurde er mit dem Handwerk eines
Infanteristen vertraut gemacht. In der Instruktionsstunde 5
sagte er Brott[8] statt Brot, sagte Kanonn statt Kanone, er
fluchte polnisch, betete polnisch und betrachtete abends
melancholisch das kleine Paket mit den ölverschmierten
Rädern in seinem dunkelbraunen Spind,[9] bevor er in die Stadt
ging, um seinen berechtigten Kummer mit Schnaps hinunter- 10
zuspülen.

Er schluckte den Sand der Tucheler Heide,[10] schrieb Post-
karten an seine Mutter, bekam Speck geschickt, drückte sich
sonntags vom offiziellen Gottesdienst und schlich sich in
eine der polnischen Kirchen, wo er sich auf die Fliesen wer- 15
fen, weinen und beten konnte, obwohl derlei Innigkeit schlecht
zu einem Mann in der Uniform eines preußischen Infanteristen
paßte.

Im November 1914 fand man ihn ausgebildet genug, um
ihn die Reise quer durch Deutschland nach Flandern[11] machen 20
zu lassen. Er hatte genug Handgranaten in den Sand der
Tucheler Heide geworfen, hatte oft genug in die Schießstände
geknallt, und Stobski schickte das Päckchen mit den ölverschmierten Rädern an seine Mutter, schrieb eine Postkarte
dazu, ließ sich in einen Viehwaggon packen und begann die 25
Fahrt quer durch sein offizielles Vaterland, dessen Muttersprache er, soweit sie Kommandos umfaßte, beherrschen
gelernt hatte. Er ließ sich von blühenden deutschen Mädchen
Kaffee einschenken, Blumen ans Gewehr stecken, nahm Ziga-

---

8. *Brott statt Brot* — Slavic people speaking German tend to pronounce a final consonant as if it were doubled, thus shortening
the preceding vowel.
9. *Spind* — locker, wardrobe
10. *Tucheler Heide* — heath near Bromberg, used as a drill field
11. *Flandern* — Flanders, province in N.W. Belgium, famous battle
front in World War I.

retten entgegen, bekam einmal sogar von einer ältlichen Frau einen Kuß, und ein Mann mit einem Kneifer, der an einem Bahnübergang auf der Schranke lehnte, rief ihm mit sehr deutlicher Stimme ein paar lateinische Worte zu, von denen
5 Stobski nur „tandem"[12] verstand. Er wandte sich mit diesem Wort hilfesuchend an seinen unmittelbaren Vorgesetzten, den Gefreiten Habke, der hinwiederum etwas von „Fahrrädern" murmelte, jede nähere Auskunft verweigernd. So überquerte Stobski ahnungslos, sich küssen lassend und küssend, mit
10 Blumen, Schokolade und Zigaretten überhäuft, die Oder,[13] die Elbe, den Rhein und wurde nach zehn Tagen im Dunkeln auf einem schmutzigen belgischen Bahnhof ausgeladen. Seine Kompanie versammelte sich im Hof eines bäuerlichen An-wesens, und der Hauptmann schrie im Dunkeln etwas, was
15 Stobski nicht verstand. Dann gab es Gulasch mit Nudeln, die in einer schlecht erleuchteten Scheune schnell aus einer Gulaschkanone[14] in die Kochgeschirre und aus den Koch-geschirren in die Gesichter hineingelöffelt wurden. Der Herr Unteroffizier Pillig ging noch einmal rund, hielt einen kurzen
20 Appell ab, und zehn Minuten später marschierte die Kom-panie ins Dunkel hinein westwärts; von diesem westlichen Himmel herüber kam das berühmte gewitterartige Grollen, manchmal blaffte[15] es dort rötlich auf, es fing an zu regnen, die Kompanie verließ die Straße, fast dreihundert Füße tapp-
25 ten über schlammige Feldwege; immer näher kam dieses künstliche Gewitter, die Stimmen der Offiziere und Unter-offiziere wurden heiser, hatten einen unangenehmen Unter-

---

12. *tandem* — What the man calls out is a Latin quotation which, according to a letter from Böll, contains the expression "tandem patria" in the sense that "finally the fatherland" is saved. Habke, not knowing Latin, thinks of the popular meaning of *tandem*, a large bicycle for two.

13. *Oder, Elbe, Rhein* — major German rivers which Stobski crosses on his trip from East to West.

14. *Gulaschkanone* — (*slang*) army cooking pot, chow bucket

15. *aufblaffen* — to flash and bang

ton. Stobski taten die Füße weh, sie taten ihm sehr weh,
außerdem war er müde, er war sehr müde, aber er schleppte
sich weiter, durch dunkle Dörfer, über schmutzige Wege, und
das Gewitter, je näher sie ihm kamen, hörte sich immer
widerwärtiger, immer künstlicher an. Dann wurden die 5
Stimmen der Offiziere und Unteroffiziere merkwürdig sanft,
fast milde, und links und rechts war auf unsichtbaren Wegen
und Straßen das Getrappel unzähliger Füße zu hören.

Stobski bemerkte, daß sie jetzt mitten in diesem künstli-
chen Gewitter drin waren, es zum Teil hinter sich hatten, 10
denn sowohl vor wie hinter ihnen blaffte es rötlich auf, und
als der Befehl gegeben wurde, auszuschwärmen, lief er rechts
vom Wege ab, hielt sich neben dem Gefreiten Habke, hörte
Schreien, Knallen, Schießen, und die Stimmen der Offiziere
und Unteroffiziere waren jetzt wieder heiser. Stobski taten 15
die Füße immer noch weh, sie taten ihm sehr weh, und er ließ
Habke Habke sein,[16] setzte sich auf eine nasse Wiese. Er nahm
den Stahlhelm ab, legte sein Gewehr neben sich ins Gras,
löste die Haken seines Gepäcks, dachte an seine geliebten
ölverschmierten Rädchen und schlief inmitten höchst kriege- 20
rischen Lärmes ein. Er träumte von seiner polnischen Mutter,
die in der kleinen warmen Küche Pfannkuchen buk, und es
kam ihm im Traum merkwürdig vor, daß die Kuchen, sobald
sie fertig zu werden schienen, mit einem Knall in der Pfanne
zerplatzten und nichts von ihnen übrigblieb. Seine kleine 25
Mutter füllte immer schneller mit dem Schöpflöffel Teig ein,
kleine Kuchen buken sich zusammen, platzten einen Augenblick, bevor sie gar waren, und die kleine Mutter bekam plötzlich die Wut — im Traum mußte Stobski lächeln, denn seine
kleine Mutter war nie richtig wütend geworden — und 30
schüttete den ganzen Inhalt der Teigschüssel mit einem Guß
in die Pfanne; ein großer, dicker, gelber Kuchen lag nun da,
so groß wie die Pfanne, wurde größer, knusprig, blähte sich;

16. *er ließ Habke Habke sein* (*colloquial*) — stopped paying attention to Habke

schon grinste Stobskis kleine Mutter befriedigt, nahm das
Pfannenmesser, schob es unter den Kuchen, und — bums![17]
— gab es einen besonders schrecklichen Knall, und Stobski
hatte keine Zeit mehr, davon zu erwachen, denn er war tot.
5 Vierhundert Meter von der Stelle entfernt, an der ein
Volltreffer Stobski getötet hatte, fanden Soldaten aus seiner
Kompanie acht Tage später in einem englischen Grabenstück*
Stobskis Brotbeutel mit einem Stück des zerfetzten Koppels[18]
— sonst fand man auf dieser Erde nichts mehr von ihm. Und
10 als man nun in diesem englischen Grabenstück Stobskis Brotbeutel fand mit einem Stück heimatlicher Dauerwurst, der
Eisernen Ration und einem polnischen Gebetbuch, nahm man
an, Stobski sei in unwahrscheinlichem Heldenmut am Tage
des Sturmes weit in die englischen Linien hineingelaufen und
15 dort getötet worden. Und so bekam die kleine polnische
Mutter in Niestronno einen Brief des Hauptmanns Hummel,
der vom großen Heldenmut des Gemeinen Stobski berichtete.
Die kleine Mutter ließ sich den Brief von ihrem Pfarrer übersetzen, weinte, faltete den Brief zusammen, legte ihn zwischen
20 die Leintücher und ließ drei Seelenmessen lesen.
Aber sehr plötzlich eroberten die Engländer das Grabenstück wieder, und Stobskis Brotbeutel fiel in die Hände des
englischen Soldaten Wilkins Grayhead. Der aß die Dauerwurst, warf kopfschüttelnd das polnische Gebetbuch in den
25 flandrischen[19] Schlamm, rollte den Brotbeutel zusammen und
verleibte ihn seinem Gepäck ein. Grayhead verlor zwei Tage
später sein linkes Bein, wurde nach London transportiert,
dreiviertel Jahre später aus der Royal Army entlassen, bekam eine schmale Rente und wurde, weil er dem ehrenwerten
30 Beruf eines Trambahnführers nicht mehr nachgehen konnte,
Pförtner in einer Londoner Bank.
Nun sind die Einkünfte eines Pförtners nicht großartig,

---

17. *bums* — boom!   * *Grabenstück* — part of a ditch.
18. *Koppel* — strap, web-belt
19. *flandrisch* — of Flanders

und Wilkins hatte aus dem Krieg zwei Laster mitgebracht:
Er soff und rauchte, und weil sein Einkommen nicht aus-
reichte, fing er an, Gegenstände zu verkaufen, die ihm überflüssig erschienen, und ihm erschien fast alles überflüssig. Er
verkaufte seine Möbel, versoff das Geld, verkaufte seine 5
Kleider bis auf einen einzigen schäbigen Anzug, und als er
nichts mehr zu verkaufen hatte, entsann er sich des schmutzigen Bündels, das er bei seiner Entlassung aus der Royal
Army in den Keller gebracht hatte. Und nun verkaufte er
die unterschlagene, inzwischen verrostete Armeepistole, eine 10
Zeltbahn,[20] ein Paar Schuhe und Stobskis Brotbeutel. (Über
Wilkins Grayhead ganz kurz folgendes: Er verkam. Hoffnungslos dem Trunke ergeben, verlor er Ehre und Stellung,
wurde zum Verbrecher, wanderte trotz des verlorenen Beins,
das in Flanderns Erde ruhte, ins Gefängnis.) 15
Stobskis Brotbeutel aber ruhte in dem düsteren Gewölbe
eines Altwarenhändlers zu Soho genau zehn Jahre — bis zum
Jahre 1926. Im Sommer dieses Jahres las der Altwarenhändler Luigi Banollo sehr aufmerksam das Schreiben einer gewissen Firma Handsuppers Ltd., die ihr offenkundiges Inter- 20
esse für Kriegsmaterial aller Art so deutlich kundgab, daß
Banollo sich die Hände rieb. Mit seinem Sohn durchsuchte
er seine gesamten Bestände und förderte zutage: 27 Armee-
pistolen, 58 Kochgeschirre, mehr als hundert Zeltbahnen, 35
Tornister, 18 Brotbeutel und 28 Paar Schuhe — alles von den 25
verschiedensten europäischen Heeren. Für die gesamte Fracht
bekam Banollo einen Scheck über 18 Pfund Sterling, aus-
gestellt auf eine der solidesten Londoner Banken. Banollo
hatte, grob gerechnet, einen Gewinn von fünfhundert Prozent erzielt. Der jugendliche Banollo aber sah vor allem das 30
Schwinden der Schuhe mit einer Erleichterung, die kaum beschrieben werden kann, denn es war eines seiner Aufgaben-

20. *Zeltbahn* — shelter half; one half of a pup tent carried by in-
fantrymen

gebiete[21] gewesen, diese Schuhe zu kneten, zu fetten, kurzum,
sie zu pflegen, eine Aufgabe, deren Ausmaß jedem klar ist,
der je ein einziges Paar Schuhe hat pflegen müssen.

Die Firma Handsuppers Ltd. aber verkaufte den ganzen
5 Kram, den Banollo ihr verkauft hatte, mit einem Gewinn
von achthundertfünfzig Prozent (das war ihr normaler Satz)
an einen südamerikanischen Staat, der drei Wochen vorher
zu der Erkenntnis gekommen war, der Nachbarstaat bedrohe
ihn, und sich nun entschlossen hatte, dieser Bedrohung zuvor-
10 zukommen. Der Brotbeutel des Gemeinen Stobski aber, der
die Überfahrt nach Südamerika im Bauch eines schmutzigen
Schiffes bestand (die Firma Handsuppers bediente sich nur
schmutziger Schiffe), kam in die Hände eines Deutschen
namens Reinhold von Adams, der die Sache des südameri-
15 kanischen Staates gegen ein Handgeld von fünfundvierzig
Peseten[22] zu seiner eigenen gemacht hatte. Von Adams hatte
erst zwölf von den fünfundvierzig Peseten vertrunken, als
er aufgefordert wurde, unter der Führung des Generals La-
lango, den Ruf „Sieg und Beute" auf den Lippen, gegen die
20 Grenze des Nachbarstaates zu ziehen. Aber Adams bekam
eine Kugel mitten in den Kopf, und Stobskis Brotbeutel
geriet in den Besitz eines Deutschen, der Wilhelm Habke
hieß und für ein Handgeld von nur fünfunddreißig Peseten
die Sache des anderen südamerikanischen Staates zu seiner
25 eigenen gemacht hatte. Habke kassierte[23] den Brotbeutel, die
restlichen dreiunddreißig Peseten und fand außerdem ein
Stück Brot und eine halbe Zwiebel, die ihren Geruch den
Pesetenscheinen bereits mitgeteilt hatte. Aber Habkes ethische
und ästhetische Bedenken waren gering; er tat sein Handgeld
30 dazu, ließ sich dreißig Peseten Vorschuß geben, nachdem er
zum Korporal der siegreichen Nationalarmee ernannt worden
war, und als er den Deckel des Brotbeutels aufschlug, dort den

---

21. *Aufgabengebiet* — duty, job
22. *Peseten* — peseta is a unit of money
23. *kassieren* — to appropriate

schwarzen Tuschestempel[24] VII/2/II entdeckte, entsann er
sich seines Onkels Joachim Habke, der in diesem Regiment
gedient hatte und gefallen war; heftiges Heimweh befiel ihn.
Er nahm seinen Abschied, bekam ein Bild des Generals
Gublanez geschenkt und gelangte auf Umwegen nach Berlin, 5
und als er vom Bahnhof Zoo[25] mit der Straßenbahn nach
Spandau[26] fuhr, fuhr er — ohne es zu ahnen — an der Heereszeugmeisterei[27] vorbei, in der Stobskis Brotbeutel im Jahre
1914 acht Tage gelegen hatte, bevor er nach Bromberg geschickt worden war.   10
Habke wurde von seinen Eltern freudig begrüßt, nahm
seinen eigentlichen Beruf, den eines Expedienten,[28] wieder
auf, aber bald zeigte sich, daß er zu politischen Irrtümern
neigte. Im Jahre 1929 schloß er sich der Partei mit der häß-
lichen kotbraunen Uniform an, nahm den Brotbeutel, den er 15
neben dem Bild des Generals Gublanez über seinem Bett hängen hatte, von der Wand und führte ihn praktischer Verwendung zu: Er trug ihn zu der kotbraunen Uniform, wenn er
sonntags in die Heide zog, um zu üben. Bei den Übungen
glänzte Habke durch militärische Kenntnisse; er schnitt ein 20
wenig auf, machte sich zum Bataillonsführer in jenem südamerikanischen Krieg, erklärte ausführlich, wo, wie und
warum er damals seine schweren Waffen eingesetzt hatte. Es
war ihm ganz entfallen, daß er ja nur den armen von Adams
mitten in den Kopf geschossen, seiner Peseten beraubt und 25
den Brotbeutel an sich genommen hatte. Habke heiratete im
Jahre 1929, und 1930 gebar ihm seine Frau einen Knaben,
der den Namen Walter erhielt. Walter gedieh, obwohl seine
beiden ersten Lebensjahre unter dem Zeichen der Arbeits-

---

24. *Tuschestempel* — an indelible rubber stamp. Numbers refer to
    division, regiment, and battalion.
25. *Bahnhof Zoo* — railroad station in Berlin
26. *Spandau* — town near Berlin
27. *Heereszeugmeisterei* — army ordnance building
28. *Expedient* — dispatcher

losenunterstützung[29] standen; aber schon als er vier Jahre alt
war, bekam er jeden Morgen Keks, Büchsenmilch und Apfel-
sinen, und als er sieben war, bekam er von seinem Vater
den verwaschenen Brotbeutel überreicht mit den Worten:
5 „Halte dieses Stück in Ehren, es stammt von deinem Großonkel Joachim Habke, der sich vom Gemeinen zum Hauptmann emporgedient, achtzehn Schlachten überstanden hatte
und von roten Meuterern im Jahre 1918 erschossen wurde.
Ich selbst trug ihn im südamerikanischen Krieg, in dem ich
10 nur Oberstleutnant war, obwohl ich General hätte werden
können, wenn das Vaterland meiner nicht bedurft hätte."

Walter hielt den Brotbeutel hoch in Ehren. Er trug ihn zu
seiner eigenen kotbraunen Uniform vom Jahre 1936 bis 1944,
gedachte häufig seines heldenhaften Großonkels, seines hel-
15 denhaften Vaters und legte den Brotbeutel, wenn er in Scheu-
nen übernachtete, vorsichtig unter seinen Kopf. Er bewahrte
Brot, Schmelzkäse, Butter, sein Liederbuch darin auf, bür-
stete, wusch ihn und war glücklich, je mehr sich die gelbliche
Farbe in ein sanftes Weiß verwandelte. Er ahnte nicht, daß
20 der sagenhafte und heldenhafte Großonkel als Gefreiter auf
einem lehmigen flandrischen Acker gestorben war, nicht weit
von der Stelle entfernt, an der ein Volltreffer den Gemeinen
Stobski getötet hatte.

Walter Habke wurde fünfzehn, lernte mühsam Englisch,
25 Mathematik und Latein auf dem Spandauer Gymnasium,[30]
verehrte den Brotbeutel und glaubte an Helden, bis er selbst
gezwungen wurde, einer zu sein. Sein Vater war längst nach
Polen gezogen, um dort irgendwie und irgendwo Ordnung
zu schaffen, und kurz nachdem der Vater wütend aus Polen
30 zurückgekommen war, zigarettenrauchend und „Verrat" murmelnd, im engen Spandauer Wohnzimmer auf und ab ging,

29. *Arbeitslosenunterstützung* — unemployment relief
30. *Gymnasium* — roughly equivalent to high school and the first
two years of college

kurz danach wurde Walter Habke gezwungen, ein Held zu sein.

In einer Märznacht des Jahres 1945 lag er am Rande eines pommerschen[31] Dorfes hinter einem Maschinengewehr, hörte dem dunklen gewitterartigen Grollen zu, das genauso klang, 5 wie es in den Filmen geklungen hatte; er drückte den Abzug des Maschinengewehrs, schoß Löcher in die dunkle Nacht und spürte den Drang zu weinen. Er hörte Stimmen in der Nacht, Stimmen, die er nicht kannte, schoß weiter, schob einen neuen Gurt[32] ein, schoß, und als er den zweiten Gurt verschossen 10 hatte, fiel ihm auf, daß es sehr still war: Er war allein. Er stand auf, rückte sein Koppel zurecht, vergewisserte sich des Brotbeutels und ging langsam in die Nacht hinein westwärts. Er hatte angefangen, etwas zu tun, was dem Heldentum sehr schädlich ist: Er hatte angefangen nachzudenken — 15 er dachte an das enge, aber sehr gemütliche Wohnzimmer, ohne zu ahnen, daß er an etwas dachte, das es nicht mehr gab; der junge Banollo, der Walters Brotbeutel einmal in der Hand gehabt hatte, war inzwischen vierzig Jahre alt geworden, war in einem Bombenflugzeug über Spandau gekreist, 20 hatte den Schacht[33] geöffnet und das enge, aber gemütliche Wohnzimmer zerstört, und Walters Vater ging jetzt im Keller des Nachbarhauses auf und ab, rauchte Zigaretten, murmelte „Verrat" und hatte ein unordentliches Gefühl, wenn er an die Ordnung dachte, die er in Polen geschaffen hatte. 25

Walter ging nachdenklich westwärts in dieser Nacht, fand endlich eine verlassene Scheune, setzte sich, schob den Brotbeutel vorne auf den Bauch, öffnete ihn, aß Kommißbrot,[34] Margarine, ein paar Bonbons,[35] und so fanden ihn russische Soldaten: schlafend, mit verweintem Gesicht, einen Fünfzehn- 30

31. *pommersch* — Pomeranian; referring to Pomerania, a former province in Prussia, now in Poland.
32. *Gurt* — cartridge belt
33. *Schacht* — bomb bay
34. *Kommißbrot* — army bread
35. *Bonbons* — hard candy

jährigen, leergeschossene Patronengurte um den Hals, mit säuerlich nach Bonbon riechendem Atem. Sie schubsten[36] ihn in eine Kolonne, und Walter Habke zog ostwärts. Nie mehr sollte er Spandau wiedersehen.

5 Inzwischen war Niestronno deutsch gewesen, polnisch geworden, war wieder deutsch, wieder polnisch geworden, und Stobskis Mutter war fünfundsiebzig Jahre alt. Der Brief des Hauptmanns Hummel lag immer noch im Schrank, der längst kein Leinen mehr enthielt; Kartoffeln bewahrte Frau Stobski 10 darin auf, weit hinter den Kartoffeln lag ein großer Schinken, standen in einer Porzellanschüssel die Eier, stand tief im Dunkeln ein Kanister mit Öl. Unter dem Bett war Holz gestapelt, und an der Wand brannte rötlich das Öllicht vor dem Bild der Muttergottes von Czenstochau.[37] Hinten im Stall 15 lungerte ein mageres Schwein, eine Kuh gab es nicht mehr, und im Hause tobten die sieben Kinder der Wolniaks,[38] deren Haus in Warschau[39] zerstört worden war. Und draußen auf der Straße kamen sie vorbeigezogen: schlappe Soldaten mit wunden Füßen und armseligen Gesichtern. Sie kamen fast je- 20 den Tag. Zuerst hatte der Wolniak an der Straße gestanden, geflucht, hin und wieder einen Stein aufgehoben, sogar damit geworfen, aber nun blieb er hinten in seinem Zimmer sitzen, wo einst Joseph Stobski Uhren repariert, Armbänder graviert und abends an seinen ölverschmierten Rädchen her- 25 umgefummelt hatte.

Im Jahre 1939 waren polnische Gefangene ostwärts an ihnen vorbeigezogen, andere polnische Gefangene westwärts, später waren russische Gefangene westwärts an ihnen vorbeigezogen, und nun zogen schon lange deutsche Gefangene ost- 30 wärts an ihnen vorbei, und obwohl die Nächte noch kalt wa-

---

36. *schubsen* — (*slang*) shove
37. *Muttergottes von Czenstochau* — Virgin of Czestochowa; a painted image of the Virgin, ascribed to St. Luke, in a monastery in the Polish town of Czestochowa
38. *Wolniak* — Polish family name
39. *Warschau* — Warsaw

ren und dunkel, tief der Schlaf der Leute in Niestronno, sie wurden wach, wenn nachts das sanfte Getrappel über die Straßen ging.

Frau Stobski war eine der ersten, die morgens in Niestronno aufstanden. Sie zog einen Mantel über ihr grünliches Nachthemd, entzündete Feuer im Ofen, goß Öl auf das Lämpchen vor dem Muttergottesbild, brachte die Asche auf den Misthaufen, gab dem mageren Schwein zu fressen, ging dann in ihr Zimmer zurück, um sich für die Messe umzuziehen. Und eines Morgens im April 1945 fand sie vor der Schwelle ihres Hauses einen sehr jungen blonden Mann, der in seinen Händen einen verwaschenen Brotbeutel hielt, ihn fest umklammerte. Frau Stobski schrie nicht. Sie legte den gestrickten schwarzen Beutel, in dem sie ein polnisches Gebetbuch, ein Taschentuch und ein paar Krümelchen Thymian[40] aufbewahrte — sie legte den Beutel auf die Fensterbank, beugte sich zu dem jungen Mann hinunter und sah sofort, daß er tot war. Auch jetzt schrie sie nicht. Es war noch dunkel, nur hinter den Kirchenfenstern flackerte es gelblich, und Frau Stobski nahm dem Toten vorsichtig den Brotbeutel aus den Händen, den Brotbeutel, der einmal das Gebetbuch ihres Sohnes und ein Stück Dauerwurst von einem ihrer Schweine enthalten hatte, zog den Jungen auf die Fliesen des Flures, ging in ihr Zimmer, nahm den Brotbeutel — wie zufällig — mit, warf ihn auf den Tisch und suchte in einem Packen schmutziger, fast wertloser Zlotyscheine.[41] Dann machte sie sich auf den Weg ins Dorf, um den Totengräber zu wecken.

Später, als der Junge beerdigt war, fand sie den Brotbeutel auf ihrem Tisch, nahm ihn in die Hand, zögerte — dann suchte sie den Hammer und zwei Nägel, schlug die Nägel in die Wand, hing den Brotbeutel daran auf und beschloß, ihre Zwiebeln darin aufzubewahren.

Sie hätte den Brotbeutel nur etwas weiter aufzuschlagen,

40. *Thymian* — thyme
41. *Zlotyscheine* — zloty notes; Polish money

seine Klappe ganz zu öffnen brauchen, dann hätte sie den schwarzen Tuschestempel entdeckt, der dieselbe Nummer zeigte wie der Stempel auf dem Briefkopf des Hauptmanns Hummel.

5   Aber so weit hat sie den Brotbeutel nie aufgeschlagen.

Auch Kinder sind Zivilisten

„Es geht nicht", sagte der Posten mürrisch.

„Warum?" fragte ich.

„Weil's verboten ist."

„Warum ist's verboten?"

„Weil's verboten ist, Mensch, es ist für Patienten verboten, 5 rauszugehen."

„Ich", sagte ich stolz, „ich bin doch verwundet."

Der Posten blickte mich verächtlich an: „Du bist wohl 's erste Mal verwundet, sonst wüßtest du, daß Verwundete auch Patienten sind, na[1] geh schon jetzt." 10

Aber ich konnte es nicht einsehen.

„Versteh mich doch", sagte ich, „ich will ja nur Kuchen kaufen von dem Mädchen da."

Ich zeigte nach draußen, wo ein hübsches kleines Russenmädchen im Schneegestöber stand und Kuchen feilhielt. 15

„Mach, daß du reinkommst!"[2]

Der Schnee fiel leise in die riesigen Pfützen auf dem schwarzen Schulhof, das Mädchen stand da, geduldig, und rief leise immer wieder: „Chuchen[3] . . . Chuchen . . ."

„Mensch", sagte ich zu dem Posten, „mir läuft's Wasser im 20 Munde zusammen,[4] dann laß doch das Kind eben reinkommen."

1. *na* — well, now
2. *Mach, daß du reinkommst* — come on, get back!
3. *Chuchen* = Kuchen
4. *mir läuft's Wasser im Mund zusammen* — my mouth is watering

„Es ist verboten, Zivilisten reinzulassen."

„Mensch", sagte ich, „das Kind ist doch ein Kind."

Er blickte mich wieder verächtlich an. „Kinder sind wohl keine Zivilisten, was?"

5   Es war zum Verzweifeln, die leere, dunkle Straße war von Schneestaub eingehüllt, und das Kind stand ganz allein da und rief immer wieder: „Chuchen . . .", obwohl niemand vorbeikam.

Ich wollte einfach rausgehen, aber der Posten packte mich
10 schnell am Ärmel und wurde wütend: „Mensch", schrie er, „hau jetzt ab,[5] sonst hol' ich den Feldwebel."

„Du bist ein Rindvieh", sagte ich zornig.

„Ja", sagte der Posten befriedigt, „wenn man noch 'ne Dienstauffassung hat, ist man bei euch ein Rindvieh."

15   Ich blieb noch eine halbe Minute im Schneegestöber stehen und sah, wie die weißen Flocken zu Dreck wurden; der ganze Schulhof war voll Pfützen, und dazwischen lagen kleine weiße Inseln wie Puderzucker. Plötzlich sah ich, wie das hübsche kleine Mädchen mir mit den Augen zwinkerte und
20 scheinbar gleichgültig die Straße hinunterging. Ich ging ihr auf der Innenseite der Mauer nach.

„Verdammt", dachte ich, „ob ich denn tatsächlich ein Patient bin?" Und dann sah ich, daß da ein kleines Loch in der Mauer war, und vor dem Loch stand das Mädchen mit dem
25 Kuchen. Der Posten konnte uns hier nicht sehen.

„Der Führer[6] segne deine Dienstauffassung", dachte ich.

Die Kuchen sahen prächtig aus: Makronen und Buttercremeschnitten, Hefekringel und Nußecken, die von Öl glänzten. „Was kosten sie?" fragte ich das Kind.

30   Sie lächelte, hob mir den Korb entgegen und sagte mit ihrem feinen Stimmchen: „Dreimarkfinfzig[7] das Stick."

„Jedes?"

---

5. *hau jetzt ab* — beat it
6. *Der Führer* — the leader; mocking allusion to Hitler
7. *finfzig* = fünfzig

„Ja", nickte sie.

Der Schnee fiel auf ihr feines, blondes Haar und puderte sie mit flüchtigem silbernem Staub; ihr Lächeln war einfach entzückend. Die düstere Straße hinter ihr war ganz leer, und die Welt schien tot . . . 5

Ich nahm einen Hefekringel und kostete ihn. Das Zeug schmeckte prachtvoll, es war Marzipan darin. „Aha", dachte ich, „deshalb sind die auch so teuer wie die anderen."

Das Mädchen lächelte. „Gut?" fragte sie, „gut?"

Ich nickte nur: mir machte die Kälte nichts,[8] ich hatte einen 10 dicken Kopfverband. Ich probierte noch eine Buttercremeschnitte und ließ das prachtvolle Zeug langsam im Munde zerschmelzen.

„Komm", sagte ich leise, „ich nehme alles, wieviel hast du?"

Sie fing vorsichtig mit einem zarten, kleinen, ein bißchen 15 schmutzigen Zeigefinger an zu zählen, während ich eine Nußecke verschluckte. Es war sehr still, und es schien mir fast, als wäre ein leises sanftes Weben in der Luft von den Schneeflocken. Sie zählte sehr langsam, verzählte sich ein paarmal, und ich stand ganz ruhig dabei und aß noch zwei Stücke. 20 Dann hob sie ihre Augen plötzlich zu mir, so erschreckend senkrecht, daß ihre Pupillen ganz nach oben standen, und das Weiße in den Augen war so dünnblau wie Magermilch. Irgend etwas zwitscherte sie mir auf russisch zu, aber ich zuckte lächelnd die Schultern, und dann bückte sie sich und schrieb 25 mit ihren schmutzigen Fingerchen eine 45[9] in den Schnee; ich zählte meine fünf dazu und sagte: „Gib mir auch den Korb, ja?"

8. *mir machte die Kälte nichts* — the cold did not bother me
9. *45 in den Schnee* . . . — The narrator is now buying forty-five pieces of pastry. He then adds the five pieces he has eaten. He pays, according to a letter from the author, the high "official black market price." The soldiers were paid in "occupation mark" bills whose value was doubtful. They didn't mind paying high prices. The black market between army and civilian population was flourishing.

Sie nickte und gab mir den Korb vorsichtig durch das Loch, ich reichte zwei Hundertmarkscheine hinaus. Geld hatten wir satt,[10] für einen Mantel bezahlten die Russen siebenhundert Mark, und wir hatten drei Monate nichts gesehen als
5 Dreck und Blut und Geld . . .

„Komm morgen wieder, ja"? sagte ich leise, aber sie hörte nicht mehr auf mich, ganz flink war sie weggehuscht, und als ich traurig meinen Kopf durch die Mauerlücke steckte, war sie schon verschwunden, und ich sah nur die stille russische
10 Straße, düster und vollkommen leer; die flachdachigen Häuser schienen langsam von Schnee zugedeckt zu werden. Lange stand ich so da wie ein Tier, das mit traurigen Augen durch die Hürde hinausblickt, und erst als ich spürte, daß mein Hals steif wurde, nahm ich den Kopf ins Gefängnis zurück.
15 Und jetzt erst roch ich, daß es da in der Ecke abscheulich stank, und die hübschen, kleinen Kuchen waren alle mit einem zarten Zuckerguß von Schnee bedeckt. Ich nahm müde den Korb und ging aufs Haus zu; mir war nicht kalt, ich hätte noch eine Stunde im Schnee stehen können. Ich ging,
20 weil ich doch irgendwohin gehen mußte. Man muß doch irgendwohin gehen, das muß man doch. Man kann ja nicht stehen bleiben und sich zuschneien lassen. Irgendwohin muß man gehen, auch wenn man verwundet ist in einem fremden, schwarzen, sehr dunklen Land . . .

10. *Geld hatten wir satt* — (*slang*) we had plenty of money

Mein teures Bein

Sie haben mir jetzt eine Chance gegeben. Sie haben mir eine Karte geschrieben, ich soll zum Amt kommen, und ich bin zum Amt gegangen. Auf dem Amt waren sie sehr nett. Sie nahmen meine Karteikarte und sagten: „Hm." Ich sagte auch: „Hm". „Welches Bein?" fragte der Beamte. 5

„Rechts."

„Ganz?"

„Ganz."

„Hm", machte er wieder. Dann durchsuchte er verschiedene Zettel. Ich durfte mich setzen. 10

Endlich fand der Mann einen Zettel, der ihm der richtige zu sein schien. Er sagte: „Ich denke, hier ist etwas für Sie. Eine nette Sache. Sie können dabei[1] sitzen. Schuhputzer in einer Bedürfnisanstalt auf dem Platz der Republik. Wie wäre das?" 15

„Ich kann nicht Schuhe putzen; ich bin immer schon aufgefallen wegen schlechten Schuhputzens."

„Das können Sie lernen", sagte er. „Man kann alles lernen. Ein Deutscher kann alles. Sie können, wenn Sie wollen, einen kostenlosen Kursus mitmachen." 20

„Hm", machte ich.

„Also gut?"

„Nein", sagte ich, „ich will nicht. Ich will eine höhere Rente[2] haben."

„Sie sind verrückt", erwiderte er sehr freundlich und milde. 25

1. *dabei* — while working
2. *Rente* — pension, disability compensation

„Ich bin nicht verrückt, kein Mensch kann mir mein Bein ersetzen, ich darf nicht einmal mehr Zigaretten verkaufen,[3] sie machen jetzt schon Schwierigkeiten."

Der Mann lehnte sich weit in seinen Stuhl zurück und
5 schöpfte eine Menge Atem. „Mein lieber Freund", legte er los,[4] „Ihr Bein ist ein verflucht teures Bein. Ich sehe, daß Sie neunundzwanzig Jahre sind, von Herzen gesund, überhaupt vollkommen gesund, bis auf das Bein. Sie werden siebzig Jahre alt. Rechnen Sie sich bitte aus, monatlich siebzig Mark,
10 zwölfmal im Jahr, also einundvierzig mal zwölf mal siebzig. Rechnen Sie das bitte aus, ohne die Zinsen, und denken Sie doch nicht, daß Ihr Bein das einzige Bein ist. Sie sind auch nicht der einzige, der wahrscheinlich lange leben wird. Und dann Rente erhöhen! Entschuldigen Sie, aber Sie sind ver-
15 rückt."

„Mein Herr", sagte ich, lehnte mich nun gleichfalls zurück und schöpfte eine Menge Atem, „ich denke, daß Sie mein Bein stark unterschätzen. Mein Bein ist viel teurer, es ist ein sehr teures Bein. Ich bin nämlich nicht nur von Herzen, sondern
20 leider auch im Kopf vollkommen gesund. Passen Sie mal auf."

„Meine Zeit ist sehr kurz."

„Passen Sie auf!" sagte ich. „Mein Bein hat nämlich einer Menge von Leuten das Leben gerettet, die heute eine nette Rente beziehen.

25   „Die Sache war damals so: Ich lag ganz allein irgendwo vorne und sollte aufpassen, wann sie kämen, damit die anderen zur richtigen Zeit stiften gehen[5] konnten. Die Stäbe hinten waren am Packen und wollten nicht zu früh, aber auch nicht

---

3. *ich darf nicht einmal mehr Zigaretten verkaufen . . .* — The story
takes place immediately after World War II. Cigarettes could be
bought only at the black market. The authorities punished those
selling them but sometimes looked the other way in the case of
a disabled veteran. If, as in our story, the veteran started to make
trouble, they would threaten him with arrest.
4. *loslegen* — to start in
5. *stiften gehen* — (*army slang*) run away

zu spät stiften gehen. Erst waren wir zwei, aber den anderen
haben sie totgeschossen, der kostet nichts mehr. Er war zwar
verheiratet, aber seine Frau ist gesund und kann arbeiten, Sie
brauchen keine Angst zu haben. Der war also furchtbar billig.
Er war erst vier Wochen Soldat und hat nichts gekostet als 5
eine Postkarte und ein bißchen Kommißbrot.[6] Das war einmal
ein braver Soldat, der hat sich wenigstens richtig totschießen
lassen. Nun lag ich aber da allein und hatte Angst, und es war
kalt, und ich wollte auch stiften gehen, ja, ich wollte gerade
stiften gehen, da . . .‟   10
   „Meine Zeit ist sehr kurz‟, sagte der Mann und fing an,
nach seinem Bleistift zu suchen.
   „Nein, hören Sie zu‟, sagte ich, „jetzt wird es erst interes-
sant. Gerade als ich stiften gehen wollte, kam die Sache mit
dem Bein. Und weil ich doch liegen bleiben mußte, dachte ich, 15
jetzt kannst du's auch durchgeben,[7] und ich hab's durchgege-
ben, und sie hauten alle ab,[8] schön der Reihe nach, erst die
Division, dann das Regiment, dann das Bataillon, und so
weiter, immer hübsch der Reihe nach. Eine dumme Geschichte,
sie vergaßen nämlich, mich mitzunehmen, verstehen Sie? Sie 20
hatten's so eilig. Wirklich eine dumme Geschichte, denn hätte
ich das Bein nicht verloren, wären sie alle tot, der General,
der Oberst, der Major, immer schön der Reihe nach, und Sie
brauchten ihnen keine Rente zahlen. Nun rechnen Sie mal
aus, was mein Bein kostet. Der General ist zweiundfünfzig, 25
der Oberst achtundvierzig und der Major fünfzig, alle kerngesund, von Herzen und im Kopf, und sie werden bei ihrer
militärischen Lebensweise mindestens achtzig. Bitte rechnen
Sie jetzt aus: einhundertsechzig mal zwölf mal dreißig, sagen
wir ruhig durchschnittlich dreißig, nicht wahr? Mein Bein ist 30
ein wahnsinnig teures Bein geworden, eines der teuersten
Beine, die ich mir denken kann, verstehen Sie?‟

6. *Kommißbrot* — army bread
7. *durchgeben* — pass the word
8. *abhauen* — (*slang*) go away, "beat it"

„Sie sind doch verrückt", sagte der Mann.

„Nein", erwiderte ich, „ich bin nicht verrückt. Leider bin ich von Herzen ebenso gesund wie im Kopf, und es ist schade, daß ich nicht auch zwei Minuten, bevor das mit dem Bein kam, totgeschossen wurde. Wir hätten viel Geld gespart."

„Nehmen Sie die Stelle an?" fragte der Mann.

„Nein", sagte ich und ging.

Die Botschaft

Kennen Sie jene Drecknester,[1] wo man sich vergebens fragt, warum die Eisenbahn dort eine Station eingerichtet hat; wo die Unendlichkeit über ein paar schmutzigen Häusern und einer halbverfallenen Fabrik erstarrt scheint,[2] ringsum Felder, wie zu ewiger Unfruchtbarkeit verdammt; 5 wo man mit einem Male spürt, daß sie trostlos sind, weil kein Baum und nicht einmal ein Kirchturm zu sehen ist? Der Mann mit der roten Mütze,[3] der den Zug endlich, endlich wieder abfahren läßt, verschwindet unter einem großen Schild mit hochtönendem Namen, und man glaubt, daß er nur be- 10 zahlt wird, um zwölf Stunden am Tage mit Langeweile zugedeckt zu schlafen. Ein grauverhangener[4] Horizont über öden Äckern, die niemand bestellt.

Trotzdem war ich nicht der einzige, der ausstieg; eine alte Frau mit einem großen braunen Paket entstieg dem Abteil 15 neben mir, aber als ich den kleinen schmuddeligen[5] Bahnhof verlassen hatte, war sie wie von der Erde verschluckt, und ich war einen Augenblick ratlos, denn ich wußte nicht, wen ich nach dem Wege fragen sollte. Die wenigen Backsteinhäuser mit ihren toten Fenstern und gelblich-trüben Gardinen sahen 20 aus, als könnten sie unmöglich bewohnt sein, und quer zu dieser Andeutung einer Straße verlief eine schwarze Mauer,

1. *Drecknest* — dirty "hicktown"
2. *wo die Unendlichkeit . . . erstarrt scheint* — where infinity seems to have been frozen above a couple of grimy houses and a half-broken-down factory
3. *Mann mit der roten Mütze* — train dispatcher
4. *grauverhangen* — covered with gray
5. *schmuddelig* — filthy

die zusammenzubrechen schien. Ich ging auf die finstere
Mauer zu, denn ich fürchtete mich, an eins dieser Totenhäuser
zu klopfen. Dann bog ich um die Ecke und las gleich neben
dem schmierigen und kaum lesbaren Schild „Wirtschaft"
5 deutlich und klar mit weißen Buchstaben auf blauem Grund
„Hauptstraße". Wieder ein paar Häuser, die eine schiefe
Front bildeten, zerbröckelnder Verputz,[6] und gegenüber lang
und fensterlos die düstere Fabrikmauer wie eine Barriere vor
dem Reich der Trostlosigkeit. Einfach meinem Gefühl nach[7]
10 ging ich links herum, aber da war der Ort plötzlich zu Ende;
etwa zehn Meter weit lief noch die Mauer, dann begann ein
flaches, grauschwarzes Feld mit einem kaum sichtbaren grü-
nen Schimmer, das irgendwo mit dem grauen Horizont zu-
sammenlief.
15   Links stand ein kleines, wie plattgedrücktes[8] Haus, wie es
sich Arbeiter nach Feierabend[9] bauen; wankend, fast tau-
melnd bewegte ich mich darauf zu. Nachdem ich eine ärm-
liche und rührende Pforte durchschritten hatte,[10] die von einem
kahlen Heckenrosenstrauch[11] überwachsen war, sah ich die
20 Nummer, und ich wußte, daß ich am Ziel war.
      Die grünlichen Läden, deren Anstrich längst verwaschen war,
waren fest geschlossen, wie zugeklebt[12]; das niedrige Dach,
dessen Traufe ich mit der Hand erreichen konnte, war mit
rostigen Blechplatten geflickt. Es war unsagbar still, jene
25 Stunde, wo die Dämmerung noch eine Atempause macht, ehe
sie grau und unaufhaltsam über den Rand der Ferne quillt.
Ich stockte einen Augenblick lang vor der Haustür, und ich
wünschte mir, ich wäre gestorben, damals . . . anstatt nun hier
zu stehen, um in dieses Haus zu treten. Als ich dann die

6. *Verputz* — plaster
7. *Einfach meinem Gefühl nach* — simply following my instincts
8. *plattgedrückt* — flattened, crushed flat
9. *nach Feierabend* — after working hours
10. *nachdem ich . . . durchschritten hatte* — after having stepped
    through a touchingly shabby gate
11. *Heckenrosenstrauch* — rambler rose bush
12. *wie zugeklebt* — as if glued together

Hand heben wollte, um zu klopfen, hörte ich drinnen ein girrendes Frauenlachen[13]; dieses rätselhafte Lachen, das je nach unserer Stimmung uns erleichtert oder uns das Herz zuschnürt. Jedenfalls konnte so nur eine Frau lachen, die nicht allein war, und wieder stockte ich, und das bren- 5 nende, zerreißende Verlangen quoll in mir auf, mich hinein- stürzen zu lassen in die graue Unendlichkeit des sinkenden Dämmers, die nun über dem weiten Feld hing und mich lockte, lockte . . . und mit meiner allerletzten Kraft pochte ich heftig gegen die Tür. 10

Erst war Schweigen, dann Flüstern — und Schritte, leise Schritte von Pantoffeln, und dann öffnete sich die Tür, und ich sah eine blonde, rosige Frau. Golden-rötlich brannte sie wie ein Licht vor mir auf in dieser Ewigkeit von Grau und Schwarz. Sie wich mit einem leisen Schrei zurück und hielt 15 mit zitternden Händen die Tür, aber als ich meine Soldaten- mütze abgenommen und mit heiserer Stimme gesagt hatte: „'n Abend",[14] löste sich der Krampf des Schreckens aus diesem merkwürdig formlosen Gesicht,[15] und sie lächelte be- klommen und sagte „Ja". Im Hintergrund tauchte eine mus- 20 kulöse, im Dämmer des kleinen Flures verschwimmende Männergestalt auf. „Ich möchte zu Frau Brink", sagte ich leise. „Ja", sagte die tonlose Stimme wieder, die Frau stieß nervös eine Tür auf. Die Männergestalt verschwand im Dun- keln. Ich betrat eine enge Stube, die mit ärmlichen Möbeln 25 vollgepfropft[16] war und worin der Geruch von schlechtem Es- sen und sehr guten Zigaretten sich festgesetzt hatte. Ihre weiße Hand huschte zum Schalter, und als nun das Licht auf sie fiel, wirkte sie bleich und zerflossen, fast leichenhaft,[17] nur das helle, rötliche Haar war lebendig und warm. Der Blick ihrer 30

13. *ein girrendes Frauenlachen* — cooing feminine laughter
14. *'n Abend = guten Abend*
15. *löste sich . . . Gesicht* — the spasm of shock vanished from this strangely shapeless face
16. *vollgepfropft* — stuffed full
17. *wirkte sie . . . leichenhaft* — she appeared pale and lifeless, al- most like a corpse

wässrigen blauen Augen war ängstlich und schreckhaft, als
stehe sie, eines furchtbaren Urteils gewiß, vor Gericht. Selbst
die billigen Drucke an den Wänden waren wie ausgehängte
Anklagen.[18]

5   „Erschrecken Sie nicht", sagte ich gepreßt[19], und ich wußte
im gleichen Augenblick, daß das der schlechteste Ausdruck
war, den ich hatte wählen können, aber bevor ich fortfahren
konnte, sagte sie seltsam ruhig: „Ich weiß alles, er ist tot
. . . tot." Ich konnte nur nicken. Dann griff ich in meine
10 Tasche, um ihr die letzten Habseligkeiten[20] zu überreichen,
aber im Flur rief eine brutale Stimme „Gitta!" Sie blickte
mich verzweifelt an, dann riß sie die Tür auf und rief kreischend: „Warte fünf Minuten — verdammt — ", und krachend
schlug die Tür wieder zu, und ich glaubte mir vorstellen zu
15 können, wie sich der Mann feige hinter den Ofen verkroch.
Ihre Augen sahen trotzig, fast triumphierend zu mir auf.

Ich legte langsam den Trauring, die Uhr und das Soldbuch[21] mit den verschlissenen Photos auf die grüne samtene
Tischdecke. Da schluchzte sie plötzlich wild und schrecklich.
20 Die Erinnerung schien sie wie mit tausend Schwertern zu durch-
schneiden. Da wußte ich, daß der Krieg niemals zu Ende
sein würde, niemals, solange noch irgendwo eine Wunde
blutet, die er geschlagen hat.

Ich warf alles, Ekel, Furcht und Trostlosigkeit, von mir ab
25 wie eine lächerliche Bürde und legte meine Hand auf die
zuckende, üppige Schulter, und als sie nun das erstaunte Gesicht zu mir wandte, sah ich zum ersten Male in ihren Zügen
Ähnlichkeit mit jenem Photo eines hübschen, liebevollen Mäd-
chens, das ich wohl viele hundert Male hatte ansehen müssen,
30 damals . . .

„Wo war es — setzen Sie sich doch — im Osten?" Ich sah es

18. *ausgehängte Anklagen* — indictments made public
19. *gepreßt* — in a strained tone of voice
20. *Habseligkeiten* — effects, possessions
21. *Soldbuch* — soldier's pocket ledger, pay record

ihr an, daß sie jeden Augenblick wieder in Tränen ausbrechen würde.

„Nein . . . im Westen, in der Gefangenschaft . . . wir
waren mehr als hunderttausend . . .“

„Und wann?“ Ihr Blick war gespannt und wach und un- 5
heimlich lebendig, und ihr ganzes Gesicht war gestrafft und
jung — als hinge ihr Leben an meiner Antwort.

„Im Juli 45“, sagte ich leise.

Sie schien einen Augenblick zu überlegen, und dann lächelte sie — ganz rein und unschuldig, und ich erriet, warum 10
sie lächelte.

Aber plötzlich war mir, als drohe das Haus über mir zusammenzubrechen, ich stand auf. Sie öffnete mir, ohne ein
Wort zu sagen, die Tür und wollte sie mir aufhalten, aber
ich wartete beharrlich, bis sie vor mir hinausgegangen war; 15
und als sie mir ihre kleine, etwas feiste Hand gab, sagte sie
mit einem trockenen Schluchzen: „Ich wußte es, ich wußte es,
als ich ihn damals — es ist fast drei Jahre her — zum Bahnhof
brachte“, und dann setzte sie ganz leise hinzu: „Verachten
Sie mich nicht.“ 20

Ich erschrak vor diesen Worten bis ins Herz — mein Gott,
sah ich denn wie ein Richter aus? Und ehe sie es verhindern
konnte, hatte ich diese kleine, weiche Hand geküßt, und es
war das erstemal in meinem Leben, daß ich einer Frau die
Hand küßte. 25

Draußen war es dunkel geworden, und wie in Angst gebannt[22] wartete ich noch einen Augenblick vor der verschlosse-
nen Tür. Da hörte ich sie drinnen schluchzen, laut und wild,
sie war an die Haustür gelehnt, nur durch die Dicke des
Holzes von mir getrennt, und in diesem Augenblick wünschte 30
ich wirklich, daß das Haus über ihr zusammenbrechen und sie
begraben möchte.

Dann tastete ich mich langsam und unheimlich vorsichtig,

22. *wie in Angst gebannt* — transfixed with fear

denn ich fürchtete jeden Augenblick in einem Abgrund zu
versinken, bis zum Bahnhof zurück. Kleine Lichter brannten
in den Totenhäusern, und das ganze Nest[23] schien weit, weit
vergrößert. Selbst hinter der schwarzen Mauer sah ich kleine
5 Lampen, die unendlich große Höfe zu beleuchten schienen.
Dicht und schwer war der Dämmer geworden, nebelhaft
dunstig und undurchdringlich.

In der zugigen Wartehalle stand außer mir noch ein älteres
Paar, fröstelnd in eine Ecke gedrückt. Ich wartete lange, die
10 Hände in den Taschen und die Mütze über die Ohren gezogen, denn es zog kalt[24] von den Schienen her, und immer,
immer tiefer sank die Nacht wie ein ungeheures Gewicht.

„Hätte man nur etwas mehr Brot und ein bißchen Tabak",
murmelte hinter mir der Mann. Und immer wieder beugte
15 ich mich vor, um in die sich ferne zwischen matten Lichtern
verengende Parallele der Schienen zu blicken.

Aber dann wurde die Tür jäh aufgerissen, und der Mann
mit der roten Mütze, diensteifrigen[25] Gesichts, schrie als ob er
es in die Wartehalle eines großen Bahnhofs rufen müsse:
20 „Personenzug nach Köln[26] fünfundneunzig Minuten Verspätung!"

Da war mir, als sei ich für mein ganzes Leben in Gefangenschaft geraten.

23. *Nest* — see footnote 1, p. 25.
24. *es zog kalt* — there was a cold draft
25. *diensteifrigen Gesichts* — with an officious expression on his face
26. *Personenzug nach Köln* — local train to Cologne

Erinnerungen eines jungen Königs

Als ich dreizehn Jahre alt war, wurde ich zum
König von Capota[1] ausgerufen. Ich saß gerade in meinem
Zimmer und war damit beschäftigt, aus einem „Nicht Genügend" unter einem Aufsatz das „Nicht" wegzuradieren.
Mein Vater, Pig Gi I. von Capota, war für vier Wochen ins 5
Gebirge zur Jagd, und ich sollte ihm meinen Aufsatz mit
dem königlichen Eilkurier nachsenden. So rechnete ich mit
der schlechten Beleuchtung in Jagdhütten und radierte eifrig,
als ich plötzlich vor dem Palast heftiges Geschrei hörte: „Es
lebe Pig Gi der Zweite!"   10
Kurz darauf kam mein Kammerdiener ins Zimmer ge-
stürzt, warf sich auf der Türschwelle nieder und flüsterte
hingebungsvoll: „Majestät geruhen[2] bitte, mir nicht nachzutra-
gen, daß ich Majestät damals wegen Rauchens dem Herrn
Ministerpräsidenten gemeldet habe."   15
Die Untertänigkeit des Kammerdieners war mir widerwärtig, ich wies ihn hinaus und radierte weiter. Mein Hauslehrer pflegte mit rotem Tintenstift zu zensieren. Ich hatte
gerade ein Loch ins Heft radiert, als ich wieder unterbrochen
wurde: der Ministerpräsident trat ein, kniete an der Tür nieder 20
und rief: „Hoch, Pig Gi der Zweite, dreimal hoch!" Er setzte
hinzu: „Majestät, das Volk wünscht Sie zu sehen."
Ich war sehr verwirrt, legte den Radiergummi beiseite,

1. *Capota* — fictitious kingdom
2. *geruhen* — to deign

klopfte mir den Schmutz von den Händen und fragte: „Warum
wünscht das Volk mich zu sehen?"

„Weil Sie König sind."

„Seit wann?"

5 „Seit einer halben Stunde. Ihr allergnädigster Herr Vater
wurde auf der Jagd von einem Rasac erschossen." [Rasac ist
die Abkürzung für „Rasante Sadisten Capotas"].[3]

„O, diese Rasac!" rief ich. Dann folgte ich dem Ministerpräsidenten und zeigte mich vom Balkon aus dem Volk. Ich
10 lächelte, schwenkte die Arme und war sehr verwirrt.

Diese spontane Kundgebung dauerte zwei Stunden. Erst
gegen Abend, als es dunkel wurde, zerstreute sich das Volk;
als Fackelzug kam es einige Stunden später wieder am Palast
vorbei.

15 Ich ging in meine Zimmer zurück, zerriß das Aufsatzheft
und streute die Fetzen in den Innenhof des Königspalastes.
Dort wurden sie — wie ich später erfuhr — von Andenken-
sammlern aufgehoben und in fremde Länder verkauft, wo
man heute die Beweise meiner Schwächen in Rechtschreibung
20 unter Glas aufbewahrt.

Es folgten nun anstrengende Monate. Die Rasac versuchten
zu putschen[4], wurden aber von den Misac [„Milde Sadisten
Capotas"] und vom Heer unterdrückt. Mein Vater wurde
beerdigt, und ich wurde in der Kathedrale von Capota ge-
25 krönt. Ich mußte an den Parlamentssitzungen teilnehmen und
Gesetze unterschreiben — aber im großen Ganzen gefiel mir
das Königtum, weil ich meinem Hauslehrer gegenüber nun
andere Methoden anwenden konnte.

Fragte er mich im mündlichen Unterricht: „Geruhen Eure
30 Majestät, mir aufzusagen, welche Regeln es bezüglich der
Behandlung unechter Brüche[5] gibt?" Dann sagte ich: „Nein,
ich geruhe nicht", und er konnte nichts machen. Sagte er:

---

3. *Rasante Sadisten Capotas* — Raging Sadists of Capota
4. *putschen* — to stage a revolt
5. *unechte Brüche* — improper fractions

„Würden Eure Majestät es untragbar finden, wenn ich Ihre Majestät bäte, mir — etwa drei Seiten lang — aufzuschreiben, welches die Motive des Tell[6] waren, als er Geßler ermordete?" Dann sagte ich: „Ja, ich würde es untragbar finden", — und ich forderte ihn auf, mir die Motive des Tell aufzuzählen! 5

So erlangte ich fast mühelos eine gewisse Bildung, verbrannte sämtliche Schulbücher und Hefte und gab mich meinen eigentlichen Leidenschaften hin, ich spielte Ball, warf mit meinem Taschenmesser nach der Türfüllung, las Kriminalromane und hielt lange Konferenzen ab mit dem Leiter des 10 Hofkinos. Ich ordnete an, daß alle meine Lieblings-Filme angeschafft würden und trat im Parlament für eine Schulreform ein.

Es war eine herrliche Zeit, obwohl mich die Parlamentssitzungen ermüdeten. Es gelang mir, nach außen hin[7] den 15 schwermütigen jugendlichen König zu markieren[8], und ich verließ mich ganz auf den Ministerpräsidenten Pelzer, der ein Freund meines Vaters und ein Vetter meiner verstorbenen Mutter gewesen war.

Aber nach drei Monaten forderte Pelzer mich auf, zu heira- 20 ten. Er sagte: „Sie müssen dem Volke Vorbild sein, Majestät." Vor dem Heiraten hatte ich keine Angst, schlimm war nur, daß Pelzer mir seine elfjährige Tochter Jadwiga antrug, ein dünnes kleines Mädchen, das ich oft im Hof Ball spielen sah. Sie galt als doof[9], machte schon zum zweiten Male die fünfte 25 Klasse durch, war blaß und sah tückisch aus. Ich bat mir von Pelzer Bedenkzeit aus, wurde nun wirklich schwermütig, lag stundenlang im Fenster meines Zimmers und sah Jadwiga zu, die Ball oder Hüpfen[10] spielte. Sie war etwas netter angezogen, blickte hin und wieder zu mir hinauf und lächelte. Aber ihr 30 Lächeln kam mir künstlich vor.

6. *Tell* — Wilhelm Tell — reference to Schiller's play
7. *nach außen hin* — in the eyes of the public
8. *markieren* — play
9. *doof* — (*colloquial*) a dope, dopey
10. *Hüpfen* — hop scotch

Als die Bedenkzeit um war, trat Pelzer in Galauniform vor
mich: er war ein mächtiger Mann mit gelbem Gesicht, schwar-
zem Bart und funkelnden Augen. „Geruhen Eure Majestät",
sagte er, „mir ihre Entscheidung mitzuteilen. Hat mein Kind
5 Gnade[11] vor Ihrer Majestät Augen gefunden?" Als ich
schlankweg[12] „Nein" sagte, geschah etwas Schreckliches: Pelzer riß sich die Epauletten von der Schulter, die Tressen von
der Brust, warf mir sein Portefeuille[13] — es war aus Kunstleder — vor die Füße, raufte sich den Bart und schrie: „Das
10 also ist die Dankbarkeit capotischer Könige!"

Ich war in einer peinlichen Situation. Ohne Pelzer war ich
verloren. Kurz entschlossen sagte ich: „Ich bitte Sie um Jadwigas Hand."

Pelzer stürzte vor mir nieder, küßte mir inbrünstig die
15 Fußspitzen, hob Epauletten, Tressen und das Portefeuille aus
Kunstleder wieder auf.

Wir wurden in der Kathedrale von Huldebach[14] getraut.
Das Volk bekam Bier und Wurst, es gab pro Kopf acht Zigaretten und auf meine persönliche Anregung hin zwei Frei-
20 fahrscheine für die Karussells; acht Tage lang umbrandete
Lärm den Palast.

Ich half nun Jadwiga bei den Aufgaben, wir spielten Ball,
spielten Hüpfen, ritten gemeinsam aus, und bestellten uns,
sooft wir Lust hatten, Marzipan aus der Hofkonditorei[15] oder
25 gingen ins Hofkino. Das Königtum gefiel mir immer noch
— aber ein schwerer Zwischenfall beendete endgültig meine
Karriere.

Als ich vierzehn wurde, wurde ich zum Oberst und Kom-
mandeur des 8. Reiterregiments ernannt. Jadwiga wurde Ma-
30 jor. Wir mußten hin und wieder die Front[16] des Regiments

11. *Gnade finden* — to find favor
12. *schlankweg* — right away
13. *Portefeuille* — portfolio
14. *Huldebach* — fictitious town
15. *Hofkonditorei* — royal pastry shop
16. *die Front abreiten* — to hold review

abreiten, an Kasinoabenden[17] teilnehmen und an jedem hohen
Feiertage Orden an die Brust verdienter Soldaten heften. Ich
selbst bekam eine Menge Orden. Aber dann geschah die Geschichte mit Poskopek.

Poskopek war ein Soldat der vierten Schwadron meines 5
Regiments, der an einem Sonntagabend desertierte, um einer
Zirkusreiterin über die Landesgrenze zu folgen. Er wurde
gefangen, in Arrest gebracht und von einem Kriegsgericht
zum Tode verurteilt. Ich sollte als Regimentskommandeur das
Urteil unterschreiben, aber ich schrieb einfach darunter: Wird 10
zu vierzehn Tagen Arrest begnadigt, Pig Gi II.

Diese Notiz hatte schreckliche Folgen: Die Offiziere meines
Regiments rissen sich alle ihre Epauletten von der Schulter,
die Tressen und Orden von der Brust und ließen sie von
einem jungen Leutnant in meinem Zimmer zerstreuen. Die 15
ganze capotische Armee schloß sich der Meuterei an, und am
Abend des Tages war mein ganzes Zimmer mit Epauletten,
Tressen und Orden angefüllt: es sah schrecklich aus.

Zwar jubelte das Volk mir zu, aber in der Nacht schon
verkündete mir Pelzer, daß die ganze Armee zu den Rasac 20
übergegangen sei. Es knallte, es schoß, und das wilde Hämmern[18] von Maschinengewehren zerriß die Stille um den
Palast. Zwar hatten die Misac mir eine Leibwache geschickt,
aber Pelzer ging im Laufe der Nacht zu den Rasac über, und
ich war gezwungen, mit Jadwiga zu fliehen. Wir rafften 25
Kleider, Banknoten und Schmuck zusammen, die Misac re-
quirierten[19] eine Taxe, wir erreichten mit knapper Not den
Grenzbahnhof des Nachbarlandes, sanken erschöpft in ein
Schlafwagenabteil zweiter Klasse und fuhren westwärts.

Über die Grenze Capotas herüber erklang Geknalle, wildes 30
Geschrei, die ganze schreckliche Musik des Aufruhrs.

Wir fuhren vier Tage und stiegen in einer Stadt aus, die

17. *Kasinoabende* — evenings at the officers' club
18. *Hämmern* — sputter, chatter
19. *requirieren* — to requisition

Wickelheim hieß: Wickelheim — dunkle Errinerungen aus meinem Geographieunterricht sagten es mir — war die Hauptstadt des Nachbarlandes.

Inzwischen hatten Jadwiga und ich Dinge kennengelernt,
5 die wir zu schätzen begannen: den Geruch der Eisenbahn, bitter und würzig, den Geschmack von Würstchen auf wildfremden Bahnhöfen; ich durfte rauchen, soviel ich wollte, und Jadwiga begann aufzublühen, weil sie von der Last der Schulaufgaben befreit war.

10 Am zweiten Tage unseres Aufenthaltes in Wickelheim wurden überall Plakate aufgeklebt, die unsere Aufmerksamkeit erregten: „ZIRKUS HUNKE — die berühmte Reiterin Hula mit ihrem Partner Jürgen Poskopek." Jadwiga war ganz aufgeregt, sie sagte: „Pig Gi, denke an unsere Existenz, Posko-
15 pek wird dir helfen."

In unserem Hotel kam stündlich ein Telegramm aus Capota an, das den Sieg der Misac verkündete, die Erschießung Pelzers, eine Reorganisation des Militärs. Der neue Ministerpräsident — er hieß Schmidt und war Anführer der Misac —
20 bat mich zurückzukehren, die stählerne Krone der Könige von Capota aus den Händen des Volkes wieder aufzunehmen.

Einige Tage lang zögerte ich, aber letzten Endes siegte doch Jadwigas Angst vor den Schulaufgaben, ich ging zum Zirkus Hunke, fragte nach Poskopek und wurde von ihm mit stür-
25 mischer Freude begrüßt: „Retter meines Lebens", rief er in der Tür seines Wohnwagens[20] stehend, aus, „was kann ich für Sie tun?" „Verschaffen Sie mir eine Existenz", sagte ich schlicht.

Poskopek war rührend: er verwandte[21] sich für mich bei
30 Herrn Hunke, und ich verkaufte zuerst Limonade, dann Zigaretten, später Goulasch im Zirkus Hunke. Ich bekam einen Wohnwagen und wurde nach kurzer Frist Kassierer. Ich nahm den Namen Tückes an, Wilhelm Tückes, und wurde seitdem mit Telegrammen aus Capota verschont.

20. *Wohnwagen* — Gypsy wagon, trailer
21. *sich verwenden für* — to put in a word for

Man hält mich für tot, für verschollen, während ich mit der immer mehr aufblühenden Jadwiga im Wohnwagen des Zirkus Hunke die Lande durchziehe. Ich rieche fremde Länder, sehe sie, erfreue mich des großen Vertrauens, das Herr Hunke mir entgegenbringt. Und wenn nicht Poskopek mich hin und 5 wieder besuchte und mir von Capota erzählte, wenn nicht Hula, die schöne Reiterin, seine Frau, mir immer wieder versicherte, daß ihr Mann mir sein Leben verdankt, dann würde ich überhaupt nicht mehr daran denken, daß ich einmal König war. 10

Aber neulich habe ich einen wirklichen Beweis meines früheren königlichen Lebens entdeckt. Wir hatten ein Gastspiel in Madrid, und ich schlenderte morgens mit Jadwiga durch die Stadt, als ein großes graues Gebäude mit der Aufschrift „National Museum" unsere Aufmerksamkeit erregte. 15 „Laß uns dort hineingehen", sagte Jadwiga, und wir gingen hinein in dieses Museum, in einen der großen abgelegenen Säle, über dem ein Schild „Handschriftenkunde"[22] hing.

Ahnunglos sahen wir uns die Handschriften verschiedener Staatspräsidenten und Könige an, bis wir an einen Glaskasten 20 kamen, auf dem ein schmaler weißer Zettel klebte: „Königreich Capota, seit zwei Jahren Republik." Ich sah die Handschrift meines Großvaters Wuck XL., ein Stück aus dem berühmten Capotischen Manifest, das er eigenhändig verfaßt hatte, ich fand ein Notizblatt aus den Jagdtagebüchern meines 25 Vaters — und schließlich einen Fetzen aus meinem Schulheft, ein Stück schmutzigen Papiers, auf dem ich las: Rehgen bringt Sehgen[23]. Beschämt wandte ich mich Jadwiga zu, aber sie lächelte nur und sagte: „Das hast du nun hinter dir, für immer." 30

Wir verließen schnell das Museum, denn es war ein Uhr geworden, um drei fing die Vorstellung an, und ich mußte um zwei die Kasse eröffnen.

22. *Handschriftenkunde* — Manuscript Room; *lit.,* graphology
23. *Rehgen bringt Sehgen* — misspelled proverb *Regen bringt Segen*

Fragen

AN DER BRÜCKE

1. Was haben „sie" ihm geflickt?
2. Welchen Posten haben sie ihm dann gegeben?
3. Wie sehen sie aus, wenn er ihnen das Resultat seiner Schicht mitteilt?
4. Wieviele Menschen gehen täglich über die neue Brücke?
5. Was macht ihm manchmal Freude beim Zählen?
6. Was gibt er an, wenn er wütend ist?
7. Und was gibt er an, wenn er froh ist?
8. Was tun sie dann, wenn sie die Statistiken in der Hand haben?
9. Wenn seine Geliebte über die Brücke geht—was geschieht mit seinem Herzen?
10. Warum will er die Geliebte nicht zählen?
11. Wovor hat der Kumpel ("pal") ihn gewarnt?
12. Um wieviele Fussgänger hat er sich verzählt?
13. Was hat der Oberstatistiker ihm dann gesagt?
14. Mit welcher Stelle wird der Oberstatistiker ihn dann belohnen?
15. Warum hat er dann Ruhe zwischen vier und acht?

ABENTEUER EINES BROTBEUTELS

1. Aus was für einem Dorf kommt Stobski?
2. Wohin schickt die Armee den Soldaten Stobski?
3. Was tut er während der Schlacht, als ihm die Füße weh tun?
4. Wovon träumt er vor seinem Tode?
5. Was schreibt Hauptmann Hummel an Stobskis Mutter?
6. Wohin wandert der Brotbeutel mit Wilkins Grayhead?
7. Was geschieht mit Wilkins Grayhead nach der Entlassung aus der Armee?
8. Wie lange und bei wem bleibt der Brotbeutel in Soho?
9. Wohin geht seine nächste Reise?
10. Zu was für einer Erkenntnis kommt ein südamerikanischer Staat?
11. Was findet der nächste Besitzer noch im Brotbeutel?
12. Wann trug Wilhelm Habke den Brotbeutel?

13. Welche Dinge bewahrte Walter Habke im Brotbeutel auf?
14. Was ist für das Heldentum schädlich?
15. Wer ist der junge Banollo, der das Wohnzimmer der Habkes in Spandau bombardiert hat?
16. Was war inzwischen mit Niestronno geschehen?
17. Wie sieht das Zimmer von Stobskis Mutter aus?
18. Was für Gefangene ziehen an den Leuten in Niestronno vorbei?
19. Was tut Frau Stobski, als sie einen jungen Soldaten tot vor ihrer Türe findet?
20. Was hätte sie im Brotbeutel gefunden, wenn sie ihn weiter aufgeschlagen hätte?

AUCH KINDER SIND ZIVILISTEN

1. Warum erlaubt der Posten dem Verwundeten nicht herauszugehen?
2. Was will der Erzähler ("storyteller") kaufen?
3. Von wem will er kaufen?
4. Wie ist das Wetter?
5. Warum will der Posten keine Kinder hereinlassen?
6. Wo ging der Erzähler schließlich hin?
7. Was für verschiedene Kuchen gibt es?
8. Wie sah die Straße aus?
9. Warum will er alle Kuchen kaufen?
10. Was kauft er außer den Kuchen?
11. Warum haben die Soldaten so viel Geld?
12. Was sagt er, nachdem er bezahlt hat?
13. In welchem Lande befinden wir uns?
14. Wann nimmt er seinen Kopf wieder aus der Mauer zurück?
15. Beschreiben Sie die Stimmung ("mood") der Geschichte.

MEIN TEURES BEIN

1. Wie waren „sie" auf dem Amt zu ihm?
2. Welches Bein ist kaputt?
3. Was für eine Chance gibt ihm das Amt?
4. Wo soll er arbeiten?
5. Warum will er die Arbeit nicht annehmen?

6. „Ein Deutscher kann alles lernen." Was soll er mitmachen?
7. Was will er stattdessen von dem Amt haben?
8. Was darf er nicht mehr verkaufen?
9. Wieviel kriegt ("get") er als Rente monatlich für das Bein?
10. Warum kostet der andere Soldat, der mit ihm an der Front lag, nichts mehr?
11. Was wäre mit dem General, dem Oberst, dem Major geschehen, wenn das Bein nicht abgeschossen worden wäre?
12. Wie alt werden die drei bei gesundem Leben jetzt wohl werden?
13. Wie nennt er daher sein Bein?
14. Was sagt der Mann im Amt zu ihm dann?
15. Was antwortet er darauf?

DIE BOTSCHAFT

1. Wie beschreibt Böll den Ort, in dem unsere Geschichte spielt?
2. Was für einen Eindruck machen die Backsteinhäuser auf unseren Erzähler?
3. Wie reagiert Frau Brink, als sie ihn sieht?
4. Wie sieht Frau Brinks Stube aus?
5. Warum sind seine ersten Worte schlecht gewählt?
6. Welche Habseligkeiten legt der Soldat auf die Tischdecke?
7. Wann und wo ist Frau Brinks Mann gefallen?
8. Was sagt sie beim Abschied?
9. Wie sieht der Ort am Abend aus?
10. Was für ein Gefühl hat unser Soldat, als er hört, daß der Personenzug fünfundneunzig Minuten Verspätung hat?

ERINNERUNGEN EINES JUNGEN KÖNIGS

1. Wie heißt das phantastische Königreich, dessen König Pig Gi II. ist?
2. Was radiert der Sohn unter seinem Aufsatz?
3. Warum gefällt ihm das neue Königtum?
4. Was waren die wirklichen Leidenschaften des Königs?
5. Wer ist Pelzer?
6. Was hielt Pig Gi II. von Jadwiga?

7. Was aßen der König und seine Frau besonders gerne in der Konditorei?
8. Warum sollte Poskopek zum Tode verurteilt werden?
9. Was für ein Urteil schreibt der König?
10. Was entscheidet den Bürgerkrieg zwischen Rasac und Misac?
11. Welche neuen Dinge gefallen dem König und Jadwiga im Nachbarland?
12. Warum gingen die beiden nicht nach Capota zurück?
13. Was arbeitet der König im Zirkus?
14. Wieso erreichen ihn keine Telegramme aus Capota mehr?
15. Was sahen der König und Jadwiga im Saal mit dem Schild „Handschriftenkunde"?

Vocabulary

ab off, down. — **und zu** now and then
ab·ändern change
ab·brechen, a, o break off, interrupt
ab·bringen, a, a talk out of
ab·danken abdicate
der Abend, –e evening
die Abenddämmerung evening twilight
das Abendessen, – evening meal, supper
abendlich nightly
abends in the evening
das Abendschläfchen, – evening nap
das Abenteuer, – adventure
aber however, but
abermals again
ab·fahren, u, a depart
die Abfallkiste, –n garbage can
ab·fertigen take care of
abgearbeitet overworked
ab·geben, a, e deliver, hand over. **einen Schwur** — take an oath
die Abgefeimtheit craftiness
ab·gehen, i, a turn off, depart
abgelegen remote
abgeneigt averse
abgesehen aside
ab·gleiten, i, i slide off
der Abgrund, ⁔e abyss
ab·halten, ie, a prevent, keep from, hold back
abhanden lost. — **kommen** get lost
ab·hängen, i, a (von) depend (on)
ab·heben, o, o draw
ab·holen come for, fetch
ab·husten clear one's throat by coughing
die Abkürzung, –en abbreviation
ab·lassen, ie, a leave off
ab·laufen, ie, au run off
ab·legen take off
ab·lehnen decline
ab·lenken divert, distract
ab·liefern deliver, hand over
ab·nehmen, a, o take away, take off
ab·nützen wear out
der Abscheu revulsion
abscheulich disgusting
der Abschied departure, discharge. — **nehmen** depart, take leave, resign
ab·schließen, o, o close off
der Abschluß, ⁔e close
ab·schneiden, i, i cut off
der Abschnitt, –e section
ab·schütteln shake off
ab·schwächen weaken
ab·seilen rope off
abseits to one side
ab·setzen dismiss
die Absicht, –en intention
absichtlich intentional
ab·sperren shut off
der Abstecher, – digression
ab·stoßen, ie, o push away
das Abteil, –e compartment
die Abteilung, –en division
ab·tragen, u, a pay off

ab·trennen separate
ab·tun, a, a dispose of
abwärts downward
ab·wechseln take turns
ab·wehren wave away
ab·wenden, a, a turn away
ab·werfen, a, o throw aside
abwesend absent-minded
die Abwesenheit, –en absence
ab·wickeln wind up
ab·winken wave away
ab·wischen wipe (off)
ab·zahlen pay off
ab·ziehen, o, o withdraw
der Abzug, ⁔e trigger
die Achsel, –n armpit
achten pay attention, respect highly
die Achtung respect
ächzen groan
der Acker, ⁔ field
(das) Ägypten Egypt
ägyptisch Egyptian
ahnen suspect, have a presentiment of
ähnlich similar
die Ähnlichkeit, –en similarity
die Ahnung, –en presentiment
ahnungslos unsuspecting
die Aktie, –n (stock) share
all– all. **vor** —**em** above all
die Allee, –n avenue
allein alone
allerdings to be sure, indeed, though, admittedly
allergnädigster most gracious
allerhand all sorts of
allerlei all kinds of
allerletzt last (of all), very last
alles everything
allgemein general, universal
allmählich gradual
allmonatlich every month
allseits to all
allzu all too
allzusehr all too much
als as, for, when, than. **nichts** — nothing but
also therefore, so
alt old
altbewährt time-tested
das Alter, – age
ältlich elderly
der Altwarenhändler, – second-hand dealer, junk dealer
die Amme, –n nursemaid
das Amt, ⁔er government office
die Amtsperson, –en official
an against, at, to, by way of, of. — **und für sich** themselves, in any case
an·beraumen set
an·bieten, o, o offer
an·blasen, ie, a blow on
der Anblick sight
an·blicken look at
an·bringen, a, a attach
an·dauern last

das **Andenken,** – reminder, memory
der **Andenkensammler,** – souvenir hunter
ander other, different. **alles —e** everything else
and(e)rerseits on the other hand
anderes other things
anders otherwise. **— als** different from
anderswo elsewhere
die **Änderung, –en** change
an·deuten hint, point out, indicate
die **Andeutung, –en** hint
anerkennen, a, a recognize, praise
der **Anfang, ⁼e** beginning
an·fangen, i, a begin
anfangs in the beginning of
an·fassen grasp
die **Anfrage, –n** inquiry
der **Anführer,** – leader, chief
an·füllen to fill up
an·geben, a, e give, to report
angebracht fitting
der **Angeklagte, –n** accused person, defendant
die **Angelegenheit, –en** affair
der **Angestellte, –n, –n** employee
angewiesen (*part.*) dependent
s. **angewöhnen** accustom oneself
an·glotzen stare at
an·greifen, i, i attack; touch
der **Angreifer,** – aggressor
der **Angriff, –e** attack
die **Angst, ⁼e** fear, anxiety. **— bekommen** get frightened. **jemandem — machen** frighten someone
ängstigen frighten
ängstlich anxious
an·halten, ie, a stop
der **Anhänger,** – follower, adherent
an·hören listen to
an·knüpfen strike up
an·kommen, a, o arrive. **— auf** depend on
die **Ankunft, ⁼e** arrival
an·lächeln smile at
an·lachen laugh over, laugh at
der **Anlauf,** – start
s. **an·lehnen (an)** lean (against)
an·messen, a, e measure for
die **Annahme, –n** assumption
an·nehmen, a, o assume, accept, adopt, suppose
an·ordnen order, arrange, direct
die **Anordnung, –en** measure. **eine — treffen** give an order. **—en treffen** take steps
an·probieren try on, be fitted
die **Anregung, –en** suggestion
an·rempeln jostle
der **Anruf, –e** summons, call
an·rufen, ie, u call upon
an·rühren touch
an·sammeln collect
an·schaffen, u, a acquire
an·schauen look at

der **Anschein** appearance
anscheinend apparently
der **Anschlag, ⁼e** plot
an·schlagen, u, a hit against
an·schließen, o, o join
an·schreien, ie, ie shout at
an·schwindeln swindle, lie to
an·sehen, a, e look at, look up, tell by looking, see by looking at, consider
das **Ansehen** standing, position
an·setzen put on
die **Ansicht, –en** opinion, view
an·spannen hitch up (a team)
die **Ansprache, –n** speech, contact
der **Anspruch, ⁼e** claim. **in — nehmen** claim, absorb
anständig decent, proper
an·starren stare at
anstatt instead of
an·stecken infect
an·stehen, a, a stand in line. **schlecht — ** look bad on
die **Anstellung, –en** position
an·strengen strain
anstrengend strenuous
die **Anstrengung, –en** exertion
der **Anstrich, –e** paint
antik antique
der **Antrag, ⁼e** proposal, motion
antragen, u, a suggest, offer
an·treffen, a, o catch, come upon
an·treten, a, e begin
die **Antwort, –en** answer
antworten answer
an·vertrauen entrust to, confide
an·wachsen, u, a grow
an·weisen, ie, ie instruct
an·wenden, a, e apply
an·werben, a, o recruit. s. **— lassen** enlist
das **Anwesen,** – (piece of) property
anwesend present
die **Anwesenheit** presence
das **Anzeichen,** – sign
an·zeigen indicate
an·ziehen, o, o rise, draw in, lure. s. **— ** get dressed
der **Anzug, ⁼e** suit
an·zünden light
der **Apfel, ⁼** apple. **Apfel für Apfel** apple after apple
die **Apfelsine, –n** orange
der **Apparat, –e** organization
der **Appell, –e** roll-call
appellieren appeal
die **Arbeit, –en** job, work
arbeiten work
der **Arbeitserfolg, –e** professional success
arbeitsscheu work-shy
die **Arbeitsunterbrechung, –en** respite from work
arg bad
der **Ärger** vexation
ärgerlich annoyed, angry

ärgern annoy, vex. **s. —** get angry
argwöhnisch suspicious
arm poor
der **Ärmel, –** sleeve
ärmlich poorly, shabby
armselig pitiful
die **Art, –en** way, kind, type, manner
der **Arzt, –e** doctor
die **Aschenkiste, –n** ash can
ästhetisch aesthetic
der **Atem** breathing, breath
die **Atembeschwerde, –n** breathing difficulty
die **Atemfreiheit** freedom of breathing
atemlos breathless
die **Atemnot** shortness of breath
atmen breathe
ätzen corrode
auch also, even
auf at, toward, upon, up (awake), on, to. **— ... zu** toward. **— und ab** up and down
auf·atmen heave a sigh of relief
auf·betten turn down beds
auf·bewahren keep, store, preserve
auf·bieten, o, o call upon
auf·binden, a, u tuck up
auf·blasen, ie, a blow up
auf·blühen bloom forth
auf·brauchen use up
auf·brechen, a, o leave
auf·brennen, a, a flare up
auf·bringen, a, a irritate, provoke, muster
der **Aufenthalt, –e** stay, time or place of sojourn
auf·erlegen put upon
auf·fallen, ie, a attract attention, be conspicuous, strike
auffallend conspicuous
auf·fangen, i, a absorb, catch
auf·fassen take, interpret, comprehend
auf·fliegen, o, o fly open
auf·fordern order, ask, urge, challenge, demand
s. auf·führen behave
die **Aufgabe, –n** task, lesson, job
auf·geben, a, e give up, quit
auf·gehen, i, a become clear
auf·greifen, i, i pick up
auf·halten, ie, a stop, interrupt, hold open. **s. —** stay, waste time. **s. — mit** spend time (doing)
auf·hängen, i, a suspend, burden down with, foist off on, hang up
auf·heben, o, o pick up, lift, keep
das **Aufheben, –** fuss, ado
auf·hetzen stir up
auf·horchen harken
auf·hören stop
auf·klären inform, enlighten
auf·kleben paste on, put up
auf·lauern lie in wait for

auf·leben be revived
auf·leuchten light up, gleam, sparkle
auf·lösen disband, dissolve, loosen
auf·machen open. **s. —** set out
aufmerksam attentive. **— machen (auf)** call attention to
die **Aufmerksamkeit, –en** attention
die **Aufmunterung** encouragement
aufnehmen, a, o receive, raise, accept, take up, react to. **in sich —** take in (a fact)
auf·passen pay attention, listen
auf·quellen, o, o well up
auf·raffen snatch up. **s. —** jump up
auf·räumen clean up, put away
aufrecht upright, erect. **s. —halten** hold oneself erect
aufrecht·erhalten, ie, a keep up
auf·regen excite. **s. —** get excited
die **Aufregung, –en** excitement
auf·reißen, i, i tear open
s. auf·richten stand up, straighten up
auf·rufen, ie, u summon
der **Aufruhr, –e** uproar, rebellion
auf·rütteln shake awake
auf·sagen recite
der **Aufsatz, –e** essay
das **Aufsatzheft, –e** notebook
auf·schauen look up
auf·schlagen, u, u rise in price, beat upon, open, open up
das **Aufschlagen** impact, thud
auf·schneiden, i, i brag
auf·schrecken awaken with a start
auf·schreien, ie, ie cry out
die **Aufschrift, –en** inscription
auf·sehen, a, e look up at, look up
das **Aufsehen** attention
auf·setzen set down
auf·seufzen heave a sigh
auf·sperren unlock
auf·stampfen stamp
der **Aufstand, –e** revolt
auf·stehen, a, a get up, stand up
auf·stellen draw up, stand up. **s. —** take one's place
auf·stoßen, ie, ie push open
auf·suchen seek out, hunt up, visit
auf·tauchen emerge, appear, appear suddenly
auf·tauen thaw out
die **Aufteilung, –en** partitioning
der **Auftrag, –e** order, task, assignment
der **Auftraggeber, –** employer
auf·treten, a, e walk, appear, take action
das **Auftreten** appearance
auf·wachen wake up
der **Aufwand (an)** display (of)
der **Aufwand, –e** expenses
auf·werfen, a, o turn up
auf·wiegeln stir up
auf·zählen enumerate
das **Auge, –n** eye. **aus den —n lassen** let out of one's sight. **große —n**

machen show astonishment. **unter vier ──n** between ourselves
der **Augenblick, ─e** moment, instant
augenblicklich at the moment, immediate, momentary
die **Augenbraue, ─n** eyebrow
Augsburg *city in Bavaria*
aus out of
aus·arbeiten work out
aus·bedingen, a, u, stipulate
aus·bekommen, a, o get off
aus·bilden train
aus·bitten, a, e request
aus·bleiben, ie, ie be gone, fail to come
der **Ausblick, ─e** view
aus·borgen borrow
aus·brechen, a, o break out
aus·breiten stretch out. s. ── spread out
der **Ausbruch, ─̈e** outburst, escape
aus·denken, a, a figure out
der **Ausdruck, ─̈e** expression
aus·drücken express
ausdrücklich express
auseinandergepackt unpacked, spread out
auseinander·setzen explain
aus·fallen, ie, a turn out
die **Ausflucht, ─̈e** excuse
aus·fragen question
aus·führen execute
ausführlich in detail
aus·gehen, i, a go out, turn out
ausgemergelt emaciated
ausgesucht special, refined
ausgezeichnet excellent
aus·halten, ie, a endure
aus·handeln conclude (a transaction)
aus·händigen hand over
aus·harren stick with one's job
aus·kämpfen fight out
die **Auskunft, ─̈e** information
aus·laden, u, a unload
aus·leeren empty out
die **Auslieferung** extradition
aus·löffeln empty with a spoon
aus·löschen extinguish
aus·machen decide
das **Ausmaß, ─e** extent. **in größtem ──** on the largest scale
die **Ausnahme, ─n** exception
s. **aus·nehmen, a, o** look
aus·nützen make use of, utilize
aus·räumen clean out
aus·rechnen figure out
die **Ausrede, ─n** excuse
aus·reden talk out of
aus·reichen be sufficient
aus·renken crane, dislocate
aus·richten inform, deliver a message, accomplish
aus·rücken set out
der **Ausruf, ─e** exclamation
aus·rufen, ie, u exclaim, proclaim
aus·ruhen rest. s. ── rest up, get enough rest

die **Aussage, ─n** testimony
aus·sagen testify
aus·schicken send out
aus·schlafen, ie, a finish sleeping, get enough sleep
ausschließlich exclusive
aus·schneiden, i, i cut out
der **Ausschnitt, ─e** section
aus·schreiben, ie, ie write up, call (an election)
aus·schwärmen spread out
aus·sehen, a, e look, appear
das **Aussehen** appearance
außen outside
außer except, besides, beside. **── sich** beside himself
außerdem moreover, in addition, besides
außergewöhnlich extraordinary
außerhalb outside
äußern say
außerordentlich extraordinary
äußerst extremely
aus·setzen interrupt, stop, expose to, set out
die **Aussicht, ─en** view, prospect
aussichtslos hopeless
aus·söhnen reconcile
aus·spannen unharness
aus·speien, ie, ie spit out
die **Aussprache, ─n** pronunciation, exchange of opinion
aus·sprechen, a, o utter, pronounce
aus·statten fit out
aus·steigen, ie, ie get out, get off
aus·stellen post, issue, exhibit
aus·stinken stink up
aus·stoßen, ie, o utter, blurt out
aus·strecken stretch out
aus·suchen choose
aus·tragen, u, a arbitrate, decide
aus·träumen dream out
die **Auswahl, ─en** selection
aus·weichen, i, i get out of the way of
aus·ziehen, o, o pull out, take off

die **Backe, ─n** cheek
backen, buk *or* **backte, a** bake
das **Backsteinhaus, ─̈er** brick house
die **Backsteinkaserne, ─n** brick barracks
baden bathe
der **Bahnhof, ─̈e** railroad station
der **Bahnübergang, ─̈e** railroad crossing
Bajä Baiae (*coastal town near Naples, famous for its baths*)
bald soon
baldig speedy
ballen clench
das **Band, ─̈er** ribbon
bangen (um) be afraid (for)
der **Bankbeamte, ─n, ─n** bank official
der **Bankert, ─e** bastard
der **Bankier, ─s** banker
das **Bankinstitut, ─e** banking firm
das **Bargeld, ─er** cash

der **Bart,** ⁼e beard
der **Bauarbeiter,** – construction worker
der **Bauch,** ⁼e belly, bowels
bauen build
der **Bauer,** –n farmer, peasant
bäuerlich peasant
der **Bauernhof,** ⁼e farm
das **Baugerüst,** –e scaffolding
der **Baumstumpf,** ⁼e tree stump
(das) **Bayern** Bavaria
beabsichtigen intend
der **Beamte,** –n, –n official
beanspruchen claim
beantragen propose
beantworten answer
bearbeiten go to work on
bedacht concentrating, concerned
bedächtig deliberate, thoughtful
s. **bedanken** thank
der **Bedarf** need
bedauern pity, regret
das **Bedauern** regret
bedecken cover
bedenken, a, a consider
das **Bedenken,** – reservation, consideration against
die **Bedenkzeit,** –en time to think over something
bedeuten mean
s. **bedienen** utilize
die **Bedienerin,** –nen cleaning woman
der **Bediente,** –n servant
bedrängen oppress
bedrohen threaten
die **Bedrohung,** –en threat
bedrücken oppress
bedürfen need
das **Bedürfnis,** –se need
die **Bedürfnisanstalt,** –en comfort station
s. **beeilen** hasten, hurry
beenden end, finish
beerdigen bury, inter
befallen, ie, a befall, overcome
befangen caught
befaßt controlled
der **Befehl,** –e command order
befehlen, a, o order
befestigen secure
s. **befinden, a, u** be
befindlich located
befragen ask
befreien liberate, free
befriedigen satisfy
die **Befriedigung,** –en satisfaction
befürchten fear
s. **begeben, a, e** go
begegnen meet
begehen, i, a commit, make
begeistert (*part.*) delighted
begierig eager
der **Beginn** beginning
beginnen, a, o begin
begleichen, i, i settle
begleiten accompany

die **Begleiterin,** –nen lady companion
die **Begleitung,** –en company, suite
beglücken delight
begnadigen pardon
s. **begnügen** content oneself
begraben, u, a bury
begreifen, i, i understand
begreiflich clear, understandable
begriffsstützig dull-witted
begründen justify
begrüßen greet
behaglich comfortable
behalten, ie, a keep
behandeln treat
die **Behandlung,** –en treatment, use
beharrlich determined, persistent
behaupten maintain
beherrschen control, master
der **Beherrscher,** – master
behilflich of assistance
die **Behinderung** hindrance
die **Behörde,** –n authorities
bei during, while, upon, with, by, at, near, in, in view of
bei·bringen, a, a teach
der **Beichtvater,** ⁼ confessor
beid– both, two
bei·mischen mix with
das **Bein,** –e leg
beinahe almost
das **Beinchen,** – little leg
die **Beinreihe,** –n row of legs
die **Beinschienen** (*pl.*) greaves
beirren lead astray
beisammen together
beiseite to one side
das **Beispiel,** –e example. **zum** — for example
beißen, i, i bite
beiwohnen attend
beizeiten in time
der **Bekannte,** –n acquaintance
der **Bekanntenkreis,** –e circle of acquaintances
bekennen, a, a admit. **Farbe** — show one's true colors, tell the truth
beklagen complain about, bemoan. s. — complain
beklommen anxious, uneasy
bekommen, a, o get, receive. **geschickt** — receive by mail. **die Wut** — get furious. **zu Gesicht** — manage to see
s. **bekreuzen** cross oneself
bekümmern trouble
belachen laugh at
belassen, ie, a leave
der **Beleg,** –e document
belegen prove
belehren educate, teach
beleidigen offend
beleuchten light, illuminate
die **Beleuchtung,** –en light, lighting
belgisch Belgian
beliebig no matter what

beliebt popular
bellen bark, growl
s. **bemächtigen** take possession of, seize
bemerkbar noticeable
bemerken notice, note
die **Bemerkung, −en** remark
s. **bemühen** try
bemüht sein struggle
die **Bemühung, −en** effort
benachrichtigen inform
s. **benehmen, a, o** conduct oneself
das **Benehmen** conduct
benötigen need
benützen use
beobachten observe
beordern order
bequem comfortable
s. **bequemen** submit to
die **Beratung, −en** consultation
berauben rob
s. **berauschen** become intoxicated, get
    carried away
die **Berechnung, −en** calculation
berechtigt justified, fair, legitimate
bereit ready
bereiten prepare
bereit-halten, ie, a keep in readiness
bereits already, previously
bereitwillig willing
bereuen regret
der **Berg, −e** mountain
der **Bericht, −e** report
berichten report
berücksichtigen take into consideration
der **Beruf, −e** vocation, profession,
    calling
die **Berufsarbeit, −en** professional work
die **Berufskrankheit, −en** occupational
    disease
beruhigen calm. s. **—** calm down
beruhigt satisfied, quieted
berühmt famous
berühren touch
die **Berührung, −en** contact
besänftigen pacify
beschädigen damage
beschäftigen occupy. s. **—** occupy
    oneself
beschämen shame
beschämt ashamed
die **Beschämung, −en** humiliation
beschatten shadow, shade
der **Beschauer, −** spectator
der **Bescheid, −e** information, word.
    — wissen know what is up
bescheiden modest
beschließen, o, o decide
beschmieren spread
beschränken limit
beschreiben, ie, ie describe
die **Beschreibung, −en** description
die **Beschwerde, −n** grievance, com-
    plaint
beschwerlich difficult
beschwingt energetic, lively

beschwipst tipsy
beschwören beg
die **Beseitigung, −en** removal
der **Besen, −** broom
besetzen occupy, cover (a space)
die **Besinnung** consciousness
besinnungslos to the point of losing
    consciousness
der **Besitz, −e** possession
besitzen, a, e possess
besoffen drunk
besonder special, unusual
besonders especially, particularly
besorgen take care of
die **Besorgnis, −se** worry
besorgt worried
die **Besorgung, −en** errand
besprechen, a, o discuss
die **Besprechung, −en** conference,
    discussion
s. **bessern** improve
die **Besserung, −en** recovery, cure,
    improvement
der **Bestand, −e** stock, state
die **Bestätigung, −en** confirmation
bestechen, a, o bribe
bestehen, a, a be, exist, insist, come
    through. **— (in)** consist of
besteigen, ie, ie mount
bestellen order, cultivate
bestimmen determine
bestimmt definite, certain, set aside for
die **Bestimmtheit, −en** certainty
bestürzen dismay
bestürzt taken aback
die **Bestürzung, −en** consternation
der **Besuch, −e** visit
besuchen visit
der **Besucher, −** visitor
betasten feel
s. **beteiligen** participate
die **Beteiligten** (*pl.*) the parties con-
    cerned
beten pray
betrachten look at, contemplate, gaze
    at
die **Betrachtung, −en** observation
beträchtlich considerable
betreffen, a, o concern
betreffend in question
betreiben, ie, ie carry on
betreten, a, e enter
der **Betrüger, −** swindler
betrunken drunk(en)
das **Bett, −en** bed, bedding
die **Bettdecke, −n** bed cover
die **Bettkante, −n** edge of the bed
der **Bettpfosten, −** bedpost
der **Bettrand, −er** edge of the bed
das **Bettzeug** bed linen
beugen bend. s. **—** lean
beunruhigen disturb, alarm, disquiet
beurteilen judge
die **Beute, −n** booty
der **Beutel, −** bag, handbag

das **Beutestück, –e** article of plunder
bevor before, previous to
bevor·stehen, a, a be imminent, is to come
bewahren keep
bewegen move. s. — move
beweglich lively, movable
die **Beweglichkeit** mobility
die **Bewegung, –en** movement
der **Beweis, –e** proof, evidence
beweisen, ie, ie prove
s. **bewerben** woo
bewilligen pass, agree to
bewirten lodge
bewohnen inhabit, occupy
bewundern admire
s. **bewußt sein** be conscious of
das **Bewußtsein** consciousness. **ehe ihr zum — kam** before she realized
bezahlen pay (for)
bezeichnend telltale
beziehen, o, o draw, take up *or* over (a position, etc.)
die **Beziehung, –en** relation
bezüglich with reference to, concerning
die **Bibliothek, –en** library
bieder staunch
die **Biederkeit** honesty, integrity
biegen, o, o bend, turn
die **Biegung, –en** turn
das **Bild, –er** picture
bilden form
die **Bildung** education
billig cheap, easily
billigen approve
bis to, until, up to. — **auf** except for
bisher until now
bisherig up to now
bißchen a little, a bit
der **Bissen, –** bite
bissig biting, sharp
bisweilen sometimes
bitte please
bitten, a, e ask, request, beg, implore
die **Bitterkeit** bitterness
der **Bittsteller, –** petitioner
s. **blähen** blow oneself up, puff up
blasen, ie, a blow
blaß pale
das **Blatt, –̈er** leaf, sheet of paper, page
blau blue
die **Blechplatte, –n** timepieces
bleiben, ie, ie remain
bleich pale
der **Blick, –e** glance, eye, gaze
blicken glance, look
blödsinnig stupid
bloß mere, simple, only, bare
blühen blossom, be in good health
das **Blut** blood
bluten bleed
blutig bloody
die **Blutvergiftung, –en** blood poisoning
der **Boden, –̈** floor, ground

die **Bodenkammer, –n** attic
der **Bogen, –̈** curve, violin bow
bogenförmig arched
die **Bohnensuppe, –n** bean soup
bombardieren bombard
das **Bombenflugzeug, –e** bomber
bös(e) angry, evil
die **Bosheit, –en** wickedness
der **Bote, –n** messenger
die **Botschaft, –en** message
brabbeln babble
brauchen use, need
die **Braut, –̈e** fiancée
brav good
brechen, a, o break
breit wide, broad
die **Breite** breadth
brennen, a, a burn
das **Brett, –er** board
der **Brief, –e** letter
der **Briefkopf, –̈e** letterhead
brieflich by letter
bringen, a, a bring. **über sich —** bear
brodeln seethe
das **Brot, –e** (loaf of) bread, slice of bread
die **Brücke, –n** bridge
der **Bruder, –̈** brother, friar
brüllen roar, bellow
brummen growl
Brundisium Brindisi (*city on the Adriatic Sea in southeastern Italy*)
brüsk brusque
die **Brust, –̈e** breast, bosom, chest
der **Brustkasten, –** chest
der **Brustpanzer, –** (armor) breast plate
brüten brood
das **Buch, –̈er** book
der **Buchstabe, –n** letter
s. **bücken** bend over, stoop
das **Bündel, –** bundle
bunt colorful
die **Bürde, –n** burden
der **Bürger, –** citizen
der **Bürgerkrieg, –e** civil war
die **Bürgerschaft** townspeople, citizenry
der **Bürgerschüler, –** secondary school pupil
das **Büro, –s** office
der **Bursche, –n** fellow, youth
bürsten brush
buschig bushy
die **Buttercremeschnitte, –n** pastry made with butter cream

der **Chef, –s** boss
christlich Christian
Christus Christ

da since, there, then, as
dabei there, present, nearby
das **Dach, –̈er** roof
der **Dachfirst, –e** ridge of the roof
dagegen on the other hand
daher thence, therefore

dahin there, thither
dahin·torkeln stagger on
da·lassen, ie, a leave here *or* there
daliegen, a, e lie there
damals at that time
der **Damenfreund, –e** ladies' man
damit with that, so that
der **Dämmer** dusk, gloom
die **Dämmerung, –en** twilight
dampfen steam
dämpfen muffle, tone down
danach after that
dankbar grateful
die **Dankbarkeit** gratitude
dann then
daran·setzen: alles — do one's utmost
darauf later, thereafter, thereupon, afterwards
daraufhin thereupon
darin in it
dar·legen present, explain
dar·stellen represent
darüber with that
darum therefore
darunter among them
daß that
das **Datum, Daten** date
dauern last, take
die **Dauerwurst, –̈e** salami, cervelat
davon from that
davon·laufen, ie, au run away
davon·schlürfen shuffle away
davor in front of (it)
dazu in addition, with this
dazu·tun, a, a add
dazu·zählen add
dazwischen in between, meanwhile
das **Deckbett, –en** comforter
die **Decke, –n** cover, blanket, ceiling
der **Deckel, –** cover
decken cover, protect. **den Tisch —** set the table
defilieren file by
der **Degen, –** sword
dehnen stretch
die **Demut** humility
demütig humble
denken, a, a think. **s. —** imagine
denn for, since, then
dennoch nevertheless
denunzieren denounce
deponieren deposit
derart in such a manner
derartig so, such
derb blunt, rough
dergleichen of the sort
derlei such things, such
desertieren desert
deshalb for that reason, therefore
desto (*with comparative*) all the
deswegen for this, therefore
deuten (auf) point (at)
deuten interpret. **schlecht —** put the worst interpretation upon
deutlich clear(ly), noticeable

die **Deutlichkeit** distinctness
dick thick, fat, chubby, heavy, big
die **Dicke** thickness
die **Diebin, –nen** thief (*fem.*)
die **Diele, –n** hall, vestibule
dienen serve, be employed
der **Diener, –** servant, doorman
die **Dienermütze, –n** doorman's cap
die **Dieneruniform, –en** doorman's uniform
der **Dienst, –e** service, work
die **Dienstauffassung, –en** sense of military duty
das **Dienstmädchen, –** maid
das **Dienstpersonal** domestic personnel
die **Dienstvorschrift, –en** official order
die **Dienstzeit** time of service
diesmal this time
der **Diktator, –en** dictator
die **Diktatur, –en** dictatorship
die **Direktion, –en** management
dirigieren direct
diskutieren discuss
das **Distelfeld, –er** thistle field
doch after all, still, anyway, though, nevertheless, do
der **Dolchstoß, –̈e** stab of a dagger
donnern thunder
das **Donnerwetter** (*slang*) scene
das **Doppelkinn, –e** double chin
das **Dorf, –̈er** village
der **Dorn, –en** thorn
der **Dornstrauch, –̈er** thorn bush
dort there
dorthin over there, there
der **Drang** urge
drängen drive, push, urge. **s. —** force one's way
draußen outside
der **Dreck** dirt
dreckig filthy
das **Dreckloch, –̈er** filthy hole
die **Drehbewegung, –en** motion of turning
drehen twist, distort, turn
die **Drehung, –en** turning
dreiviertel three-quarter
drillen drill (soldiers)
drin = **darin, drinnen** inside, within
dringen, a, u penetrate, come
dringend urgent
drinnen inside, within
drohen threaten
drüben over there, on the other side
der **Druck, –e** print
drucken print
drücken press, squeeze, pull (the trigger). **s. —** play hooky, sneak away, shirk one's responsibilities
drückend oppressive
dulden suffer, endure
dumpf dull, heavy
dunkel dark
das **Dunkel** dark
die **Dunkelheit, –en** darkness

dünn thin
der **Dunst,** ⁼e haze
dunstig hazy, misty
durch through, by, by means of
durchaus absolutely, altogether
durchbohren pierce
durchbrechen, a, o interrupt
durch·bringen, a, a get through
durchdenken, a, a think through
durch·dringen, a, u pierce, penetrate
durchfahren, u, a shoot through
der **Durchgang,** ⁼e passage
durch·kommen, a, o get along
durch·lassen, ie, a let through
durch·machen go through
durch·passieren pass through
die **Durchquerung, –en** crossing
durchschauen see through, understand
durchscheinen, ie, ie cover with light
durch·schneiden, i, i pierce
der **Durchschnitt** average
durchschnittlich on the average
durch·setzen have (one's way)
durchsprechen, a, o discuss
durch·suchen search through
die **Durchsuchung, –en** search
durchziehen, o, o to travel through
durchzucken flash through
dürfen, u, u be permitted
düster gloomy, dark
das **Dutzend, –e** dozen. zu **Dutzenden**
   by the dozen

eben just, level
die **Ebene, –n** plain
ebenfalls likewise
echt real, genuine
die **Ecke, –n** corner
ehe before, ere
die **Ehe, –n** marriage
das **Ehebett, –en** conjugal bed
ehelichen marry
ehemalig former
das **Ehepaar, –e** married couple
die **Ehre, –n** honor. in —n halten
   honor
ehrenvoll honorable
ehrenwert honorable
das **Ehrenwort** word of honor
das **Ei, –er** egg
eichen oak
der **Eifer** zeal
eifrig eager, zealous
eigen own, on one's side
eigenhändig with one's own hands
eigens especially
die **Eigenschaft, –en** capacity
der **Eigensinn** obstinacy
eigentlich real, actual, (the thing)
   proper
das **Eigentum,** ⁼er property
s. **eignen** be suited
die **Eile** haste. — **haben** be in a hurry
eilen hurry
eilends hurriedly

eilig hurried. **es — haben** be in a hurry
der **Eilkurier, –e** express messenger
einander one another
ein·beziehen, o, o include
ein·biegen, o, o turn into
s. **ein·bilden** think, imagine
die **Einbildung** imagination
ein·dringen, a, u get into, penetrate
   into, push forward to, urge
eindringlich urgent, penetrating
der **Eindruck,** ⁼e impression
einfach simple
der **Einfall,** ⁼e idea
einfallen, ie, a come to mind, occur,
   enter one's head, come in in chorus
ein·färben dye
der **Einfluß,** ⁼e influence
einflußreich influential
einförmig monotonous
ein·führen introduce
ein·füllen add
ein für allemal once and for all
die **Eingabe, –n** petition
der **Eingang,** ⁼e entrance
ein·gehen, i, a enter into. — (auf)
   consider
das **Eingeständnis, –se** admission
eingestehen, a, a admit
ein·graben, u, a dig in
ein·greifen, i, i interfere
ein·halten, ie, a keep to
ein·heiraten marry into
ein·holen catch
ein·hüllen wrap, envelop
einig united
einige some, a few, several
ein·kaufen shop
ein·knicken give way
das **Einkommen, –** income
die **Einkunft,** ⁼e income
ein·laden, u, a invite
die **Einladung, –en** invitation
ein·lassen, ie, a let in
ein·legen risk
die **Einleitung, –en** introduction,
   beginning
ein·liefern hand in, deliver
einmal once. **nicht —** not even. **mit
   einemmal** all at once
einmalig unique
s. **ein·mieten** take lodgings
ein·nehmen, a, o take (a meal), take
   over. — (gegen) prejudice (against)
die **Einöde, –n** desert
ein·packen wrap up
ein·richten arrange, establish, furnish
die **Einrichtung, –en** arrangement
das **Einrichtungsstück, –e** piece of
   furniture
ein·rücken march (in)to
die **Einschaltung, –en** insertion
ein·schenken pour
ein·schieben, o, o insert
ein·schlafen, ie, a fall asleep
ein·schlagen, u, a take (a direction)

ein·schließen, o, o lock up
ein·schränken cut down
ein·sehen, a, e understand, realize, look over
ein·setzen put to use, utilize. **s. — take** someone's part
einsilbig monosyllabic, terse
ein·sperren lock up
einst once (upon a time), some day, at some future time
ein·stecken pack
ein·stellen set, stop
einstimmig unanimous
ein·treiben, ie, ie collect
ein·treten, a, e enter, stand up for, support, set in, take another's place
der **Eintritt, –e** entrance
ein·verleiben incorporate
der **Einwand, ̈e** objection
die **Einwirkung, –en** effect
einzeln single
einzelweise singly
einziehen, o, o draft, conscript
einzig single, only, alone
der **Einzug, ̈e** occupancy
die **Eisdiele, –n** ice-cream parlor
das **Eisen, –** iron
die **Eisenbahn, –en** railroad
die **Eisenstange, –n** iron shaft
der **Ekel** disgust
ekelhaft disgusting
die **Elektrische, –n, –n** trolley car
elektrisieren electrify
der **Ellbogen, –** elbow
die **Eltern** parents
Empfang: in — nehmen receive
empfangen, i, a receive
empfehlen, a, o take greetings from
empfinden, a, u feel
empfindlich sensitive
die **Empfindlichkeit, –en** sensitivity
die **Empfindung, –en** feeling
s. empor·dienen work one's way up (in the ranks)
empor·heben, o, o raise on high
empor·wenden turn up
endgültig finally, at last
endlich finally, at last
endlos endless
eng narrow, close
die **Enge, –n** narrow place
entbehren do without
entbinden, a, u (*w. gen.*) deliver (a baby)
entdecken discover
die **Entdeckung, –en** discovery
entfallen, ie, a slip one's mind
entfalten unfold
entfernen remove. **s. —** go away
entfernt away, distant, from afar. **nicht —** by no means
die **Entfernung, –en** removal, distance
entgegen toward
entgegen·blicken face

entgegen·bringen, a, a offer, extend
entgegen·eilen hurry toward
entgegen·fauchen hiss at
entgegen·heben, o, o raise toward, lift towards
entgegen·kommen, a, o oblige, accommodate
entgegen·nehmen, a, o receive, accept
entgegen·sehen, a, e look forward to
entgegen·treten, a, e approach
das **Entgelt** recompense
enthalten, ie, a contain
enthüllen reveal
entkleiden undress
entkommen, a, o escape
entladen, u, a let loose
entlang alone
entlassen, ie, a discharge, fire, dismiss
die **Entlassung, –en** dismissal, discharge
die **Entnahme, –n** removal
entreißen, i, i tear away from
entscheiden, ie, ie decide
entscheidend decisive
die **Entscheidung, –en** decision
s. entschließen, o, o decide, resolve
entschlossen resolute. **kurz —** promptly
der **Entschluß, ̈sse** resolve, decision
entschuldigen excuse, pardon
der **Entschuldigungsbrief, –e** letter of excuse
das **Entsetzen** horror
entsetzt horrified, terrified
s. entsinnen, a, o remember, recall
entsprechen, a, o correspond to, match, suit
entstehen, a, a arise
entsteigen, ie, ie leave, get out of
enttäuschen disappoint
die **Enttäuschung, –en** disappointment
entwickeln explain. **s. —** emerge
der **Entwurf, ̈e** draft
entzücken charm
entzünden inflame, light
s. erbieten, o, o offer
erbittern irritate, embitter
erblicken see, catch sight of
die **Erde** earth
s. ereignen happen
das **Ereignis, –se** event
ererbt inherited
erfahren, u, a discover, learn, learn of
die **Erfahrung, –en** experience
erfassen seize
die **Erfindung, –en** invention
der **Erfolg, –e** success
erfolgen follow, take place, occur
erfolglos without success
erfolgreich successful
erfreuen please. **s. —** enjoy
erfreulich pleasurable
erfrischen refresh
erfüllen fulfill, fill
die **Erfüllung, –en** fulfillment. **in — gehen** be fulfilled

ergeben, a, e produce results, reveal, result. **s. —** result
ergeben (*part.*) devoted. **dem Trunke — addicted** to drinking
das Ergebnis, –se result
ergießen, o, o pour
ergreifen, i, i seize, take, move
erhalten, ie, a get, receive, maintain
erhaschen catch
erheben, o, o raise. **s. —** rise
erhellen illuminate
erhoffen hope for, hope
erhorchen hear by eavesdropping, overhear
erinnern remind. **s. —** remember
die Erinnerung, –en recollection, memory, reminiscence
erkältet sein have a cold
erkennen, a, a realize, recognize, recognize the truth of. **— an** recognize by
die Erkenntnis, –se realization, recognition
erklären announce, declare, to explain
die Erklärung, –en declaration, explanation
erklingen, a, u sound, resound
erkranken fall ill
s. erkundigen inquire
die Erkundigung, –en inquiry
erlangen get, achieve, acquire, attain
erlauben permit
die Erlaubnis, –se permission
erläutern explain
erleben experience
erleichtern relieve
die Erleichterung, –en relief
erleiden, i, i suffer
erleuchten illuminate, light
erlösen save
die Erlösung salvation
ermahnen urge, warn, remind
die Ermahnung, –en reminder
ermatten exhaust, tire
die Ermattung weariness. **ohne —** tirelessly
ermöglichen make possible
ermorden murder
ermüden tire
ernennen, a, a name, appoint
ernst serious
der Ernst seriousness. **im —** seriously
ernstlich seriously, earnestly
ernsthaft serious
die Ernte, –n harvest
erobern conquer
die Eroberung, –en conquest
eröffnen open
erpressen extort
erproben test
erraten, ie, a guess
erregen excite, attract, arouse
die Erregung excitement
erreichen reach, get
der Ersatz substitute

erscheinen, ie, ie seem, appear
erschießen, o, o shoot and kill
die Erschießung, –en execution
erschlagen, u, a kill. **wie —** flabbergasted
erschöpfen exhaust
die Erschöpfung, –en exhaustion
erschrecken, a, o be startled, terrify, be frightened
erschüttern shock
ersehnen long for
ersetzen replace
ersparen spare
erst (*adv.*) not until, only, only then, first. **jetzt —** only now. **— recht** instead, altogether
erstarren freeze, stiffen
erstatten make (a report)
erstaunen astonish, be astonished
erstehen, a, a buy, pick up
das erstemal the first time
erstens firstly
ersticken suffocate
der Erstickungsanfall, ˝e attack of suffocation
ertappen catch
ertönen resound, sound
ertragen, u, a bear
erträglich bearable
erwachen (a)wake
erwägen, o, o consider
erwähnen mention
die Erwähnung, –en mention
erwarten expect, await
die Erwartung, –en anticipation, expectation
erwecken awaken, rouse
erweisen, ie, ie render to, prove, show. **s. — als** turn out to be
erwerben, a, o acquire
erwidern answer, reply
erwischen catch
erzählen tell, say
erzeugen produce
die Erziehung rearing, education
erzielen obtain, achieve
das Erztor, –e bronze door
der Esel, – jackass
eßbar edible
essen, a, e eat
das Essen, – meal, banquet, food, eating
die Essenz, –en smelling salts
ethnisch ethnical
etwa perhaps, perchance, about
etwas anything, something, some, somewhat
ewig eternal
die Ewigkeit, –en eternity
existieren exist

der Fackelzug, ˝e torchlight procession
der Faden, ˝ thread
die Fähigkeit, –en capacity
fahren, u, a travel

der **Fahrplan,** ⸚e timetable
das **Fahrrad,** ⸚er bicycle
die **Fahrt, –en** trip, ride, journey
der **Fahrweg, –e** road
der **Fall,** ⸚e case, fall. **auf keinen —**
    under no circumstances
fallen, ie, a fall, drop. **— lassen** drop
falls in case
falsch false, wrong
die **Falte, –n** fold
falten fold
die **Familie, –n** family
das **Familienmitglied, –er** family
    member
die **Familienpflicht, –en** family duty
das **Familienschmuckstück, –e** piece of
    family jewelry
fangen, i, a catch, capture
die **Farbe, –n** color, dye
der **Färber, –** dyer
fassen grasp, seize
die **Fassung, –en** self-control
fast almost
faul lazy
die **Faust,** ⸚e fist
die **Feder, –n** pen
fehlen be lacking, be wrong with
der **Fehler, –** mistake
feierlich solemn
die **Feierlichkeit, –en** celebration
feiern celebrate
der **Feiertag, –e** holiday
feige cowardly
feil·halten, ie, a offer for sale
fein fine
der **Feind, –e** enemy
die **Feindschaft, –en** enmity
feindselig hostile
das **Feingefühl** sensitivity
die **Feinheit, –en** subtlety
feist fleshy
das **Feld,** ⸚er field
das **Feldbett, –en** cot
der **Feldherr, –en** general
der **Feldwebel, –** sergeant-major
der **Feldweg, –e** country road
der **Feldzug,** ⸚e military campaign
das **Fenster, –** window
die **Fensterbank,** ⸚e window sill
das **Fensterblech, –e** window gutter
die **Fensterbrüstung, –en** window sill
der **Fensterflügel, –** window panel
fensterlos windowless
die **Fensterluke, –n** dormer window
der **Fenstervorhang,** ⸚e window curtain
die **Ferien** (*pl.*) vacation
fern(e) distant
die **Ferne, –n** distance
fertig finished, ready, done. **— werden**
    get finished. **— werden mit** manage
fest sound, hard, firm, secure
fest·halten, ie, a hold fast
festigen establish, secure
die **Festlichkeit, –en** festivity
fest·nageln nail to the spot

fest·riegeln bolt shut
fest·stecken get stuck
fest·stellen find out, establish, ascertain
fest·werden, a, o harden
das **Fett, –e** fat
fetten grease
der **Fetzen, –** rag, shred, scrap
feucht damp
die **Feuchtigkeit** dampness
das **Feuer, –** fire
feuern throw angrily
das **Fieber, –** fever
fieberhaft feverish
die **Finanzleute** financiers
finden, a, u find. **s. —** become clear,
    find oneself
finster black, gloomy, dark
die **Firma, Firmen** firm
fischig fishy
fix fixed
flach flat
flachdachig flat-roofed
flackern flicker
die **Flanke, –n** flank
die **Flasche, –n** bottle
der **Fleck, –e** spot
der **Flecken, –** spot
fleckig soiled
das **Fleisch** flesh, meat
der **Fleischergeselle, –n, –n** butcher
    boy
fleischig fat
fleißig diligent
flicken mend, patch, repair
fliegen, o, o fly
fliehen, o, o flee
die **Fliese, –n** tile, flagstone
fließen, o, o flow
flimmern waver
flink swift, nimble
die **Flocke, –n** flake
fluchen curse, swear
die **Flucht, –en** flight
flüchten flee
flüchtig fleeting, light, slight
der **Fluchtversuch, –e** attempt to flee
der **Flügel, –** wing
der **Flur** hallway
die **Flüssigkeit, –en** liquid
flüstern whisper
die **Folge, –n** result, consequence
folgen follow, obey
fördern further. **zu Tage —** unearth,
    uncover
die **Forderung, –en** demand, claim,
    creditor's claim
förmlich literally, actually
forschen inquire, search
fort·bewegen move from the spot
fort·fahren, u, a continue
fort·gehen, i, a go away
s. fort·pflanzen spread
fort·schreiten progress
fort·tragen, u, a carry forth
fort·wirken continue

der **Fouragewagen,** – forage *or* supply wagon
die **Fracht,** –en freight, load, shipment
die **Frage,** –n question
fragen ask. s. — wonder
die **Fragerei** silly questioning
(das) **Französisch** French
frei open
das **Freie** open country
der **Freifahrschein,** –e free ticket, pass
freigelassen set free
frei·kommen, a, o get out
frei·lassen, ie, a set free
freilich to be sure, indeed
frei·stehen, a, a be open
freiwillig voluntary
fremd foreign, strange
fressen, a, e eat (ravenously)
die **Freude,** –n joy
freudig joyful
s. **freuen** be happy
der **Freund,** –e friend
freundlich friendly
die **Freundlichkeit,** –en friendliness
der **Friede(n)** peace
friedlich peaceful
frisch fresh, clear, go to it!
die **Frist,** –en interval
froh happy, glad
die **Front,** –en facade
fröstelnd shivering
früh early, in the morning
die **Frühe** (early) morning
früher previous, former
das **Frühjahr** spring
der **Frühling** spring
das **Frühstück,** –e breakfast
das **Frühstücksgeschirr** breakfast dishes
frühzeitig early
der **Frühzug,** ⁓e early train
fühlen feel
der **Fühler,** – feeler
führen lead, wage, hold
der **Führer,** – leader
die **Führung** leadership
das **Fuhrwerk,** –e wagon
füllen fill. s. — fill
fünfjährig five-year
fünfstellig five-digit
funkeln twinkle, sparkle, flash
funktionieren function, work
die **Furcht** fear
furchtbar fearful, terrible
fürchten fear. s. — be afraid
fürchterlich horrible, terrible
der **Fuß,** ⁓e foot. zu — on foot
der **Fußboden,** ⁓ floor
die **Fußspitze,** –n tip of the toe
der **Fußweg,** –e path
füttern feed

die **Gabel,** –n fork
(das) **Gallien** Gaul
der· **Gang,** ⁓e errand, visit, corridor, carriage. in — halten keep going

der **Gänsemarsch** single file
ganz very, quite, complete, whole, entire. — und gar thoroughly, altogether. — und gar nicht not at all. im großen Ganzen on the whole
gänzlich entire
gar done, at all, really, most of all. — nicht not at all
garantieren guarantee
die **Gardine,** –n curtain
der **Garten,** ⁓ garden
die **Gasse,** –n (narrow) street
der **Gassenjunge,** –n street urchin
der **Gast,** ⁓e guest
das **Gasthaus,** ⁓er inn
der **Gasthof,** ⁓e inn
das **Gastspiel,** –e guest engagement
gebären, a, o give birth to
das **Gebäude,** – building
geben, a, e give, lecture on
das **Gebetbuch,** ⁓er prayer book
das **Gebiet,** –e area
das **Gebirge,** – mountain
geblümt flowered
das **Gebot,** –e commandment
gebrauchen use
das **Gebrüll** roaring, bellowing
gebühren be one's due
gebührend befitting, duly
das **Gedächtnis,** –se memory, mind
die **Gedächtniskunst,** ⁓e art of improving one's memory
der **Gedanke,** –n thought
der **Gedankenaustausch,** –e exchange of views
der **Gedankengang,** ⁓e train of thought
gedeihen, ie, ie thrive, prosper
gedenken, a, a, (*with gen.*), remember, be mindful (of)
die **Geduld** patience
geduldig patient
die **Gefahr,** –en danger. — laufen be in danger. in — schweben be in danger
gefährden endanger
gefährlich dangerous
gefallen, ie, a please
der **Gefallen** favor, pleasure
der **Gefangene,** –n prisoner
die **Gefangenschaft** imprisonment, prison. in — geraten fall into captivity
das **Gefängnis,** –se prison
gefaßt calm, prepared
der **Gefreite,** –n private first class
das **Gefühl,** –e feeling, sensation
gegen toward, around, against, by comparison with, in return for
die **Gegend,** –en neighborhood
der **Gegensatz,** ⁓e contrast
der **Gegenschlag,** ⁓e return blow
der **Gegenstand,** ⁓e object
das **Gegenteil,** –e opposite. im — on the contrary

gegenteilig opposite
gegenüber opposite, to, toward, with respect to
gegenüberliegen, a, e be situated opposite
die **Gegenwart** presence
gegenwärtig present
der **Gegner, –** enemy
die **Gegnerschaft** opposition
geheim secret
der **Geheimpolizist, –en** secret policeman
gehen, i, a go, walk. — (um) be at stake. in die Höhe — rise
das **Gehirn, –e** brain
das **Gehölz, –e** woods
gehorchen obey
gehören belong to, belong
der **Gehsteig, –e** sidesalk
der **Geist, –er** mind, spirit
geistesabwesend absent-mindedly
geistlich religious
der **Geistliche, –n** clergyman
geizig stingy
das **Geknalle** firing, shooting
das **Gelächter** laughter, ridicule
das **Gelände** country, ground
das **Geländer, –** railing
gelangen arrive (at), get, reach, get into, come
gelaunt disposed. schlecht — crossly
gelbhäutig yellow-skinned
gelblich yellowish
das **Geld, –er** money
gelegen situated, included
die **Gelegenheit, –en** opportunity
gelegentlich occasionally
die **Gelehrsamkeit** erudition
der **Gelehrte, –n** scholar
geleiten accompany
der *or* die **Geliebte, –n** beloved, darling
gelingen, a, u: es gelingt succeed
gelten, a, o be a matter of, be considered, have standing
das **Gemach, –er** room
gemein common
der **Gemeine, –n** private
gemeinsam common, in common, together
gemeinschaftlich together
das **Gemisch, –e** mixture
das **Gemurmel** murmuring
das **Gemüse, –** vegetable
gemütlich comfortable, cozy
genau exact, precise, close
genauso just as
die **Genehmigung, –en** permission
genug enough
die **Genüge** sufficiency
genügen be enough
genügend sufficient, satisfactory
das **Gepäck** pack, luggage
das **Geplärr** bawling
gerade just, precisely, just then, absolutely, straight

geradeaus straight ahead
geradewegs straightaway
geradezu absolutely
geraten, ie, a come *or* get (into), come by chance
geraum considerable
das **Geräusch, –e** sound
die **Gerberei, –en** tannery
das **Gerede** talk, gossip, rumor
das **Gericht, –e** court
der **Gerichtsdiener, –** bailiff
der **Gerichtshof, –e** court
gering slight
gern gladly
der **Geruch, –e** smell, odor
das **Gerücht, –e** rumor
gesamt total, complete
das **Geschäft, –e** store, firm, business, office, transaction. —e (*pl.*) sales
geschäftlich business
der **Geschäftsdiener, –** errand man
das **Geschäftsleben** business activity
die **Geschäftsleute** (*pl.*) business people
geschäftsmäßig businesslike
die **Geschäftsreise, –n** business trip
geschehen, a, e happen, be done
die **Geschichte, –n** story
der **Geschmack, –e** taste
das **Geschrei, –e** outcry, shouting
das **Geschwätz, –e** gossip(ing)
die **Geschwindigkeit, –en** speed
die **Gesellschaft, –en** company
das **Gesetz, –e** law
das **Gesicht, –er** face, expression
das **Gesinde, –** farm hands
gespannt anxious(ly), tense, curious, in suspense
das **Gespräch, –e** conversation, discourse, talk
die **Gestalt, –en** form, shape
gestatten permit
gestehen, a, a confess
gestern yesterday
das **Gestirn, –e** star, constellation
gestrafft tight
gestrig (*adj.*) yesterday
das **Gestrüpp, –e** bushes, brush
das **Gesuch, –e** petition
gesund healthy
gesunden recover one's health
geteilt divided
das **Getrappel** tramping
s. **getrauen** trust oneself
das **Getümmel** tumult, turmoil
gewahren see
der **Gewahrsam, –e** custody
der **Gewährsmann, –leute** informant
die **Gewalt, –en** force **in der — haben** have in control
die **Gewalttat, –en** act of violence
das **Gewehr, –e** gun, rifle
der **Gewehrteil, –e** part of a rifle
das **Gewicht, –e** weight
der **Gewinn, –e** profit

gewinnen, a, o win, gain, win over, achieve
das Gewirr maze
gewiß certain, sure, kind of
das Gewissen conscience
der Gewissensbiß, -e pang of conscience
gewißermaßen so to speak
das Gewitter, - thunderstorm
gewitterartig like thunder
gewöhnen accustom
die Gewohnheit, -en habit
gewöhnlich ordinary, usual
die Gewöhnung habituation
das Gewölbe, - vaulted room
gewölbt convex
gierig eager, greedy
gießen, o, o pour
der Gipfel, - peak
der Glanz splendor
glänzen shine, gleam
das Glas, -er glass
glasig glassy
der Glaskasten, - glass case
glatt slippery
glauben believe
gleich immediately, like, same, at once
gleichfalls also
das Gleichgewicht balance
gleichgültig indifferent, no matter, unconcerned, of no concern
die Gleichgültigkeit indifference
gleichmäßig even
gleichmütig calm(ly)
gleichzeitig simultaneous, at the same time
gleiten, i, i slip
glotzen gape
das Glück luck, good luck, happiness, good fortune. zum — fortunately
glücklich happy, lucky, glad, fortunate
glücklicherweise fortunately
gnädig gracious. —e Frau Madame
der Goldknopf, -e gold button
gönnen grant, allow
der Gottesdienst, -e church service
gratulieren congratulate
grau gray
grauschwartz gray-black
die Gravüre, -n engraving
greifen, i, i reach, grasp
der Greis, -e old man
der Grenzbahnhof, -e border station
die Grenze, -n border
der Grieche, -n Greek
griechisch Greek
grinsen grin
grob rude, rough, coarse
die Grobheit, -en coarseness, rudeness
grollen grumble, rumble
groß great, large
großartig splendid, magnificent
die Größe, -n size
der Großinquisitor Grand Inquisitor
größtenteils for the most part
großzügig generous, noble

die Großzügigkeit generosity
die Grube, -n pit
der Grund, -e bottom, ground, reason, cause, background. auf — on account of
der Grundgedanke, -n basic idea
gründlich thorough
grundlos baseless
grünlich greenish
der Gruß, -e salute
das Grußwort, -e word of greeting
der Gulden, - gulden
günstig favorable
der Guß, -e pouring. mit einem — with one motion
gut well, good
das Gut, -er farm
das Gutachten, - legal opinion
die Güte goodness

das Haar, -e hair
die Habseligkeiten (pl.) belongings
hacken chop
der Hacken, - heel
der Haken, - hook
halb half. — sieben half past six. — verfault half rotten
halblaut in an undertone, half aloud
der Halbschlaf half-sleep
halbwegs halfway
die Hälfte, -n half
die Halle, -n hall
hallen resound
der Hals, -e neck, throat. auf dem — haben be stuck with
der Halt, -e hold
halten, ie, a hold, keep, stop. — (für) consider. — (von) think of. den Mund — keep quiet. s. — stay
haltlos without support
halt·machen stop
die Haltung, -en attitude, posture
die Handbewegung, -en motion of the hands
handeln act, do, concern. s. — (um) be a matter of
der Handelsakademiker, - student at business college
die Handelskammer, -n Chamber of Commerce
das Handgeld, -er hand-out, remuneration
die Handgranate, -n hand grenade
der Händler, - merchant, dealer
die Handschrift, -en manuscript, handwriting
das Handwerk job, craft
der Handwerker, - craftsman
die Hängematte, -n hammock
hängen, i, a hang
hantieren work, be busy (with)
hart hard, harsh
hartnäckig stubborn
der Hasenfuß, -e coward
der Haß hatred

häßlich ugly
hastig hasty
hauen slash, hack
der Haufen, – gang, pile, heap. über
  den — werfen confound, throw
  into confusion
häufen pile, heap
häufig frequent, often, frequently
der Hauptheld, –en main hero
der Hauptmann, –leute captain
die Hauptrolle, –n leading role
hauptsächlich chiefly, chief
die Hauptstadt, –̈e capital city
die Hauptstraße, –n main street
das Haus, –̈er house. nach Hause
  home. zu Hause at home
die Hausarbeit, –en house work
der Haushalt, –̈e housekeeping
der Hausierer, – peddler
der Hausknecht, –e porter
der Hauslehrer, – tutor
der Häusler, – small tenant farmer
die Hausmeisterin, –nen janitress
der Hausrat household belongings
die Hebamme, –n midwife
heben, o, o lift, raise. einen — have a
  drink
die Hecke, –n hedge, underbrush (*pl.*)
das Heer, –e army
der Hefekringel, – roll made of yeast
  dough (*similar to a doughnut*)
heften fix, place
heftig vehement, violent
die Heide heath, moor
das Heidengeld a pile of money
heikel uncertain, damaged
heilen heal
heilig holy
der Heilige, –n, –n saint
der heilige Vater Pope
die Heimat, –en homeland
heimatlich native
die Heimkehr return home
heim·kommen, a, o come home
die Heimlichkeit, –en secrecy
das Heimweh homesickness
heiraten marry
heiser hoarse
heiß hot
heißen, ie, ie call, be called, be said,
  tell to. das heißt that is
der Held, –en hero
heldenhaft heroic
der Heldenmut heroism
die Heldentat, –en heroic deed
das Heldentum heroism
helfen, a, o help
hell light, bright
der Helm, –e helmet
das Hemd, –en shirt
der Hemdsärmel, – shirt-sleeve
der Henkel, – handle
her (*direction toward the speaker*)
herab downward
heran toward, at it

heran·kommen, a, o approach, get
  through to
heran·treten, a, e step up to
heran·ziehen, o, o draw up *or* near
s. heraus·arbeiten work one's way out
heraus·bekommen, a, o find out
heraus·bringen a, a find out
heraus·finden, a, u find out
heraus·geben, a, e give up, hand over
heraus·holen get out of
heraus·hören distinguish
heraus·klettern climb out of
heraus·kommen, a, o leave, come
heraus·schlüpfen slip out
heraus·stecken stick out
heraus·stehen, a, a a project, bulge
s. heraus·stellen turn out
heraus·winden, a, u hoist up
herbei·führen introduce
herbei·rufen, ie, u call to one
her·bringen, a, a bring here
der Herbst, –e autumn
der Herd, –e hearth
herein·bringen, a, a bring in. die
  Kosten — make up for the cost
herein·kommen, a, o come in
herein·lassen, ie, a let in
herein·stampfen stamp in
herein·stellen put inside one's door
herein·treten, a, e enter
herein·ziehen, o, o drag in
her·fallen, ie, a (über) fall upon, attack
her·geben, a, e give up
her·gehen, i, a walk
her·kommen, a, o come here
her·laufen, ie, au run along ahead of
der Herr, –en man, gentleman, master.
  der — Chef (*title of respect for the
  boss*)
herrlich splendid, wonderful
her·rollen roll ahead of one
die Herrschaft mastery
herrschen prevail, exist
her·stellen establish
herüber·kommen, a, o come over, come
  over here
herum around, over
herum·drehen turn around. s. — turn
  oneself around
herum·flicken mend
herum·fliegen, o, o fly around
herum·gehen, i, a go around
herum·hantieren be busy (with)
herum·kriechen, o, o crawl around
herum·laufen, ie, au run around
herum·rollen roll around
herum·schauen look around
herum·stehen, a, a stand around
herum·streiten, i, i fight about
herum·tragen, u, a carry around
herum·ziehen, o, o move about
herunter haben have off
herunter·bekommen, a, o get off
herunter·lassen, ie, a let down
herunter·neigen bend down

hervor·brechen, a, o break forth
hervor·dringen, a, u push forth
hervor·eilen hasten forth
hervor·kommen, a, o come forth, appear
hervor·kramen dig out
hervor·quellen, o, o swell out
hervor·ragen stick out
hervor·stoßen, ie, o snap, thrust forward
hervor·strömen stream forth
hervor·ziehen, o, o pull out
das Herz, –ens, –en heart
herzlich affectionate, sincere
heuchlerisch hypocritical
heulen howl
heute today. — abend this evening.
　— früh this morning. — morgen
　this morning
heutig of today
hierher this way, over here
die Hilfe, –n help
hilfesuchend seeking help
hilflos helpless
der Himmel, – heaven, sky
himmlisch heavenly
hin (*direction away from speaker*). —
　und her back and forth. — und
　wieder now and then, once in a
　while, on and off. vor sich — to
　oneself
hinauf up
hinauf·fliegen, o, o fly up
hinauf·hinken hobble up
hinauf·kriechen, o, o crawl up
hinauf·sehen, a, e look up
hinaus·fliegen get fired
hinaus·führen lead out
hinaus·gehen, i, a leave
hinaus·kehren sweep out
hinaus·kommen, a, o get out
hinaus·laufen, ie, au run out
hinaus·lehnen lean out
hinaus·reichen hand out
hinaus·schaffen remove
hinaus·schaukeln rock out
hinaus·schleichen, i, i steal out
hinaus·sehen, a, e look out
hinaus·tragen, u, a carry out
hinaus·weisen, ie, ie order out, show out
hinaus·werfen, a, o throw out
der Hinblick, –e view
hindern hinder
das Hindernis, –se difficulty, obstacle
hinein in
hinein·laufen, ie, au run in
hinein·löffeln spoon in
hinein·rennen, a, a run into (the room)
hinein·schauen have a look at
hinein·schieben, o, o shove in
hinein·stellen put inside
hinein·stoßen, ie, o poke
hinein·stürzen plunge in
hinein·tauchen plunge in
hinein·ziehen, o, o draw in, pull in
hin·fallen, ie, a fall down
hinfällig feeble

hin·geben, a, e give way, surrender
hingebungsvoll devoted
hin·gehen, i, a go there, go toward
hinken limp
hin·nehmen, a, o put up with, take in
　one's stride
hin·schauen look over
hin·schieben, o, o push toward
hin·stellen put down
hin·strecken stretch out
hinten behind, to the rear, in the rear.
　nach — toward the rear
hinter behind, after
hintereinander one after the other
der Hinterausgang, ̈e back exit
der Hintere, –n rear end
der Hintergrund, ̈e background
der Hinterhalt, –e ambush
der Hinterkopf, ̈e back of the head
hinterlassen, ie, a leave
der Hintermann, ̈er man behind
die Hintertür, –en rear door
das Hinterzimmer, – back room
hin·treten, a, e step before
hinüber·lugen peek over at
hinüber·sehen, a, e look across
hinunter down
s. hinunter·beugen bend down
hinunter·gehen, i, a walk down
hinunter·jagen chase down
hinunter·lassen, ie, a let down
hinunter·schlucken swallow
hinunter·spülen wash down
hinunter·steigen, ie, ie climb down
hinunter·werfen, a, o throw down
hinweg away
hin·wehen blow away
der Hinweis, –e indication, referring
hin·wenden turn toward
hin·werfen, a, o throw down
hinwiederum again, in turn
hin·ziehen, o, o draw out. s. — extend
hinzu·fügen add
hinzu·setzen add
hinzu·treten, a, e walk over to
hinzu·zählen add
die Hitze, –n heat
hoch high. hoch der König long live
　the King
s. hoch·arbeiten work oneself up
hoch·gehen, i, a jump up
hochgewachsen tall
hochrot crimson, flushed
hoch·schichten pile high
höchst highly, at best, at most, ex-
　ceedingly
höchstens at the most
hochtönend high-sounding
hochwichtig highly important
die Hochzeit, –en wedding
der Hochzeitsschmaus, ̈e wedding
　feast
hocken squat, set, hang around
der Hof, ̈e courtyard, yard, farm,
　court

hoffen hope
hoffentlich it is to be hoped.
die **Hoffnung, –en** hope
hoffnungslos hopeless
die **Hoffnungslosigkeit** hopelessness
das **Hofkino, –s** court movie theater
höflich polite
die **Höflichkeit, –en** politeness
die **Höhe, –n** height. **in der —, in die —**
   on high, up
die **Höhle, –n** cave
holen go get, fetch, bring, pick up
die **Hölle** hell
höllisch hellish, terrific, infernal,
   fierce, intense
das **Holz, ‟er** wood
der **Holzdeckel, –** wooden cover
die **Holztür, –en** wooden door
der **Holzzuber, –** wooden tub
horchen listen, eavesdrop
hören hear, listen
das **Hörensagen** hearsay
die **Hosentasche, –n** trouser pocket
hübsch pretty
hüllen wrap up
humpeln hobble
der **Hund, –e** dog
das **Hunderennen, –** dog race
hundertmal a hundred times
hungrig hungry
hüpfen hop
die **Hürde, –n** hurdle, pen
huschen glide swiftly
husten cough
der **Husten, –** cough
die **Hut, –en** keeping, guard
das **Hutgeschäft, –e** hat store
die **Hütte, –n** cottage
die **Hypothese, –n** hypothesis

die **Idee, –n** idea
ihrerseits on their part
immer noch still
immer wieder again and again
immerfort continually, continuously
immerhin nevertheless, in any case
imponieren impress
imposant imposing
imstande sein be able, be capable
inbrünstig fervent
indem by (doing), while, in that
(das) **Indien** India
der **Infanterist, –en** infantryman
infolge as a consequence
infolgedessen consequently
der **Inhalt, –e** content
das **Inkasso** cash from collections on
   bills outstanding
inmitten in the midst of
inne·halten, ie, a stop
innen inside
der **Innenhof, ‟e** inner court
die **Innenseite, –n** inside
inner inner
innerhalb within

die **Innigkeit** sincerity
die **Insel, –n** island
insgeheim secretly
insgesamt all together
die **Instanz, –en** authority
die **Instruktionsstunde, –n** hour of
   (military) instruction
das **Interesse, –n** interest
interessieren interest. **s. — (für)** be
   interested (in)
inzwischen in the meantime
irgend some
irgend ein some sort of, any, some
   kind of
irgend etwas something, something or
   other, anything
irgend jemand anyone
irgendwas something or other
irgendwelch any
irgendwie somehow, somewhat
irgendwo somewhere
irgendwohin somewhere or other
irre unsteady, confused
s. irren make a mistake
irritieren irritate
irrsinnig crazy
der **Irrtum, ‟er** error
italisch Italic

die **Jagd, –en** hunt, chase
die **Jagdhütte, –n** hunting lodge
das **Jagdtagebuch, ‟er** hunting diary
jagen drive (off), chase
jäh sudden, abrupt
das **Jahr, –e** year. **—jährig** –year old
jahrelang for years
die **Jahreszeit, –en** season
jammern complain
je ever. **— nach** according to. **— näher**
   the closer. **— ... desto** (*with
   comparative*) the ... the ... **— ...
   umso** (*with comparative*) the ...
   the ... **— höher, umso mehr** the
   higher, the more
jed– every
jedenfalls at any rate, in any case
jeder everyone
jedermann everyone
jederzeit at any time
jedesmal every time
jedoch however, yet
jemals ever
jemand someone
jetzig present
jetzt now
jucken itch
jugendlich youthful
jung young
der **Junge, –n** *and* **–ns** child, boy, lad,
   youth
die **Jungfer, –n** bridesmaid
der **Jurist, –en** lawyer

kahl bare, barren, leafless
kaiserlich imperial

das **Kalb, ⁼er** calf
kalt cold
der **Kälteschauer, –** cold shiver
die **Kammer, –n** room
der **Kammerdiener, –** valet
der **Kampf, ⁼e** battle
kämpfen (um) fight (for)
das **Kanapee, –s** sofa
die **Kanne, –n** pot
die **Kanone, –n** canon, big gun
das **Kapital, –ien** capital
die **Kappe, –n** cap
der **Karren, –** cart
die **Karriere, –n** career
die **Karteikarte, –n** file card
die **Kartoffel, –n** potato
der **Käse** cheese
die **Käsespeise, –n** dish made with cheese
die **Kasse, –n** box office
der **Kassierer, –** cashier
die **Kassiererin, –nen** cashier (*fem.*)
der **Kasten, –** chest of drawers
kauen chew
der **Kaufmann, –leute** merchant
kaum scarcely, hardly, merely, only, recently
kein none
keiner no one
keineswegs by no means, under no circumstances
der **Keks, –e** cookie
Kempten *town south of Augsburg*
kennen, a, a know
kennen·lernen become acquainted with; get to know
der **Kenner, –** connoisseur
die **Kenntnis, –se** knowledge
der **Kerker, –** dungeon, prison
kerngesund completely healthy
die **Kerze, –n** candle
der **Kessel, –** kettle
die **Kette, –n** chain
der **Ketzer, –** heretic
die **Ketzerei, –en** heresy
keuchen pant, gasp
der **Kiefer, –** jaw
der **Kilometerzähler, –** mileage indicator
das **Kind, –er** child
kindlich childlike
das **Kinn, –e** chin
die **Kinnlade, –n** jaw
die **Kirchenglocke, –n** church bell
kirchlich ecclesiastical
der **Kirchturm, ⁼e** church spire
die **Kiste, –n** crate, box (*used here as* cradle)
kitzeln tickle
die **Klage, –n** complaint
klagen speak softly, complain
kläglich pitiful
der **Klang, ⁼e** sound
die **Klappe, –n** flap
klar clear

klatschen clap, smash
die **Klatscherei, –en** gossip
kleben stick, paste
der **Klebstoff** sticky substance
das **Kleid, –er** costume, dress, (*pl.*) clothes
kleiden dress. s. — dress oneself
der **Kleiderhaken, –** clothes hook
der **Kleiderrechen, –** row of clothes hooks
das **Kleidungsstück, –e** piece of clothing
klein small, little, short
(das) **Kleinasien** Asia Minor
kleinlaut meek, shamefaced
die **Klemme, –n** fix
klingen, a, u sound, resound
die **Klinke, –n** latch
klirren clank, rattle
klopfen knock, pat, brush, beat
das **Klubmitglied, –er** guild member
klug shrewd, wise, perceptive
das **Knabengesicht, –er** boyish face
der **Knall** report, crack
knallen fire (at), bang, crack
knapp close, barely enough, tight, narrow. **mit knapper Not** just barely
knarren rattle, creak
der **Knäuel, –** throng; ball
der **Kneifer, –** pince-nez
die **Kneipe, –n** inn
der **Kneipenwirt, –e** tavern-keeper
kneten knead, soften
das **Knie, –** knee
knie(e)n kneel
kniefällig on one's knees
der **Knirps, –e** squirt, shrimp
der **Knochen, –** bone
der **Knochenbau** bone structure
knochig bony
der **Knopf, ⁼e** button
knusperig crisp
kochen cook
das **Kochgeschirr, –e** cooking utensil, tin plate
die **Köchin, –nen** cook (*fem.*)
die **Kohorte, –n** cohort
der **Kollege, –n** colleague
die **Kollektion, –en** collection (of samples)
die **Kolonne, –n** column
komisch funny, strange
der **Kommandant, –en** commander
kommandieren command
das **Kommando, –s** command
kommen, a, o come. — **(dazu)** get around to. — **(zu)** get
der **Kommis, –** clerk
kompliziert complicated
das **Komplott, –e** plot
die **Königin, –nen** queen
königlich royal, regal
das **Königreich, –e** kingdom
das **Königtum, ⁼er** kingdom, kingship
die **Konkurrenz, –en** competition

können, o, o can, know (how to)
konstatieren observe
konstitutionell constitutional
das **Kontor, ⸚e** office
die **Kontrolle, –n** inspection
kontrollieren check up on
der **Kopf, ⸚e** head. **pro Kopf** per
 capita. **es sich in den — setzen**
 get it into one's head. **vor den —**
 stoßen offend
das **Kopfende, –n** head end
kopfschüttelnd with a shake of the
 head, with a shrug
der **Kopfverband, ⸚e** head-bandage
der **Korb, ⸚e** basket
der **Körper, –** body
körperlich physical
die **Körpermasse** mass of the body
kosten cost, taste, sample
die **Kosten** (*pl.*) expense(s)
kostenlos free
der **Kot** dirt, mud
kotbraun dirty brown
der **Krach, –e** bang, noise
krachend with a crash
die **Kraft, ⸚e** force, power, strength.
 nach Kräften as best one can
kräftig robust, vigorous, strong
kräftigen strengthen
der **Kragen, –** collar
der **Kram** junk, lot, batch
kramen rummage
krampfhaft convulsive
krank sick
kränken offend, upset
das **Krankenhaus, ⸚er** hospital
der **Krankenkassenarzt, ⸚e** health
 insurance doctor
die **Krankheit, –en** illness
der **Kranz, ⸚e** wreath
kratzen scratch
die **Kredenz, –en** sideboard
die **Kreide, –n** chalk
der **Kreis, –e** circle
kreischend shrill, shrieking
kreisen circle
krepieren (*slang*) die
kreuz und quer back and forth
kreuzen cross
kriechen, o, o crawl
der **Krieg, –e** war
kriegerisch military, warlike, martial
das **Kriegsgericht, –e** court-martial
der **Kriegskredit, –e** war appropriation
die **Kriegspolitik** war policy
der **Kriminalroman, –e** detective story
kritzeln engrave, scribble
die **Krone, –n** crown
krönen crown
der **Krückstock, ⸚e** curvehandled cane
der **Krümel, –** crumb
der **Kübel, –** pail
die **Küche, –n** kitchen
der **Kuchen, –** cake

die **Kugel, –n** bullet
die **Kuh, ⸚e** cow
der **Kuhdung** cow dung
kühl cool
kühn bold
der **Kummer** grief, grievance
s. **kümmern (um)** concern oneself,
 bother about, care for
die **Kunde, –n** news
der **Kunde, –n, –n** customer
kund·geben, a, e make known, manifest
die **Kundgebung, –en** demonstration
kündigen give notice
künftig future
die **Kunst, ⸚e** art, artifice
das **Kunstleder, –** imitation leather
künstlich artificial, false
das **Kupferzeug** copper pots and pans
der **Kurfürst, –en** imperial elector
kursieren circulate
der **Kursus** (*pl.* **Kurse**) training course
kurz short, brief, curt. **seit —em, vor**
 —em recently, a short time ago
kürzlich recently
kurzum in short
der **Kuß, ⸚e** kiss
küssen kiss
die **Kutsche, –n** carriage

lächeln smile
das **Lächeln, –** smile
lachen laugh
lächerlich ridiculous
der **Lackstiefel, –** patent-leather boots
laden, u, a invite
der **Laden, ⸚** shop, store, blind, shutter
die **Lage, –n** position, situation
das **Lager, –** bed
s. **lagern** lie down
das **Laken, –** bed sheet(s)
lallen stammer, babble
das **Land, ⸚er** country. **aufs —** to the
 country
die **Landesgrenze, –n** border
das **Landgut, ⸚er** large estate
die **Landkarte, –n** map
Landsberg *town south of Augsburg*
der **Landsmann, –leute** countryman
die **Landstraße, –n** highway
lange for a long time
die **Länge, –n** length. **auf die —** in the
 long run
die **Lang(e)weile** boredom
langsam slow
längst long ago, long since, for a long
 time
der **Lärm** noise
lärmen make noise
lassen, ie, a let, allow; have (done),
 let go, make. s. **sehen —** let oneself
 be seen
lässig careless
die **Last, –en** burden, weight
das **Laster, –** vice

lateinisch Latin
die **Laterne, –n** lantern
die **Laubsäge, –n** fretsaw
die **Laubsägearbeit, –en** fretsaw work
der **Lauf, ⁔e** course, running
laufen, ie, au run
die **Lauigkeit** softness
die **Laune, –n** mood
laut (out) loud
der **Laut, –e** sound
läuten ring
lauter (*adv.*) nothing but
leben live
das **Leben, –** life. **auf Lebenszeit** for
  life
lebendig lively, alive
die **Lebensweise, –n** way of life
der **Leberfleck, ⁔e** freckle
lebhaft lively
leblos lifeless
der **Lech** *tributary of the Danube*
das **Leder, –** leather
lederbezogen leather-covered
die **Lederfabrik, –en** leather-goods
  factory
der **Lederfabrikant, –en** leather-goods
  manufacturer
die **Lederhandlung, –en** leather shop
das **Ledersofa, –s** leather sofa
die **Ledersohle, –n** leather sole
ledig illegitimate
lediglich merely, only
leer empty
leeren empty
leergeschossen empty
legen lay
der **Legionär, –e** legionary
lehmig muddy
lehnen lean
der **Lehnstuhl, ⁔e** armchair
lehren teach
der **Lehrer, –** teacher
der **Lehrjunge, –n, –n** office boy
der **Leib, –er** body, belly. **am eigenen
  —** experience to one's own hurt
die **Leibwache, –n** bodyguard
der **Leibwächter, –** bodyguard
die **Leiche, –n** corpse
leicht easy, light, slight
leichtbewaffnet lightly armed
leichtfüßig light-footed
die **Leichtgläubigkeit** credulity, gul-
  libility
der **Leichtsinn** carefreeness
leid: es tut dir leid you are sorry.
  es tut mir leid I am sorry
leiden, i, i suffer
die **Leidenschaft, –en** passion
leidenschaftlich passionate
leider unfortunately
leidig disagreeable, tiresome
leihen, ie, ie loan
die **Leindecke, –n** linen coverlet
das **Leinen, –** linen

das **Leintuch, ⁔er** sheet, linen sheet
leis(e) soft, gentle
leisten accomplish, perform, do
die **Leistung, –en** feat, achievement
der **Leiter, –** director
der **Leiterwagen, –** open-sided wagon
die **Lektion, –en** lecture
die **Lektüre, –n** reading
lenken guide
der **Lenz** spring (*poetic*), paradise
lernen learn
lesbar legible
lesen, a, e read
letzt last, recent. **letzten Endes** finally
leuchten shine
leugnen deny
die **Leute** people
das **Licht, –er** light
die **Lichtung, –en** clearing
die **Liebe** love
lieben love
lieber rather, preferably. **am allerliebsten** most like
liebevoll loving, affectionate
der **Liebhaber, –** lover
liebkosen caress
Lieblings– favorite
das **Lieblingsessen** favorite food
der **Lieblingsfilm, –e** favorite film
das **Lieblingsgetränk, –e** favorite
  drink
das **Lied, –er** song
liefern supply
liegen, a, e lie, be in bed, be located,
  consist. **gelegen** situated
liegen·lassen, ie, a leave
die **Linie, –n** line
link(s) left, on the left
link– lefthand
die **Linke** left hand
die **Lippe, –n** lip
die **Livree, –n** uniform
der **Livreerock, ⁔e** uniform coat
loben praise
das **Loch, ⁔er** hole, opening, gap
locken lure, attract
lockern loosen
der **Löffel, –** spoon
lohnen reward
der **Lorbeer, –en** laurel
los up; go! — sein be wrong
das **Los, –e** lot, fate
los·brüllen begin to roar
lösen loosen, unhook
los·lassen, ie, a let go (of)
los·reißen, i, i tear loose
los·schlagen, u, a strike
los·werden, u, o get rid of
die **Luft, ⁔e** air, breeze
lüften lift, raise
das **Luftloch, ⁔er** air hole
die **Lüge, –n** lie
lügen, o, o lie
der **Lump, –en** rascal

lungern loll, loiter
die **Lust,** ⸚e desire. — **haben** feel like

machen make, do. s. **daran** — get
  going at (a task). s. **auf den
  Weg** — start out
die **Macht,** ⸚e power, force
mächtig huge, powerful, mighty
die **Magd,** ⸚e maid
der **Magen,** – stomach
mager thin, lean
die **Magermilch** skim milk
die **Magie** magic
der **Magistrat,** –e city council
die **Mahlzeit,** –en meal
mahnen warn
die **Majestät,** –en majesty, Your
  Majesty
makellos spotless
die **Makrone,** –n macaroon
mal just! do!
das **Mal,** –e time. **mal** times. **mit
  einem Male** suddenly, all at once
man one, people
manch many a, some (*pl.*)
manches some things
manchmal sometimes
die **Mandel,** –n almond
der **Mangel,** ⸚ lack
der **Mann,** ⸚er husband, man
die **Männergestalt,** –en masculine
  figure
mannigfach varied
der **Mantel,** ⸚ coat, cloak, overcoat
der **Markt,** ⸚e market(place)
marschieren march
(der) **März** March
der *or* das **Marzipan** almond-paste
  candy
das **Maschinengewehr,** –e machine gun
die **Maske,** –n mask
massig large
matt dull, pale
die **Mauer,** –n wall
die **Mauerlücke,** –n gap in the wall
das **Maul,** ⸚er mouth
maulen sulk
mehr more, further. **nicht** — no longer
mehrere several
mehrmals frequently, several times
meinen think, say, mean
die **Meinung,** –en opinion. **der** — **sein**
  be of the opinion. **ihrer** — **nach** in
  her opinion
meist most, mostly
die **meisten** most people
meistens mostly
melancholisch sad, gloomy
melden report, announce, inform. s. —
  present oneself, report, come forward
die **Meldung,** –en report
melken milk
die **Menge,** –n crowd, a lot of, quantity,
  number, lot

der **Mensch,** –en, –en man, human,
  person
der **Menschenauflauf,** ⸚ crowd
das **Menschenzimmer,** – person's room
menschlich human
Mering *village southeast of Augsburg*
merken notice
merkwürdig remarkable, strange
merkwürdigerweise strangely enough
die **Messe,** –n mass
das **Messer,** – knife
die **Meuterei,** –en mutiny, revolt
der **Meuterer,** – insurgent
der **Mieter,** – renter
die **Milch** milk
milchig milky
das **Militär,** –s military man
die **Militärzeit** time of military service
mindestens at least
der **Ministerpräsident,** –en Prime
  Minister
mischen mix. s. — **(in)** join, break
  (into)
mißbilligen disapprove of
das **Mißlingen** failure
mißmutig sullen, grouchy
mißtrauen distrust
das **Mißtrauen** distrust
mißtrauisch suspicious
der **Misthaufen,** – dung heap
der **Mistkäfer,** – tumblebug
mit·arbeiten assist, collaborate, co-
  operate
der **Mitbürger,** – fellow citizen
miteinander with one another
mit·gehen, i, a go along (with)
mit·helfen, a, o help
mit·kommen, a, o come along (with)
das **Mitleid** pity, sympathy
mitleidig sympathetic
mit·machen join, take (a course)
mit·reißen, i, i tear along with
mit·schreiben, ie, ie take notes
mit·spielen play a part
der **Mittag,** –e noon
das **Mittagessen,** – noon meal
der **Mittagstisch,** –e noon meal
die **Mitte,** –n middle
mit·teilen tell, inform, communicate,
  impart, divulge
die **Mitteilung,** –en announcement,
  news
das **Mittel,** – means, way
mitten (in) in the middle (of). — **drin**
  in the middle of
die **Mitternacht,** ⸚e midnight. **ab** —
  from midnight on
mittler- middle
mitunter now and then
die **Möbel** (*pl.*) furniture
möbelerschütternd furniture-shaking
das **Modengeschäft,** –e fashion shop
mögen, o, o like; may. **er möchte** he
  should
möglich possible

möglicherweise possibly
die **Möglichkeit**, **–en** possibility, opportunity. **nach —** as far as possible
möglichst as possible
der **Monat**, **–e** month
monatlich monthly
der **Mönch**, **–e** monk
morgen tomorrow
der **Morgen**, **–** morning
die **Morgenarbeit**, **–en** morning work
morgendlich (*adj.*) morning
das **Morgengrauen** dawn
der **Morgennebel** morning mist
morgens in the morning
die **Morgenstunde**, **–n** morning hour
die **Moritat**, **–en** ballad
müde weary
die **Müdigkeit** weariness
die **Mühe**, **–n** difficulty, effort, trouble
mühelos effortless
mühevoll hard-working
die **Mühle**, **–n** mill
mühsam painful, laborious
der **Mund**, **–e** *or* **–er** mouth
mündlich oral
die **Munterkeit** cheer
mürbe tender
murmeln murmur, mutter
mürrisch grumbling, sullen
muskulös muscular
müssen have to
die **Musterkollektion**, **–en** samlpe collection
mustern look over
die **Musterung**, **–en** mustering
der **Mut** courage
mutig courageous
die **Mutter**, **–** mother
die **Muttersprache**, **–n** mother tongue
die **Mütze**, **–n** cap

nach after, at, towards, to, for, according to, about
der **Nachbar**, **–n** neighbor
nachdem after
nach·denken, a, a reflect, think things over
nachdenklich thoughtful, deep in thought
nachdrücklich emphatic
nach·fliegen, o, o fly after
nach·fragen inquire
nach·gehen, i, a attend to; follow
nach·helfen, a, o help along
nachher afterward
nach·hüpfen hop after
der **Nachklang**, **–e** persistence of sound
nach·kommen, a, o comply with
nach·lassen, ie, a subside
nachlässig careless, casual
nach·laufen, ie, au run after
der **Nachmittag**, **–e** afternoon
nachmittags in the afternoon, afternoons

die **Nachricht**, **–en** news
nach·schleppen drag behind
nach·sehen, a, e look after, watch, ascertain
die **Nachsicht** indulgence, charity
nächst next
nach·suchen petition for
die **Nacht**, **–e** night
das **Nachtessen** evening meal
das **Nachtgewand**, **–er** night clothes
das **Nachthemd**, **–en** night dress, night gown
das **Nachtmahl**, **–e** evening meal
nach·tragen, u, a hold (a grudge) against
nachts at night
nackt bare
der **Nagel**, **–** nail
nah(e) close to, close, near
die **Näharbeit**, **–en** sewing work
die **Nähe** vicinity, proximity. **in der —** nearby. **nähere Auskunft** further information
nähen sew
s. nähern draw near, approach
nähren feed
die **Nahrung** nourishment
das **Nähzeug** sewing materials
namens by the name of
nämlich that is, namely, as a matter of fact
der **Napf**, **–e** bowl
die **Narbe**, **–n** scar
der **Narr**, **–en**, **–en** fool
die **Narrheit**, **–en** foolishness
närrisch mad
naß wet, damp
natürlich natural(ly), of course
der **Nebel**, **–** fog
nebelhaft misty, foggy
neben next to
nebenan next door
nebenbei by the way
nebeneinander alongside one another
das **Nebenzimmer**, **–** adjacent room
der **Neger**, **–** negro
nehmen, a, o take, take away. **an s. —** pick up. **zu s. —** eat
neigen incline, incline to
nennen, a, a call, mention
der **Nerv**, **–en** nerve
der **Nervenzusammenbruch**, **–e** nervous breakdown
das **Nest**, **–er** nest, hick town
nett nice
neu new, anew
der **Neuangekommene**, **–n** newcomer
neuartig new sort of
neuerdings again
neuerlich renewed
neugierig curious
die **Neuigkeit**, **–en** piece of news
neulich recently, lately
nicht not. **— einmal** not even. **— mehr** no longer, never again

die **Nichte, –n** niece
nichtig void, empty
nichts nothing. **— als** nothing but
nicken nod
nie never. **nie mehr** never again
nieder down
nieder·beugen bend down
neider·drücken press down
nieder·fallen, ie, a fall down
nieder·fliegen, o, o fly down
nieder·fließen, o, o flow down
nieder·gleiten, i, i slide down
nieder·kämmen comb down
nieder·knie(e)n kneel
die **Niederlage, –n** defeat
s. **nieder·lassen, ie, a** sit down
nieder·schlagen, u, a knock down
nieder·schmettern crush
nieder·schreiben, ie, ie write down
s. **nieder·setzen** sit down
nieder·sinken, a, u sink down
die **Niederung, –en** low ground
nieder·werfen, a, o throw down
niedrig low, common
niemals never
niemand nobody, no one
noch still, yet, more, ever. **— einmal**
  again. **— nicht** not yet. **— so kalt**
  ever so cold
nochmals again
die **Not, ⁻e** distress, poverty, difficulty
die **Note, –n** note, (*pl.*) music
das **Notenpult, –e** music stand
die **Notenzeile, –n** line of music
der **Notfall** moment of need, case of
  need, emergency
nötig necessary. **— haben** need
die **Notiz, –en** note
das **Notizblatt, ⁻er** page, leaf
die **Notwendigkeit, –en** necessity
nun now, well. **— einmal** once and for
  all, unavoidably. **von — ab** from
  now on
nunmehr now
nur only, just, ever
die **Nußecke, –n** a kind of pastry with
  nuts
die **Nüster, –n** nostril
nutzen be of use
nützlich useful
nutzlos useless

ob whether, if
oben up, above, on high, at the head of
  the table. **nach —** up. **ganz nach —
  stehen** to be all the way at the top.
  von — bis unten from head to toe
ober above
die **Oberen** (*pl.*) high-ups
der **Oberkörper** upper part of the body
der **Oberst, –en** colonel
der **Oberstatistiker, –** chief statistician
der **Oberstleutnant, –e** lieutenant
  colonel
die **Obrigkeit, –en** authorities

die **Obstschale, –n** fruit bowl
obwohl although
das **Ochsengespann, –e** team of oxen
der **Ochsenkarren, –** oxcart
öde desolate, barren
oder or
der **Ofen, ⁻** stove
offen open
offenbar public, known, obvious,
  apparent
offenkundig obvious(ly), apparent
öffentlich public
öffnen open. s. **—** open
die **Öffnung, –en** opening
offiziell official
oft often
öfters often
oftmals frequently
ohne without
die **Ohnmacht, –en** faint
ohnmächtig in a faint
ohnmachtsähnlich similar to a faint
das **Ohr, –en** ear
die **Ohrfeige** box on the ear
das **Öl, –e** oil
das **Öllicht, –er** oil lamp
ölverschmiert oily
ominös ominous
der **Onkel, –** uncle
das **Opfer, –** victim
opfern sacrifice
der **Orden, –** order, medal
ordentlich orderly
ordnen arrange
die **Ordnung, –en** order
der **Ort, –e** place, village, spot, town
der **Ortswechsel, –** change of place
der **Osten** east
ostwärts eastwards

ein paar a few
ein paarmal a few times
der **Pächter, –** tenant farmer
der **Pachtherr, –en** landlord
der **Pachthof, ⁻e** tenant farm
das **Pack** rabble
das **Päckchen, –** little package
packen pack, seize, grab
der **Packen, –** pack
das **Paket, –e** package
das **Palais, –** palace
der **Palast, ⁻e** palace
der **Pantoffel, –n** slipper
panzerartig armorlike
der **Pappkarton, –s** cardboard box
der **Papst, ⁻e** pope
paradieren show off
die **Parlamentssitzung, –en** meeting of
  parliament
die **Parole, –n** watchword, slogan
die **Partei, –en** party, side, (political)
  party
die **Partie, –n** part
der **Passant, –en** passer-by

passen fit, suit
passend suitable
passieren pass, pass by, happen
der **Passierschein, -e** permit (to pass)
der **Pater, Patres** priest
der **Patrizier, -** patrician
der **Patronengurt, -en** cartridge belt
die **Patrouille, -n** patrol
peinigen torture, distress
peinlich embarrassing, painful, pains-
 taking, particular
die **Peinlichkeit, -en** embarrassment
peinvoll painful
die **Pelzboa, -s** fur neckpiece
der **Pelzhut, -̈e** fur hat
der **Pelzmuff, -e** fur hat
das **Pelzwerk** furs
das **Pergament, -e** (parchment) document
(das) **Persien** Persia
persisch Persian
das **Personal** personnel, employees
persönlich personal
das **Petroleum** oil
die **Pfanne, -n** pan
das **Pfannenmesser, -** spatula, pancake
 turner
der **Pfannkuchen, -** pancake
der **Pfarrer, -** minister, pastor
pfeifen, i, i whistle. **vor sich hin—**
 whistle in surprise
das **Pferd, -e** horse
das **Pferdegetrappel** tramping of horses
der **Pferdewagen, -** horse-drawn vehicle
pflegen take care of, customary, be
 accustomed, care for. **— (zu)** be
 accustomed (to)
die **Pflicht, -en** duty
der **Pförtner, -** door man
das **Pfund, -e** pound
die **Pfütze, -n** puddle
die **Physik** physics
piepsen squeak
der **Plafond, -s** ceiling
die **Plage, -n** bother, trouble
das **Plakat, -e** poster
plärren bawl
der **Platz, -̈e** seat, square
platzen burst
der **Plebejer, -** plebian
plebejisch plebian
plötzlich sudden
plump awkward
plündern plunder
die **Plünderung, -en** plundering
pochen knock
die **Pointe, -n** point, lesson
(das) **Polen** Poland
polnisch Polish
das **Polster, -** cushion
der **Posten, -** job, guard, sentry, post
prächtig splendid
prachtvoll wonderful
praktisch practical
das **Präsent, -e** present

der **Preis, -e** price
preußisch Prussian
der **Prinzipal, -e** employer, store owner
die **Probe, -n** trial, test
probieren try
der **Prokurist, -en, -en** chief clerk
die **Provision, -en** commission
prozentual percent, expressed in per-
 centage
der **Prozeß, -sse** trial. **einem den —
 machen** put on trial
prüfen test, verify
prüfend searching
die **Prüfung, -en** verification
das **Publikum** public, audience
pudern powder
der **Puderzucker** powdered sugar
das **Pult, -e** desk
der **Punkt, -e** point
das **Pünktchen** dot
die **Pupille, -n** pupil of the eye
putzen polish, clean, shine

das **Quadratmeter, -** square meter
 (approximately a square yard)
quälen torture, torment
die **Quälerei, -en** torment
das **Quartier, -e** district
quellen, o, o well up, emanate
quer oblique, at an angle. **— durch**
 across

das **Rad, -̈er** wheel, bicycle
radieren erase
der **Radiergummi, -s** eraser
ragen stick out
der **Rahmen, -** frame
der **Rand, -̈er** edge
rasch quick
rasend furious
der **Rat, -̈e** advice, counsel
raten, ie, a advise
das **Rathaus, -̈er** town hall
ratlos at a loss
die **Ratlosigkeit** perplexity, not knowing what to do
rätselhaft puzzling
rattern clatter
rauben rob
der **Rauch** smoke
rauchen smoke
s. raufen pull, pluck
rauh rough
der **Raum, -̈e** room, space
raus = heraus
rauschen rustle
s. räuspern clear one's throat
reagieren react
rechnen calculate, reckon. **— mit**
 count on
die **Rechnung, -en** bill
recht(s) right, proper, true, quite.
 recht geben believe an argument
 right. **recht haben** be right
die **Rechte** right hand

rechtfertigen justify
rechts on the right
die **Rechtschreibung** orthography, spelling
die **Rechtssache, –n** lawsuit
der **Rechtsstreit, –e** lawsuit, legal battle
rechtzeitig in time
recken crane, stretch
die **Rede, –n** speech, talk. **die — sein von** be a question of
reden talk, speak
die **Redensart, –en** phrase, figure of speech, turn of speech
der **Reeder, –** shipowner
die **Regel, –n** rule
regelmäßig regular
regelrecht absolutely
die **Regelung, –en** settlement
der **Regen** rain
der **Regentropfen, –** rain drop
die **Regierung, –en** government
der **Regierungsbau, –ten** government building
regnen rain
reiben, ie, ie rub
das **Reich, –e** realm
reichen stretch
reichlich plentiful
die **Reichsstadt, –̈e** free town of the empire
die **Reihe, –n** row, line. **der — nach** one after the other
rein pure
rein = herein
reinigen clean
die **Reinigung, –en** cleaning
die **Reinlichkeit** cleanliness
die **Reise, –n** trip, voyage, journey
reisen travel
der **Reisende, –n, –n** traveling salesman
reißen, i, i tear, rip
reiten, i, i ride (on horseback)
der **Reiter, –** rider, cavalryman
die **Reiterei, –en** cavalry
die **Reiterin, –nen** equestrienne
das **Reiterregiment, –er** cavalry regiment
die **Reitschule, –n** (military) riding academy
rennen, a, a run
die **Rente, –n** pension
reparieren repair
der **Respekt** respect
restlich remaining
retten save
der **Retter, –** savior
die **Rettung, –en** rescue
reuen (*impers.*) regret
s. **revanchieren** get revenge, repay a service
das **Rheuma** rheumatism
richten direct
der **Richter, –** judge
richtig right, regular, correct, really

die **Richtung, –en** direction
riechen, o, o smell
die **Riesengröße** gigantic size
riesig giant, huge, gigantic
das **Rindvieh** ox
rings around
ringsherum all around
ringsum roundabout
der **Ritt, –e** ride
der **Rock, –̈e** skirt, apron, petticoat, coat, coat (of a man's suit)
roh rough
die **Röhre, –n** pipe, tube
römisch Roman
die **Rosine, –n** raisin
rostig rusty
rot red
rötlich reddish
die **Rotte, –n** band, troop
der **Ruck, –e** jerk
rücken shove by jerks
der **Rücken, –** back, rear
die **Rückenlage, –n** position of lying on one's back
die **Rückenlehne, –n** back
das **Rückgrat** backbone
die **Rückkehr, –en** return
die **Rücksicht, –en** sparing, reserve, consideration. **— nehmen** have regard
die **Rücksichtnahme** consideration
rücksichtslos harsh
rücksichtsvoll considerate
rückwärts toward the rear, backwards
der **Rückwärtslauf** running backwards
ruckweise by jerks
der **Ruf, –e** cry; reputation, (war) cry
rufen, ie, u call, cry
die **Ruhe** peace, calm
ruhen rest
ruhig calm, still, easily, quiet, at peace, at rest
der **Ruhm** glory
rühren move, stir, touch. **s. —** be moved, move
rührend touching
die **Rührung** emotion
ruinieren ruin
das **Rumpelzeug** junk
rund round
die **Runde, –n** circle
s. **runden** become round
der **Rundgang, –̈e** trip around
rund·gehen, i, a make the rounds
der **Russe, –n** Russian
russisch Russian
der **Rüstungsbetrieb, –e** armament factory

der **Saal, Säle** hall
die **Sache, –n** case, affair, thing, cause, (*slang*) business. **zur —** to the point
der **Sachverhalt** situation
sachverständig expert
das **Sacktüchlein, —** handkerchief

sagen say
sagenhaft legendary
salzen salt
das Salzfaß, ⁼sser salt cellar
sammeln gather, collect
samt und sonders all together
samten velvet
sämtlich all, complete
sanft gentle
die Sänfte, –n sedan chair
satt satisfied. — haben have enough of.
— werden get enough to eat
der Satz, ⁼e sentence, rate
säuerlich sour
saufen, o, o drink (immoderately)
saugen (*also* au, o, o) suck
die Säule, –n column
säumig tardy
sausen rush
schäbig shabby
der Schachzug, ⁼e chess move
schade too bad
der Schaden, ⁼ injury, harm
schädlich detrimental, injurious
das Schaff, –e (wooden) tub
schaffen, u, a create, do, make. aus
der Wohnung — get someone out
of the house
der Schafspelz, –e sheepskin coat
der Schal, –e shawl
schälen shell, unwrap
schallen sound, resound, peal
der Schalter, – (light) switch
die Scham shame
s. schämen be ashamed
schamlos shameless
die Schande, –n shame, outrage
die Schandtat, –en infamous deed
scharf sharp, strict
der Scharlatan, ⁼e charlatan
scharren scratch
der Schatten, – shadow, shade
schätzen appreciate. zu schätzen
wissen, u, u appreciate
schauen (take a) look
schaukeln rock
die Scheibe, –n windowpane; slice
scheiden, ie, ie distinguish between
der Schein, –e light, glow, bill
scheinbar seeming
scheinen, ie, ie seem
die Scheitelfrisur, –en part (of hair)
der Scheiterhaufen stake
die Schenke, –n tavern, inn
schenken give. geschenkt bekommen
receive a gift
der Scherge, –n executioner
der Scherz, –e jest, joke
scheu timid, fearful
die Scheu backwardness
scheuen shrink from
scheuern rub
die Scheune, –n barn
die Schicht, –en shift
schicken send

schicklich proper
das Schicksal, –e fate
schieben, o, o shove
schief crooked, slanted
schielen cast furtive glances
die Schiene, –n track, rail
schießen, o, o shoot
der Schießstand, ⁼e target
das Schiff, –e ship
der Schild, –er shield, sign
schildern describe
der Schimmer, – gleam
der Schinken, – ham
die Schlacht, –en battle
der Schlächter, – butcher
das Schlachtmesser, – butcher knife
(*here* sword)
der Schlaf sleep
schlafen, ie, a sleep
das Schlafmittel, – soporific, sleeping
pill
die Schläfrigkeit sleepiness
der Schlafrock, ⁼e bathrobe
das Schlafwagenabteil, –e sleeping
compartment
der Schlag, ⁼e blow; sort
der Schlagbaum, ⁼e check point
schlagen, u, a strike, fight, hit, drive,
inflict. s. — fight
der Schlamm mud
schlammig muddy
die Schlampe, –n slut
schlapp limp, weary
schlau sly
schlecht bad, poor
die Schlechtigkeit, –en wickedness
s. schleichen, i, i to slink, creep
schlendern stroll
schleppen drag
schleudern hurl
schlicht simple, plain
schließen, o, o conclude, close; lock
schließlich finally; after all, final
schlimm bad, annoying
das Schloß, ⁼er lock
der Schlosser, – locksmith
schlottern shake
schluchzen sob
schlucken swallow
der Schlummer slumber
schlummern doze
der Schluß, ⁼sse conclusion
der Schlüssel, – key
schmal narrow, slender, meager, small
schmatzen smack (one's lips)
schmecken taste good, taste
das Schmeichelwort, –e flattering word
der Schmelzkäse soft cheese
der Schmerz, –en pain
schmerzen hurt
schmerzhaft painful
schmierig dirty, greasy
der Schminkstift, –e make-up pencil
der Schmuck jewelry
der Schmutz dirt

schmutzig filthy, dirty
der **Schmutzstreifen, –** dirt streak
schnappen snap, snatch
der **Schnaps, ⸚e** hard liquor
schnaufen snort
der **Schnee** snow
die **Schneeflocke, –n** snowflake
das **Schneegestöber, –** snow storm, drifting snow
die **Schneeschmelze** thaw
der **Schneestaub** powdery snow
schneiden, i, i cut
der **Schneider, –** tailor
schnell quick, fast. **mach —** be quick about it
schnellstens as quickly as possible
der **Schnitt, –e** cut
die **Schnitte, –n** slice
schnitzen carve
die **Schnur, ⸚e** cord
schon already, indeed
schön beautiful, nice
schonen spare
die **Schönheit, –en** beauty
die **Schonung, –en** sparing
schöpfen draw
der **Schöpflöffel, –** ladle
der **Schoppen, –** glass (of wine or beer)
der **Schoß, ⸚e** lap, bosom
der **Schrank, ⸚e** wardrobe
die **Schranke, –n** barrier
der **Schrecken, –** fright, terror, dismay, horror
die **Schreckgestalt, –en** frightening shape
schreckhaft frightened, fearful
schrecklich terrible
der **Schrei, –e** cry, scream
schreiben, ie, ie write
der **Schreibtisch, –e** desk
schreien, ie, ie scream, cry, yell, cry out, shout
die **Schrift, –en** writing
der **Schritt, –e** step, pace
der **Schuft, –e** scoundrel
der **Schuhputzer, –** shoe shiner
die **Schuld, –en** debt; fault
schulden owe
schuldig sein owe
der **Schuldner, –** debtor
der **Schüler, –** pupil, student
der **Schulhof, ⸚e** school yard
die **Schulter, –n** shoulder
die **Schüssel, –n** serving dish, bowl
der **Schuster, –** shoemaker
schütteln shake
schütten dump, pour
der **Schutz** protection
die **Schutzmaßnahme, –n** security measure
die **Schutzwache, –n** protective guard
(das) **Schwaben** Swabia
schwach weak; sparse
die **Schwäche, –n** weakness
die **Schwadron, –en** squadron

der **Schwager, ⸚** brother-in-law
schwanken wave
schwärmerisch enthusiastic
schwarz black. **— sehen** be pessimistic
schwatzen chatter, gab
schweigen, ie, ie be silent
das **Schweigen** silence
der **Schweiß** sweat
der **Schweizer, –** Swiss
die **Schwelle, –n** threshold
schwellen, o, o swell
schwenken wave, swing
schwer difficult, heavy, hard, serious
die **Schwere** heaviness
schwer-fallen, ie, a be difficult for
schwerfällig heavy, awkward, slow
die **Schwerhörigkeit** hearing difficulty
schwerkrank seriously ill
schwermütig melancholy, sad
das **Schwert, –er** sword
der **Schwertkämpfer, –** soldier armed with a sword
die **Schwester, –n** sister
der **Schwiegersohn, ⸚e** son-in-law
schwierig difficult, delicate
die **Schwierigkeit, –en** difficulty
schwimmen, a, o swim, float
der **Schwindelanfall, ⸚e** attack of dizziness
schwinden, a, u disappear, vanish
schwingen, a, u swing
schwirren whirr
der **Schwung, ⸚e** push
der **Schwur, ⸚e** oath
die **Seelenmesse, –n** requiem
der **Segen, –** blessing
segnen bless
sehen, a, e see, look. **gerade vor sich hin—** look straight ahead
die **Sehkraft** sight
sehr very, very much
der **Seidenrock, ⸚e** silk petticoat
das **Seil, –e** rope
seinerseits for his part
seit for, since
seitdem since then, since
die **Seite, –n** side. **von seiten** on the part of
der **Seitenblick, –e** sidewards glance
seitlich sidewards
seitwärts sidewards
selb same
selber self (herself, himself, *etc.*)
selbst self, (*preceeding word*) even
selbständig on one's own
die **Selbstüberwindung** self-control
selbstverständlich of course, matter of course
das **Selbstvertrauen** self-confidence
der **Selbstvorwurf, ⸚e** self-reproach
selten rare
seltsam strange, odd
senken lower
senkrecht vertical
die **Serviette, –n** napkin

der **Sessel,** – armchair
setzen set. — **(auf)** bet (on). **s.**— **(zu)** sit down (besides)
seufzen sigh
der **Seufzer,** – sigh
sicher sure, safe, certain
die **Sicherheit,** –en confidence, security, safety
sichtbar visible
sichtlich obviously
die **Siedlung,** –en settlement, housing project
der **Sieg,** –e victory
siegen be victorious
die **Siegesfeier,** –n victory celebration
der **Siegesjubel** jubilation over the victory
der **Siegeszug,** ⁼e victorious campaign
siegreich victorious
der **Sims,** –e shelf
sinken, a, u settle down
der **Sinn,** –e sense, meaning, attitude.
    aus dem — **kommen** be forgotten
sinnlos senseless
der **Sitz,** –e seat
sitzen, a, e sit, be
die **Sitzung,** –en meeting
die **Skepsis** skepticism
der **Sklave,** –n slave
der **Sklavenpreis,** –e price of slaves
soeben just now, just then
sofort immediately, at once
sofortig immediate
sogar even
sogenannt so-called
sogleich immediately
die **Sohle,** –n sole
der **Sohn,** ⁼e son
solch such
der **Soldat,** –en soldier
die **Soldatenmütze,** –n army cap
sollen be supposed to, should
somit thus
sonderbar strange
sondern but
sondieren sound out
die **Sonne,** –n sun
die **Sonntagskleider** (*pl.*) Sunday clothes
sonst otherwise, formerly
sonstig other
Sonthofen *Bavarian village near the Austrian border*
sooft, so oft whenever, as often as
die **Sorge,** –n worry, care. — **haben (um)** be worried (about)
sorgen (für) care for. **s.** — worry
sorgenvoll anxious, troubled, sad
die **Sorgfalt** care
sorgfältig careful
sorglos carefree
sosehr (auch) however much
die **Soße,** –n sauce
soweit as far as, in so far (as)
sowie as well as

sowieso anyhow
sowohl (als) as well (as). **sowohl** ... **als auch** not only ... but also. — ... **wie** as well ... as
die **Spalte,** –n crack
(das) **Spanien** Spain
spanisch Spanish
spannen pull tight
spannend tense
die **Spannung,** –en suspense
sparen save
die **Sparsamkeit** thrift
der **Spaß,** ⁼e joke. — **machen** have fun, enjoy
spät late
spätestens at the latest
spazieren-gehen, i, a take a walk
der **Spaziergang,** ⁼e walk
der **Speck** bacon
speien, ie, ie spit
die **Speise,** –n food
die **Speisekammer,** –n pantry, larder
der **Speiseüberrest,** –e food leftover
das **Spiel,** –e game, playing
spielen play
der **Spieß,** –e spear
die **Spinne,** –n spider
der **Spinnrocken,** – distaff (for holding wool)
spionieren peek
die **Spitze,** –n head, tip, point
der **Splitter,** – splinter
spontan spontaneous
die **Spottsucht** mania for ridicule
die **Sprache,** –n language, speech
sprechen, a, o speak, talk (to)
spreizen spread
springen, a, u jump
der **Sprung,** ⁼e jump
sprunghaft by leaps and bounds
die **Spur,** –en trace
spüren feel, detect, sense
der **Staat,** –en state
der **Staatsbürger,** – citizen
die **Staatsmittel** (*pl.*) state funds
der **Staatszuschuß,** ⁼sse state subsidy
der **Stab,** ⁼e stick, army staff
die **Stadt,** ⁼e city
städtisch urban
stählern steel
der **Stahlhelm,** –e steel helmet
der **Stall,** ⁼e stable
stammen derive, stem, come (from)
stampfen stamp
die **Standhaftigkeit** resoluteness
ständig steady
stapeln pile
stark strong, severe
die **Stärke** strength
starr motionless, fixed, immovable
starren stare
starrköpfig obstinate
der **Starrsinn** stubborness
statt instead of, instead
stattdessen instead

statt·finden, a, u take place
der Staub dust
s. stauen back up, crowd
staunen be astonished
stecken, a, e stick, be, insert
stehen, a, e stand. gut— look good on.
    s. gut — (mit) be on good terms
    (with). zum Stehen bringen halt
stehen·bleiben, ie, ie   stop, remain
    standing, remain untouched, stand
    still
stehen·lassen, ie, a   leave, leave un-
    touched
stehlen, a, o steal
steif stiff
steigen, ie, ie climb, rise
steigern increase
der Stein, −e rock
steinern stony
die Stelle, −n position, job, place, spot.
    auf der — on the spot. von der —
    bringen move
stellen place. s. — take a stand
die Stellung, −en position; stand
stemmen brace
der Stempel, − seal, stamp
das Sterbebett, −en deathbed
sterben, a, o die
stetig steady
stets always
die Steuer, −n tax
der Stich, −e prick. im — lassen
    forsake, abandon
die Stiefelsohle, −n shoe sole
stieren stare
still quiet
die Stille silence
das Stillschweigen silence
die Stimme, −n voice
stimmen be correct, fit, tally
die Stimmung, −en mood, frame of
    mind
die Stirn, −en forehead
der Stock, ⸚e cane, floor, story
der Stockbehälter, − umbrella stand
stocken hesitate, stop
der Stockschlag, ⸚e blow
das Stockwerk, −e floor
der Stoff, −e cloth
stöhnen groan
stolpern stumble
der Stolz pride
stolz proud
stopfen stuff, cram
der Stoppelboden, ⸚ stubbly ground
das Stoppelfeld, −er stubble-field
stören disturb
die Störung, −en disturbance
der Stoß, ⸚e thrust, attack, pile, push
stoßen, ie, o (auf) bump, push, come
    across, meet
der Stoßseufzer, − sigh
die Strafe, −n punishment
straff tight
s. straffen straighten up

strahlen beam
strampeln struggle
die Straße, −n street
die Straßenbahn, −en streetcar
der Straßengraben, ⸚ ditch
s. sträuben stand on end
die Straußfeder, −n ostrich feather
streben strive
strecken stretch out
streifen graze, touch upon
der Streit, −e argument, fight
streiten, i, i dispute. s. — quarrel
das Streitgespräch, −e dispute
streng strict
die Strenge severity
streuen scatter
der Strick, −e rope
stricken knit
der Strom, ⸚e stream
struppig bristly
die Stube, −n room
das Stubenmädchen, − chamber maid
das Stück, −e piece. ein großes — a
    good ways
die Stufe, −n step
der Stuhl, ⸚e chair
stumm dumb, silent, mute
stumpf blunt
die Stumpfheit dazed condition
die Stunde, −n hour
stundenlang for hours
stündlich every hour
der Sturm, ⸚e storm
stürmen storm, attack
stürmisch stormy, passionate
stürzen fall, rush, plunge
stützen prop up, support. s. — (auf)
    lean (on)
die Suche, −n search
suchen seek, look for, try
der Süden south
südlich southern
südwärts to the south
die Summe, −n sum
die Sünde, −n sin
die Suppe, −n soup
süß sweet
süßlich sweetish

der Tag, −e day
tagaus, tagein day after day
die Tageszeit, −en time of day
täglich daily
der Tanz, ⸚e dance
tanzen dance
die Tapete, −n wall paper
tapfer brave
die Tapferkeit bravery
tappen tap, tramp, grope
die Tasche, −n pocket
das Taschenmesser, − pocketknife
das Taschentuch, ⸚er handkerchief
tasten grope. s. — feel one's way,
    grope

die **Tat, –en** deed. **in der —** as a matter of fact
die **Tatsache, –n** fact
tatsächlich real, actual(ly), as a matter of fact
tauchen plunge
taufen christen, name
taumeln reel, stagger, stumble, tumble
die **Täuschung, –en** deception
der **Teig** dough
die **Teigschüssel, –n** mixing bowl for dough
der **Teil, –e** part. **zum —** in part, partly
teilnahmslos indifferent
teil·nehmen, a, o participate, take part
teils partly
der **Teller, –** plate
das **Tempo, –pi** timing
der **Teppich, –e** rug
teuer expensive
der **Teufel, –** devil
das **Thema, Themen** subject
tief deep, low
tiefverschleiert heavily veiled
das **Tier, –e** beast
die **Tierstimme, –n** animal voice
der **Tintenstift, –e** indelible pencil
der **Tisch, –e** table
die **Tischdecke, –n** tablecloth
die **Tischkante, –n** edge of table
toben fume, rage, romp noisily, be uproarious
die **Tochter, ⁻** daughter
der **Tod, –e** death
todkrank hopelessly ill
tödlich fatal
die **Toilette machen** dress
der **Ton, ⁻e** tone, sound, word
tonlos toneless
das **Tor, –e** gate
die **Tortur, –en** torture
tot dead, lifeless
töten kill
der **Totengräber, –** grave digger
das **Totenhaus, ⁻er** house of the dead; mortuary
der **Totenschein, –e** death-certificate
totenstill deathly still
der **Tournister, –** pack
die **Trage, –n** basket
tragen, u, a wear, bear, carry, take. **s. mit dem Gedanken —** be thinking of
der **Train, –s** supply column
der **Trambahnführer, –** streetcar motorman
trampeln trample
die **Träne, –n** tear
tränen water, be filled with tears, shed tears
tränenlos dry-eyed
transponieren transpose
der **Tratsch** gossip
trauen trust, wed

die **Trauer, –n** sorrow
die **Traufe, –n** gutter, rainspout
der **Traum, ⁻e** dream
träumen dream
traurig sad
der **Trauring, –e** wedding ring
die **Trauungsformel, –n** marriage vows
treffen, a, o meet, hit, fall on
treiben, ie, ie do
trennen separate. **s. —** separate
die **Treppe, –n** stairs, stairway
das **Treppenhaus** stairwell
die **Tresse, –n** braid
treten, a, e step
treu faithful, loyal
trinken drink
das **Trinkgeld, –er** tip
der **Tritt, –e** (foot) step
trocken dry
tropfen drip
der **Tropfen, –** drop
der **Trost** comfort
trostlos cheerless, depressing
die **Trostlosigkeit** cheerlessness
trotten trot
trotz in spite of, despite
der **Trotz** defiance, negativism
trotzdem even though, nevertheless
trotzig defiant
trüb(e) sad, dull, dreary, gloomy, unclear
der **Trubel, –** confusion
der **Trunk, ⁻e** drink, drinking
trunken drunk(en)
der **Trupp, –s** band
die **Truppe, –n** troop
tüchtig proper
die **Tüchtigkeit** efficiency
die **Tuchware, –n** material, textile
tückisch malicious, mean
tun, a, a do, act. **zu — haben** have difficulty in
die **Tür, –en** door
der **Türflügel, –** door panel
die **Türfüllung, –en** door panel
die **Türklinke, –n** door handle
die **Turmuhr, –en** clock on the tower
die **Türöffnung, –en** door opening
die **Türschwelle, –n** threshold
die **Türspalte, –n** crack of the door
tuscheln whisper

übel bad, evil, ill
übellaunig peevish
üben practice, exercise, drill
über over, about, at. **Zeit —** throughout
überall everywhere
überan·strengen overexert
überaus extremely, altogether
das **Überbleibsel, –** remains
der **Überblick, –e** over-all view
überdeutlich all too clear
überdies beside

überdrüssig surfeited, fired
das **Übereinkommen,** – agreement
die **Überfahrt, –en** trip across
der **Überfall, ⁓e** raid
überfallen, ie, a come over
überflüssig superfluous
übergeben, a, e hand over to
übergehen, i, a go over. — **(in)** turn (into)
überglücklich joyous
überhäufen overload
überhaupt at all, altogether, after all, in general. — **nicht** not at all
überholt out of date
überirdisch supernatural
überkommen, a, o seize
überkriechen, o, o crawl over
überlassen, ie, a leave. **ihn sich selbst —** leave to his own devices
überleben survive
überlegen consider, think over, reflect
die **Überlegung, –en** consideration
übermorgen day after tomorrow
übermüdet overtired
übernächst next but one. **die übernächste Woche** week after next
übernachten spend the night
übernehmen, a, o carry over, undertake
überqueren cross
überraschen surprise
die **Überraschung, –en** surprise
überreden persuade
überreich overly lavish
überreichen hand over
der **Überrock, ⁓** overcoat
überschreiben, ie, ie write up
überschüssig superfluous
der **Überschwung** roll over
übersetzen translate
über·siedeln move
die **Übersiedelung, –en** move
überstehen, a, a survive, get over
überströmen drench, overflow
übertreiben, ie, ie exaggerate
die **Übertreibung, –en** exaggeration
überwachen watch over, supervise
überwältigen overpower
überwinden, a, u overcome. **s. —** control oneself
überzeugen convince
die **Überzeugung, –en** conviction
der **Überzieher,** – overcoat
üblich customary
übrig rest of. **im —en** moreover
übrig·bleiben, ie, ie remain, be left
übrigens by the way, moreover
die **Übung, –en** practice, exercise, drill. **aus der — kommen** no longer practiced
die **Uhr, –en** clock, o'clock. **halb sieben —** half past six
der **Uhrmacher,** – watchmaker

das **Uhrwerk, –e** movement of a clock
um around, at, for, about. — **sein** be over. — **so** (*with comparative*) all the. — **so mehr** all the more. — **zu** in order to
umarmen embrace, put one's arms around
s. um·blicken look around
umbranden surge around
um·bringen, a, a kill
um·drehen turn. s. — turn oneself (around)
die **Umdrehung, –en** turn
der **Umfang** size
umfangen, i, a embrace
umfangreich extensive
umfassen comprise, concern
umflattern fly around
umfließen, o, o flow around
der **Umgang, ⁓e** acquaintances, companionship
umgeben, a, e surround
die **Umgebung, –en** surrounding region, surrounding area
die **Umgegend** vicinity
um·gehen, i, a (mit) be occupied with
umher (herum) around
umklammern embrace, grip
um·knicken turn or sprain an ankle
um·laufen, ie, au circulate
um·legen put on
s. um·schauen look around
umschlingen, a, u clasp, entwine in embrace
der **Umschweif, –e** digression. **ohne Umschweife** without beating around the bush
s. um·sehen, a, e look around *or* back
umsonst for nothing
der **Umstand, ⁓e** condition, circumstance
umständlich bothersome, with much ado
um·stellen rearrange
der **Umsturz, ⁓e** overthrow, revolution
umtanzen circle around, dancing
der **Umweg, –e** detour, roundabout way
umwehen come over
s. um·wenden, a, a turn around
um·werfen, a, o knock over, overturn
um·ziehen, o, o change (clothes)
unangenehm unpleasant, unfavorable, disagreeable
die **Unannehmlichkeit, –en** unpleasantness
unauffindbar lost
unaufhaltsam irresistible
unaufhörlich ceaseless
unbedingt without fail, absolutely
unbefriedigend unsatisfactory
unbegreiflich incomprehensible
unbegründet unjustified
unbekannt unknown
unbequem uncomfortable

unberechtigt unjustified
unberührt untouched
unbeweglich motionless
unbewußt unconscious
unbrauchbar having no use
undankbar ungrateful
undeutlich indistinct, unclear
undurchdringlich impenetrable
undurchführbar impossible of execution
unendlich infinite, endless, bottomless
unentbehrlich indispensable
unentdeckt undiscovered
unerbittlich relentless
unerhört unheard of
unermüdlich indefatigable, untiring
unerreicht unrivaled
unerschütterlich unflinching
unerträglich unbearable
unerwartet unexpected
unfähig incapable
unfreundlich in unfriendly manner
die Unfruchtbarkeit sterility
ungebildet uneducated
ungedient not drafted
ungeduldig impatient
ungeheuer tremendous, monstrous, enormous
ungeheuerlich monstrous
ungelegen inopportune, at a bad time
die Ungelegenheit, –en inconvenience
ungemein extraordinary, uncommon
ungenießbar inedible
ungeöffnet unopened
die Ungerechtigkeit, –en injustice, unfairness
ungeschickt awkward
ungeschoren unmolested
ungestört undisturbed
die Ungewißheit, –en uncertainty
ungewöhnlich unusual
ungewünscht unwanted
ungezählt uncounted
das Ungeziefer, – vermin
ungläubig incredulous
unglaublich unbelievable, incredible
das Unglück misfortune
unglücklich unfortunate
ungünstig unfavorable
unheimlich uncanny, tremendous
die Unhöflichkeit, –en impoliteness
der Uniformrock, ⁼e coat of a uniform
die Unlust aversion, disgust
unmittelbar immediate(ly), direct
unmöglich impossible
die Unmöglichkeit, –en impossibility
unnötig unnecessary
unnütz useless
unordentlich disorderly, uncomfortable
die Unordnung disorder
der Unrat garbage
unrecht (haben) to be wrong
unregelmäßig irregular
die Unruhe, –n unrest
unruhig restless; noisy, agitated
unsagbar unspeakable

unschädlich harmless
unschuldig innocent
unsicher uncertain
die Unsicherheit, –en uncertainty
unsichtbar invisible
der Unsinn nonsense
unsinnig senseless
untätig inactive
unten below
unter among, amid, under
unter– lower
der Unterarm, –e forearm
unterbrechen, a, o interrupt
unterbreiten explain
unter·bringen, a, a leave with, lodge, find a place for
unterdrücken suppress, repress
unterdrückt restrained
die Unteren (*pl.*) common people
unterhalten, ie, a entertain. s. — converse
unterhaltend entertaining
die Unterhaltung, –en conversation, entertainment
unterlassen, ie, a refrain from
der Unterleib, –er abdominal region
untermischen mingle
unternehmen, a, o undertake
das Unternehmen, – undertaking
der Unternehmer, – proprietor
der Unteroffizier, –e noncommissioned officer
die Unterredung, –en conversation; meeting
der Unterricht instruction, lessons
unterrichten instruct
unterschätzen underestimate
der Unterschied, –e difference. zum — von unlike
unterschlagen, u, a embezzle, suppress, leave out
unterschreiben, ie, ie sign
unterstützen support
untersuchen search
die Untersuchung, –en investigation
untertänig humble, submissive
die Untertänigkeit subversive
der Unterton, ⁼e undertone
unterwegs on the way
die Unterweisung, –en instruction
unterziehen, o, o subject
das Untier, –e monster
untragbar unbearable, insufferable
unüberlegt unpremeditated
ununterbrochen uninterrupted
ununterscheidbar indistinguishable
unverändert unchanged
unverdrossen cheerful
unverkennbar unmistakable
unverletzt uninjured
unvernünftig stupid, absurd
unversehrt unharmed
unverständlich incomprehensible
unwahr untrue
unwahrscheinlich improbable

unweigerlich undeniable
der Unwillen reluctance
das Unwohlsein indisposition
die Unzahl, –en vast number
unzählig countless, innumerable
unzufrieden dissatisfied
unzugänglich unapproachable
unzuverlässig unreliable
üppig luxuriant, voluptuous
der Urlaub, –e leave, vacation
die Ursache, –n cause
ursprünglich original
das Urteil, –e judgment, verdict
u.s.w. = und so weiter etc.

der Vater, ⁼ father
väterlich paternal
Venedig Venice
der Venetianer, – Venetian
s. verabreden make an appointment
s. verabschieden take leave
verachten despise
verächtlich contemptuous, disdainful
verändern change
die Veränderung, –en change
veranlassen cause, lead ... to
die Veranlassung, –en cause
die Veranstaltung, –en affair
die Verantwortung responsibility
verärgert in anger, in disgust
s. verbeugen bow
die Verbeugung, –en bow
verbieten, o, o forbid, prohibit
verbinden, a, u join
die Verbindung, –en connection
verbissen grim
verbittern embitter
verblüffen dumbfound, startle
das Verbot, –e prohibition
der Verbrauch consumption
der Verbrecher, – criminal
verbrennen, a, a burn
verbringen, a, a spend
der Verdacht suspicion. — fassen
    become suspicious
verdächtig suspicious, suspect
verdammt damn!, condemned
verdanken owe
verdecken conceal, cover
verderben, a, o spoil; upset (stomach)
verdienen deserve; earn (money)
das Verdienst, –e earnings, credit
verdrehen turn
verdummen make stupid
s. verdunkeln grow dark
verdutzt (part.) taken aback
verehelichen marry
die Verehelichung, –en marriage
verehren respect, worship
der Verein, –e association
vereinigen unite
die Vereinigung, –en union
verengen narrow

das Verfahren, – proceedings
verfallen, ie, a waste away, go to ruin,
    fall. — (in) sink (into)
verfangen, i, a be of use
verfassen compose, write
die Verfassung, –en constitution, state
    of mind
verfaulen rot
verfluchen curse
verfolgen follow, pursue, dun
der Verfolger, – pursuer
die Verfolgung, –en pursuit
verführerisch tempting
vergangen last
die Vergangenheit past
vergebens in vain
vergehen, i, a pass, be gone
vergessen, a, e forget
s. vergewissern make sure
vergittert barred
der Vergleich comparison
vergleichen, i, i compare
das Vergnügen, – pleasure
die Vergnügung, –en amusement
vergoldet gilded
vergraben, u, a bury
vergrößern enlarge
die Vergünstigung, –en favor
verhaften arrest, imprison
der Verhaftete, –n prisoner
die Verhaftung, –en arrest
verhalten, ie, a hold back. s. —
    conduct oneself, keep. s. ruhig —
    keep quiet
das Verhältnis, –se relation, (pl.)
    situation
verhältnismäßig comparatively
verhandeln try (a case); negotiate,
    discuss
die Verhandlung, –en trial, proceeding
verhauen thrash
verheiraten marry
verhindern obstruct, prevent
das Verhör, –e interrogation. ins —
    nehmen cross-examine
verhören cross-examine
verhüllen hide
verhungern die of hunger
verjagen chase away
die Verjüngung, –en rejuvenation
verkaufen sell
die Verkäuferin, –nen saleswoman
verkäuflich saleable
der Verkehr traffic, intercourse
verklagen sue
verkohlen burn out
verkommen, a, o go to pieces, degenerate
verkosten taste
s. verkriechen, o, o creep away
die Verkühlung cold
verkünden announce, report, inform
verkündigen announce
verlangen ask for, demand, long
das Verlangen, – longing, desire; urge

verlassen, ie, a forsake, leave, abandon. **s. — (auf)** rely, depend (on)
verlassen (*part.*) abandoned
verlaufen, ie, au pass, run, get lost
verlauten be reported
verleihen, ie, ie bestow upon
verletzen injure
verleugnen deny, disown
verlieren, o, o lose
der Verlobte, –n fiancé
verlocken lure
verloren-gehen, i, a be lost
die Verlorenheit absent-mindedness
der Verlust, –e loss
vermeiden, ie, ie avoid
vermeinen think, believe
vermieten rent
vermischen mix
das Vermögen, – fortune
die Vermögensverhältnisse (*pl.*) financial affairs
vermuten suspect
vernachlässigen neglect
vernichten destroy, crush
die Vernunft reason, good sense
der Vernunftgrund, ⁼e sensible reason
vernünftig sensible, reasonable
verpflichten obligate
die Verpflichtung, –en obligation
verprügeln beat up
verrammeln block
der Verrat treachery, betrayal
verraten, ie, a betray
verrichten perform
verrosten rust
verrückt crazy
versagen fail. **s. —** deny oneself
versammeln gather, assemble. **s. —** gather
die Versammlung, –en gathering
versaufen, o, o drink away
versäumen miss, waste, fail
das Versäumnis, –se defection
verschaffen obtain, arrange, procure
verschärfen tighten
verschieden various, different
verschießen, o, o exhaust, shoot away
verschlafen, ie, a sleep through
verschlafen (*adj.*) sleepy
der Verschleiß wearing out, margin of error
verschließen, o, o lock, close
die Verschlimmerung worsening
verschlissen worn, ragged
verschlucken swallow (up)
verschnaufen catch one's breath
verschollen missing, lost
verschonen spare
verschütten spill
verschweigen, ie, ie keep from, conceal from
verschwimmen, a, o dissolve
verschwinden, a, u disappear
der Verschworene, –n conspirator

versehen, a, e provide
versetzen transport, transfer
versichern assure, assert
versinken, a, u sink
versorgen provide, take care of
die Verspätung, –en delay
versperren bar, lock
versprechen, a, o promise
verspüren feel
der Verstand reason, sense, understanding, mind. **zu — bringen** bring to one's senses
verständigen inform. **s. —** communicate
das Verständnis, –se understanding
verstauchen sprain
verstecken hide
verstehen, a, a understand, know how
die Versteifung, –en stiffening
verstellen block. **s. —** dissemble
verstimmt in a bad humor
verstockt stubborn
verstorben deceased
verstört bewildered, upset
verströmen stream forth, pour forth
verstummen become silent, fall silent. **zum Verstummen bringen** silence
der Versuch, –e attempt
versuchen try
versunken absorbed
vertauschen exchange
verteidigen defend
verteilen distribute
vertiefen sink. **im Gespräch vertieft** absorbed in conversation
vertragen, u, a bear
vertrauen trust, confidence
das Vertrauen confidence
vertrauenswürdig dependable
vertraut familiar
der Vertraute, –n confidant
vertreiben, ie, ie drive away
vertrinken, a, u drink away
die Vertröstung, –en empty promise
verursachen cause, occasion
verurteilen condemn
verwaist deserted
verwandeln change, transform
die Verwandlung transformation, metamorphosis
der Verwandte, –n, –n relative
verwarnen warn
verwaschen (*part.*) faded
verweigern refuse
verweint tearful, tear-stained
verweisen, ie, ie reprimand, refer someone to
verwenden use. **s. —** intercede
die Verwendung, –en use, usage
verwickeln involve
verwinden, a, u overcome
die Verwirklichung realization
verwirren confuse
die Verwirrung, –en confusion

verwischen conceal
verwunden wound
verwundern astonish, amaze
die **Verwunderung** wonder
die **Verwundung, –en** wound
verzählen miscount
verzehren eat, devour, consume
verzichten give up, renounce, do without
s. **verziehen, o, o** move on, withdraw
verzweifeln despair. **est ist zum Verzweifeln** it's enough to drive one mad
verzweifelt desperate
die **Verzweiflung** despair
der **Vetter, –n** cousin
der **Viehwagen, –s** cattle car
viel much
vielleicht perhaps
vielmehr rather
das **Viertel, –** quarter, fourth
viertelstundenlang for quarters of an hour on end
viertelstündig a quarter of an hour's
das **Volk, ̈er** people
der **Volksschüler, –** elementary school pupil
volkstümlich popular
voll full (of)
der **Vollbart, ̈e** full beard
vollenden complete
vollends completely
die **Vollendung, –en** completion
vollgepfropft stuffed with, overloaded with
völlig complete(ly)
vollkommen perfect, entire
vollständig complete
der **Volltreffer, –** direct hit
vollziehen, o, o carry out
von of, by, from
vor in front of, before, ago, for, from, with, in. **— allem** above all
die **Vorahnung, –en** presentiment
die **Voraussicht, –en** foresight
voraussichtlich as far as one can see
vor·behalten, ie, a reserve
vorbei past
vorbei·kommen, a, o pass by
vorbei·ziehen, o, o move past
vor·bereiten prepare
die **Vorbereitung, –en** preparation
vor·beugen bend forward. s. **—** lean forward
das **Vorbild, –er** model, example
der **Vorbote, –n, –n** advance messenger
vor·bringen, a, a state, tell
der **Vordermann, ̈er** man in front
vor·dringen, a, u push forward
vorerst first
vor·fahren, u, a drive up
der **Vorfall, ̈e** event
vor·fallen, ie, a happen
vor·finden, a, u find. s. **—** be discovered

die **Vorführung, –en** performance
der **Vorgang, ̈e** event
der **Vorgänger, –** predecessor
vor·geben, a, e allege
vor·gehen, i, a advance; happen
der **Vorgesetzte, –n, –n** superior, boss
vorgestern day before yesterday
vor·haben intend
vor·halten, ie, a hold (up) in front of
vorhanden exist, be present
der **Vorhang, ̈e** curtain
vorher previous, before
vorig previous
vor·kommen, a, o seem, appear, happen
das **Vorkommnis, –se** occurrence
die **Vorladung, –en** summons
vor·lassen, ie, a show in, admit
vorläufig for the time being
vor·legen present
vor·lesen, a, e read aloud
vor·liegen, a, e be present
der **Vormarsch, ̈e** advance
das **Vormerkbuch, ̈er** memorandum book
der **Vormittag, –e** morning, forenoon
vormittägig mornings
vormittags in the morning
vorn(e) in front, ahead, at the front, to the front. **nach vorn** forwards
vornehm distinguished, aristocratic
vor·nehmen, a, o undertake, take in hand
der **Vorplatz, ̈e** landing
vor·rücken push forward
vor·schieben, o, o shove forward
vor·schießen, o, o shoot forth
der **Vorschlag, ̈e** suggestion
vor·schreiben, ie, ie prescribe
der **Vorschuß, ̈e** advance (of salary, payment)
die **Vorsicht** caution
vorsichtig cautious, careful
vor·sinken, a, u slump forward
der **Vorsprung, ̈e** head start
die **Vorstadt, ̈e** suburb
vor·stellen present, introduce. s. **—** imagine
die **Vorstellung, –en** imagining, idea, performance
vor·täuschen pretend
der **Vorteil, –e** advantage
der **Vortrag, ̈e** report
vor·treten, a, e step forward
vorüber over, past
vorüber·gehen, i, a walk past
vorüber·kommen, a, o come past
die **Voruntersuchung, –en** preliminary investigation
das **Vorurteil, –e** prejudice
s. **vor·wagen** venture forward
der **Vorwand, ̈e** pretext
vorwärts forward
vorwärts·springen, a, u jump forward
vorwärts·stoßen, ie, o push forward
vorwärts·treiben, ie, ie drive forward

der **Vorwurf**, ⸚e reproach
das **Vorzimmer**, − front hall

wach awake
wach·bleiben, ie, ie stay awake
die **Wache**, −n sentry, guard
wachen watch. ─ (**über**) care for
der **Wachhabende**, −n guard on duty
wachsen. u a grow
die **Waffe**, −n weapon
der **Waffendienst** military service
die **Waffengattung**, −en branch of service
die **Waffenschmiede**, −n armorer's workshop
wagen dare
der **Wagen**, − car
die **Wahl**, −en election
wählen choose, pick
das **Wahlgesetz**, −e election law
wahnsinnig insane
wahr true
während while, during
währenddem meanwhile
wahrhaftig truthful
die **Wahrheit**, −en truth
wahrheitsgetreu truthful
wahr·nehmen, a, o perceive, pay attention to
wahrscheinlich probably, probable
walten lassen, ie, a show (tact, *etc.*)
die **Wand**, ⸚e wall
die **Wanderung**, −en trip, trip on foot
die **Wange**, −n cheek
wanken reel, waver
die **Wärme** warmth
die **Warnung**, −en warning
die **Wartehalle**, −n waiting room
warten wait
das **Warten** waiting
die **Wartung** care
warum why
was ... für what kind of
die **Wäsche**, −n underclothes
waschen, u, a wash
das **Wasser**, − water
wässerig watery
weben to weave
wechseln change
wecken wake, to awaken
der **Wecken**, − (breakfast) roll
der **Wecker**, − alarm clock
die **Weckuhr**, −en alarm clock
weder ... noch neither ... nor
weg away
der **Weg**, −e path, way
wegen because of, on account of
weg·fahren, u, a leave
weg·fliegen, o, o fly away
weg·gehen, i, a go away
weg·halten, ie, a keep away
weg·huschen slip away
weg·kommen, a, o come away, get off
weg·laufen, ie, au run away
weg·nehmen, a, o take away

weg·radieren erase
weg·reisen leave
weg·schaffen remove
weg·schicken send away
weg·schütten throw away
weg·werfen, a, o throw away
wehmütig melancholy
s. **wehren** defend oneself
weh·tun, a, a hurt
das **Weib**, −er wife
weiblich feminine
weich soft
s. **weigern** refuse
(die) **Weihnachten** (*pl.*) Christmas
der **Weihnachtsabend**, −e Christmas Eve
weil because
die **Weile** while, time
der **Weinberg**, −e vineyard
der **Weinbergbesitzer**, − vineyard owner
weinen weep, cry
der **Weinkrampf**, ⸚e paroxysm of weeping
weise wise
die **Weise**, −n manner, way
weisen, ie, ie show
der **Weisheitsspruch**, ⸚e aphorism
weiß white
weit far
weiter further. **ohne ─es** without further ado
weiter·essen, a, e continue eating
weiter·fahren, u, a travel on
weiter·gehen, i, a continue
weiterhin further
weiter·laufen, ie, au run further
weiter·reden go on speaking
s. **weiter·schaukeln** continue to rock
weiter·schlafen, ie, a sleep on
weiter·schleppen drag further
weiter·schreiben, ie, ie write on
weitläufig rambling
welch what, which, who
welcher what, which, who
die **Welt**, −en world
wenden, a, a (*also weak*) turn. s. ─ (**an**, **zu**) turn (to)
die **Wendung**, −en turning, turn of events
wenig few, little
wenigstens at least
wenn if, whenever, when. ─ **auch**, ─ **schon** even if
wer who(ever)
die **Werbebude**, −n recruiting office
das **Werbebüro**, −s recruiting office
werben, a, o recruit
werden, u, o become
werfen, a, o throw
das **Werk**, −e work
die **Werkstätte**, −n workshop
das **Werkzeug**, −e tool
wertlos worthless
das **Wesen**, − being, creature, essence
westwärts westward

das **Wetter,** – weather
wichtig important
wickeln bundle up
wider contrary to
widerlich disgusting
die **Widerrede, –n** objection
der **Widerspruch, ⁼e** contradiction
der **Widerstand, ⁼e** opposition, resistance
widerwärtig repulsive, repellent
der **Widerwillen** disgust
widmen dedicate
wie as, like, as if, how. — . . . **auch** however . . .
wieder again
wieder·gewinnen, a, o regain
wiedergut·machen make up for
wiederholen repeat
die **Wiederkehr** return
wieder·kommen, a, o return
wieder·sehen, a, e see again
wiederum again
die **Wiege, –n** cradle
wiegen rock
die **Wiese, –n** meadow, pasture
wild wild, mad, fierce
wildfremd entirely strange
der **Wille, –n** will, way. **um** . . . **willen** (*w. gen*) for the sake of
willenlos without a will of one's own
willig willing
die **Willkür** anarchy
s. **winden, a, u** worm one's way
der **Wink, –e** sign, nod
der **Winkel, –** corner
winken wave
winzig tiny
wirken have an effect
wirklich real(ly)
die **Wirklichkeit** reality
die **Wirkung, –en** effect
wirr in confusion
die **Wirtschaft, –en** household, inn
wischen wipe
wissen, u, u know
die **Witwe, –n** widow
der **Witz, –e** joke
wo where
die **Woche, –n** week
wochenlang for weeks
woher from where, whence
wohl probably, surely, well, indeed. **ihm ist nicht —** he does not feel well
das **Wohlbehagen** well-being
wohlbekannt familiar
wohlbestallt well-heeled
wohlgestaltet well-formed
wohlhabend well-to-do
wohllüstig blissfully
der **Wohlstand** prosperity
die **Wohltat, –en** benefaction
wohl·tun, a, a do good
wohnen live

die **Wohnung, –en** dwelling, apartment, house
der **Wohnungswechsel, –** change of residence
wollen want, intend
womöglich possibly, if possible
die **Wonne, –n** delight
das **Wort, ⁼er** word
wortlos without a word
wozu why
wund sore
die **Wunde, –n** wound
das **Wunder, –** miracle; wonder
s. **wundern** wonder, be surprised
wund·reiben, ie, ie scrape
der **Wunsch, ⁼e** wish, desire
wünschen desire, wish
würdig dignified
der **Wurf, ⁼e** throw
der **Wurfspeer, –e** javelin
die **Wurst, ⁼e** sausage
würzig pungent
die **Wut** rage
wüten rage
wütend rabid, furious, enraged

die **Zacke, –n** point
die **Zahl, –en** number, figure
zahlen pay
zählen number, count
der **Zahn, ⁼e** tooth
zahnlos toothless
der **Zank, ⁼e** quarrel
zappeln wiggle
zart delicate
das **Zartgefühl** tact
der **Zeh, –en** toe
das **Zeichen, –** sign. **zum —** as a sign
der **Zeigefinger, –** index finger
zeigen show, point. s. **—** emerge, prove to be, become evident. **es zeigt sich** it becomes evident
der **Zeiger, –** hand of clock
die **Zeile, –n** line
die **Zeit, –en** time
eine Zeitlang for a while' for a time
der **Zeitpunkt, –e** moment
zeitraubend time-consuming
die **Zeitschrift, –en** magazine
die **Zeitung, –en** newspaper
zensieren grade, mark
das **Zentrum, Zentren** center
zerbrechen, a, o break up, break to pieces
zerbröckeln crumble
zerfetzen tear to shreds
zerlumpt ragged
zerplatzen burst open
zerreißen, i, i tear to bits
zerschmelzen, a, o melt
zerschneiden, i, i cut apart
zerstören destroy; distant
zerstreuen scatter, disperse

die **Zerstreutheit** absent-mindedness
die **Zerstreuung, –en** amusement
zertreten, a, e step on, crush
zerzausen dishevel
der **Zettel, –** slip of paper, card
das **Zeug** stuff
der **Zeuge, –n** witness
das **Zeughaus, ⁻er** armory
die **Ziege, –n** nanny goat
ziehen, o, o pull, drag, draw, advance, move, come
das **Ziel, –e** destination, goal
zielen aim
ziemlich fairly
zierlich delicate, dainty
die **Ziffer, –n** figure, numeral
das **Zimmer, –** room
die **Zimmerdecke, –n** ceiling of the room
der **Zimmerherr, –n, –en** renter
die **Zimmermitte, –n** middle of the room
die **Zimmermöbel** (*pl.*) furniture of the room
der **Zimmernachbar, –n** neighbor
der **Zins, –en** interest
die **Zirkusreiterin, –nen** circus equestrienne
zischen hiss
der **Zischlaut, –e** hissing sound
zittern tremble
die **Zivilgarde, –n** civilian guard
der **Zivilist, –en** civilian
zögern hesitate
der **Zorn** anger
zornig angry
die **Zornröte** flush of anger
zu too
zucken twitch, jerk, tremble, shrug
der **Zuckerguß, ⁻e** sugar frosting
zu·decken cover
zu·drehen turn toward
zu·drücken push closed
zuerst first
zu·fahren, u, a travel forward
zu·fallen, ie, a close
zufällig chance, by chance, accidental
die **Zufälligkeit, –en** coincidence
zu·fassen grab, seize (at a thing)
zu·flüstern whisper to
zufrieden satisfied
die **Zufriedenheit** contentment
zufrieden·stellen satisfy
zu·fügen do unto
zu·führen put (to), introduce
der **Zug, ⁻e** characteristic, feature; train
der **Zuganschluß, ⁻sse** train connection
zu·geben, a, e admit
zu·gehen, i, a go up (to), walk toward. **es geht zu** things go on
der **Zügel, –** rein
zugig draughty
zugleich at the same time

die **Zugluft** draft
zu·hauen strike away
zu·hören listen to, listen
die **Zuhörer** (*pl.*) audience
zu·jubeln applaud
die **Zukunft** future
zu·lächeln smile at
zu·lassen, ie, a permit
zu·laufen, ie, au run toward
zu·machen close
zumal especially since
zumindest at least
zumute sein feel
zunächst first of all, at first
die **Zunft, ⁻** guild
die **Zungengeläufigkeit** glibness
zu·nicken nod to, nod toward
zupfen pluck
zurecht·kommen, a, o come at the right time
zurecht·rücken adjust
zurecht·stopfen tuck in
zurecht·weisen, ie, ie reprimand
zu·reden speak (words of comfort) to, urge
zu·reisen travel to a place
zurück back
zurück·behalten, ie, a keep back
zurück·bleiben, ie, ie remain behind
zurück·bringen, a, a return
zurück·denken, a, a think back
zurück·drehen turn back
zurück·eilen hurry back
zurück·fahren, u, a jump back
zurück·fallen, ie, a fall back
zurück·finden, a, u find again; find one's way back
zurück·geben, a, e return
zurück·gehen, i, a retreat
zurück·gewinnen, a, o regain
zurück·gleiten, i, i slide back
zurück·halten, ie, ie hold back
zurück·kehren return
zurück kommen, a, o return
zurück·kriechen, o, o crawl back
zurück·lassen, ie, a leave behind
zurück·laufen, ie, au run back
zurück·legen set aside, cover (ground). **s. —** lie back (down)
zurück·lehnen lean back. **s. —** lean oneself back
zurück·nehmen, a, a take back
zurück·rollen roll back
zurück·schaukeln rock back
zurück·schicken send back
zurück·schlagen, u, a throw back
zurück·schnappen snap back
zurück·sehen, a, e look back
zurück·sinken, a, u sink back
zurück·stellen put back
zurück·stoßen, ie, o push back
zurück·treiben, ie, ie drive back
zurück·treten, a, e step back
zurück·wandern make one's way back

zurück·weichen, i, i retreat, shrink back, pull back, yield steps backward
zurück·ziehen, o, o pull back. s. — retire, withdraw
der **Zuruf, –e** cry
zu·rufen, ie, u call out to, call to
zusammen·beißen, i, i grit
zusammen·brechen, a, o collapse
der **Zusammenbruch, ⁼e** collapse
zusammen·fahren, u, a start
zusammen·falten fold
zusammen·kehren sweep up
die **Zusammenkunft, ⁼e** meeting
zusammen·laufen, ie, au run together, join
zusammen·packen pack
zusammen·raffen snatch up, grab, scrape together
zusammen·rücken draw close
zusammen·sinken, a, u collapse
zusammen·stellen arrange
der **Zusammensturz, ⁼e** attack
zusammen·ziehen, o, o gather
zusammen·zucken wince
der **Zuschauer, –** spectator
zu·schicken send
zu·schlagen, u, a strike; slam closed
zu·schneien snow under, snow up
zu·schnüren constrict
zu·sehen, a, e watch
die **Zusprache, –n** persuasion
zu·sprechen, a, o award
der **Zustand, ⁼e** condition
zu·stimmen agree, assent

die **Zustimmung, –en** consent
zutage fördern bring to light
zu·trauen expect from, give credit for, ascribe. s. viel — expect much of oneself
zu·treffen, a, o be correct
zu·treten, a, e walk toward
zuungunsten to the disadvantage
zuverlässig reliable
die **Zuversicht** confidence
zuversichtlich confident
zuvor before(hand)
zuvor·kommen, a, o anticipate
zu·wackeln toddle forward
zu·wenden turn toward
zu·werfen, a, o throw
zu·winken beckon to
zu·zwitschern chirp, chatter
zwar to be sure, indeed, it's true
der **Zweifel, –** doubt
zweifellos doubtless
zweifeln doubt
zweimal twice
zu zweit together
die **Zwiebel, –n** onion
das **Zwiegespräch, –e** dialogue
zwingen, a, u force, compel
zwinkern wink
zwischen between
zwischendurch in between, in between times, meanwhile
der **Zwischenfall, ⁼e** incident
die **Zwischenzeit, –en** meantime, intervening time